KB006832

# L'ÉTRANGER

**옮긴이 이정서**

"번역자가 문장을 설명해야겠다고 하는 순간 이미 그 문장의 번역은 잘못된 것이다. 문학문장은 설명이나 해석이 아니다. 많은 쉼표로 이루어진 복문도 실상, 번역을 하기는 어렵지만, 직역을 해놓고 나면 결코 어려운 말들이 아니었다는 것을 알게 된다. 작가를 의심하지 말고, 서술구조 그대로, 있는 그대로의 문장을 옮기려 한다면 누구라도 제대로 된 번역을 할 수 있다. 한마디로, 의역은 의미는 비슷한 듯해도, 사실은 모든 것이 달라지는 것이다." 번역가 이정서가 주장하는 번역론이다. 그는 그의 주장을 증명하듯 여러 고전들을 번역해 냈다.

옮긴 책으로는 『역병la peste』, 『어린 왕자』, 『1984』, 『위대한 개츠비』, 『노인과 바다』, 『헤밍웨이』, 『투명인간』, 『동물농장』, 『킬리만자로의 눈』 등이 있고, 지은 책으로는 장편소설 『85학번 영수를 아시나요?』, 『카뮈로부터 온 편지』, 『당신들의 감동은 위험하다』, 『어린 왕자로부터 온 편지』 등이 있다.

**이방인** L'Étranger

**지은이** 알베르 카뮈 **옮긴이** 이정서 **발행인** 한명선
**책임편집** 김수경 **제작총괄** 박미실 **디자인** 모리스
**발행처** (주)새움출판사 **주소** 서울시 종로구 평창길 329(우편번호 03003)
**전화** 02-394-1037 **팩스** 02-394-1029 **전자우편** saeum2go@hanmail.net
**ISBN** 979-11-7080-053-8 03860 **발행일** | 2024년 7월 20일
© 새움출판사, 2024

알베르 카뮈 · 이정서

L'ÉTRANGER

이방인

EN AVANT!

새움

**일러두기**

1. 역자노트 〈불영한 번역비교〉에 인용한 번역서는 스튜어트 길버트(Stuart Gilbert) 번역
   『THE STRANGER』(1946년 출간)와 메튜 워드(Matthew Ward) 번역 『THE STRANGER』
   (1989년 출간) 그리고 김화영 번역 『이방인』(2017년 개정판)입니다.
2. 본문의 각주는 모두 역자주입니다.

# 작가의 말

나는 아주 오래전, 『이방인L'Étranger』을 대단히 역설적이라고 생각하는 문장 하나로 요약한 바 있다. '우리 사회에서, 자기 어머니의 장례식에서 울지 않은 사람은 누구나 사형선고를 받을 위험이 있다.' 나는 단지 이 책의 주인공이 그 방식에 따르지 않았기에 죽음을 선고 받았다고 말하고 싶었다. 그런 의미에서, 그는 그가 사는 사회에서 외곽인 개인적 삶의 변두리를, 혼자서 관능적으로 배회하는 이방인이었다. 그리고 그것이 일부 독자들이 그를 한 사람의 파멸자로 간주하고 싶도록 만들었던 이유이다. 어째서 뫼르소가 그 방식에 따르지 않았는지에 대해 자문해본다면, 어떤 경우에도 작가의 의도에 더 부합하는, 인물에 대한 좀더 정확한 생각을 갖게 될 것이다. 답은 단순하다. 그는 거짓말을 거부한다. 거짓말, 그것은 단지 없는 말을 하는 것만이 아니다. 그것은 또한 무엇보다, 다른 무엇보다 더 말해지는 것이고, 인간의 마음에 관련된, 느끼는 것보다 더 말해지는 것이다. 그것은 우리 모두가 단순한 삶을 살기 위해 매일 하는 것이다. 뫼르소는, 보여지는 것과는 반대로, 단순한 삶을 원하지 않는다. 그는 실재하는 것을 말하고, 자신의 느낌을 숨기기를 거부함으로써 즉각적으로 사회는 위협을 느끼는 것이다. 사람들은 예를 들어, 그의 죄를 인정된 방식에 따라 뉘우치길 요구한다. 그는 이 점에 대해 실제적인 후회보다 곤란을 더 겪는 것으로 답한다. 그리고 그 차이는 그에게 사형 선고를 내린다.

따라서 뫼르소는 내게 파멸한 사람이 아니라, 가엾고 벌거벗은, 그림자를 남기지 않는 태양의 연인 같은 사람이다. 모든 감정이 결핍되어 있다는 것과는 거리가 멀고, 깊고 끈질긴, 절대적인 것과 진실에 대한 열정으로 움직인 사람이다. 그것은 여전히 부정적인 진실로, 존재하는 것과 느끼는 것에 대한 진실이지만, 그것 없이는 어떤 자기 정복도 가능하지 않을 것이다.

따라서 『이방인』을 어떤 영웅적 태도도 없이, 진실을 위해 죽음을 받아들이는, 한 남자의 이야기로서 읽는 것은 크게 잘못된 일이 아닐 것이다. 나는 또한 언제나 역설적으로, 우리가 믿을 가치가 있는 유일한 그리스도를 캐릭터로 끌어들이려 애썼다고 말한 바 있다. 내 설명을 듣고 나면 어떤 신성모독의 의도 없이, 단지 예술가가 자신이 창조해 낸 인물에 대해 느끼는 권리로서 다소 아이러니한 애정으로 한 말이라는 것을 이해하게 될 것이다.

_Préface à l'édition américaine, 1955년, 알베르 카뮈, 이정서 역*

* 이 글은 1958년 런던의 Methuen and Co. 에서 발간된 영문판〈이방인The Stranger〉에 영어로 번역되어 처음 소개된 글이다. 1955년 쓰여졌던 이 글은 불문을 번역한 것이다.

차
례

작가의 말·5

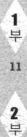

# 1
부

# I

오늘, 엄마가 돌아가셨다. 아니 어제였는지도 모르겠다. 나는 양로원으로부터 전보 한 통을 받았다. '어머니 사망. 내일 장례식. 삼가 애도를 표합니다.' 그건 아무 의미가 없었다. 아마 어제였을 것이다.

양로원은 알제에서 80킬로미터 떨어진 마랭고에 있었다. 나는 2시 버스를 탈 것이고 오후에는 도착할 것이다. 그리하여, 나는 장례를 지켜볼 수 있을 테고 내일 밤이면 돌아올 수 있을 것이다. 나는 사장에게 이틀의 휴가를 요청했고 그는 그 같은 사유를 무시할 수 없었다. 그렇지만 그는 표정이 좋아 보이지 않았다. 나는 심지어 말했다. "제 잘못이 아닙니다." 그는 대꾸하지 않았다. 나는 그때 그에게 그런 말까지 할 필요는 없었다는 생각이 들었다. 요컨대, 내가 사과해야 할 일은 아니었다. 오히려 그가 내게 조의를 표해야 할 일이었다. 그렇지만 의심의 여지없이 그는 모레, 상중인 나를 보면 그렇게 할 것이다. 지금으로서는, 얼마간 엄마가 죽지 않은 것과 같았다. 그럼에도 불구하고 장례 후면, 이 일은 정리가 될 테고, 모든 게 좀더 공식적인 모습을 갖추게 될 것이다.

나는 2시에 버스를 탔다. 매우 더운 날씨였다. 나는 평소처럼 셀레스트네 식당에서 밥을 먹었다. 그들은 모두 깊은 유감을 표했고, 셀레스트는 말했다. "우리에게 어머니는 한 분뿐이지." 내가 떠날 때, 그들은 나를 문까지 배웅했다. 나는 조금 정신이 없었는데, 에마뉘엘의 집까지 가서 검은 타이와 예식 완장을 빌려야 했기 때문이다. 그는 몇 달 전에 삼촌을 잃었다.

나는 출발 시간을 놓치지 않기 위해 달렸다. 이런 서두름, 뜀박질, 거기에 더해 덜컹거림과 기름 냄새, 길과 하늘의 반사열, 이 모든 것들로 인해 나는 졸았다. 나는 가는 내내 거의 잠을 잤다. 그리고 깨어났을 때, 내게 웃음을 지어 보이는 한 군인에게 기대어 있었는데, 내게 멀리서 오는 모양이라고 물었다. 나는 더 이상 얘기할 필요가 없도록 "예." 하고 대답했다.

양로원은 마을로부터 2킬로미터 떨어져 있었다. 나는 걸어서 갔다. 나는 곧바로 엄마를 보길 원했다. 하지만 관리인은 내게 원장을 먼저 만나 봐야 한다고 말했다. 그는 바빴기에, 나는 한동안 기다렸다. 그동안 내내 관리인은 말을 해댔고, 그러고 나서 나는 원장을 만났다. 그는 자신의 사무실에서 나를 맞았다. 그는 레지옹 도뇌르 훈장을 단 작은 체구의 노인이었다. 그는 맑은 눈으로 나를 쳐다보았다. 그러고는 악수를 했는데, 어찌나 오래 붙들고 있는지 어떻게 빼내야 할지 난감할 지경이었다. 그는 서류를 살펴보고는 말했다. "뫼르소 부인은 3년 전 이곳에 들어왔군요. 당신이 유일한 부양자였고." 그가 뭔가 나를 비난하는 것 같아 나는 그에게 막 설명을 시작한 참이었다. 하지만 그는 내 말을 가로챘다. "자신을 정당화하실 필요는 없습니다. 친애하는 자제님. 나는 당신 어머니 자료를 읽었습니다. 당신은 그분을 부양할 수 없었을 겁니다. 그분은 간호인이 필요했었죠. 당신의 월급은 적었고. 그런 걸 모두 고려해 보면, 그분은 여기가 훨씬 행복하셨을 겁니다." 나는 "그랬습니다, 원장님." 하고 말했다. 그는 덧붙여 말했다. "아시다시피, 그분은 같은 연배의 친구분들이 계셨지요. 그분들과 지나간 시간들에 대한 관심사를 나누셨을 겁니다. 당신은 젊어서 함께 있을 때 지루하셨을 게 틀림없지만."

그것은 사실이었다. 집에 있을 때, 엄마는 언제나 침묵 속에서 눈으로만 나를 쫓으며 시간을 보냈다. 엄마는 양로원으로 온 처음에는 자주 울었다. 그러나 그건 습관 때문이었다. 만약 몇 달 후에 그곳에서 나오게 했다면, 그때도 아마 엄마는 울었을 것이다. 언제나 그렇듯 습관 때문에. 그 마지막 해에 내가 그곳에 거의 가지 않은 데는 어느 정도 그런 이유가 있었다. 물론 내 일요일 전부를 들여야 했기 때문이기도 하지만 — 버스 정류장에 나가 표를 사고 두 시간 동안 차를 타고 가야 하는 수고는 고려하지 않더라도 말이다.

원장은 다시 내게 말했다. 하지만 나는 더 이상 거의 듣고 있지 않았다. 그러고 나서 그는 "어머니를 보러 가고 싶으실 테지요." 하고 말했다. 나는 아무 말도 하지 않고 일어섰고, 그는 문을 향해 앞장서 갔다. 층계로 들어서자, 그가 설명했다. "그분을 작은 영안실로 옮겨 두었어요. 다른 사람들의 동요를 막기 위해서지요. 재원자 중 한 사람이 죽으면 이삼 일 동안은 다들 신경이 날카로워집니다. 그리고 그것은 장례식을 어렵게 만들지요." 우리는 안뜰을 가로질러 갔는데, 거기에는 작은 그룹을 이루어 잡담을 나누고 있는 많은 노인들이 있었다. 그들은 우리가 지날 때 말을 멈추었다. 그리고 우리 뒤쪽에서 대화를 이어갔다. 그것은 소리를 죽여 재잘대는 작은 앵무새처럼 보였다. 작은 건물의 문 앞에서 원장은 나를 떠났다. "나는 이제 가봐야겠소, 뫼르소 씨. 사무실에서 당신 일을 처리하고 있겠소. 원칙적으로 장례식은 아침 10시에 이루어집니다. 그래야 우리는 당신이 밤새 고인을 지킬 수도 있으리라 생각했던 거지요. 마지막으로, 어머니께서는 원우들에게 장례는 종교장으로 해주었으면 한다는 바람을 종종 밝히신 모양입니다. 필요한 준비는 모두 해두었지만 알려 드려야 할 것 같아서." 나는 원장에게 고맙다고 인사했다. 엄마는, 무신론자라고까지 할 수는 없었지만, 평생 동안 종교에 대해 결코 생각해 본 적이 없었다.

나는 안으로 들어갔다. 그것은 매우 밝은 방으로, 하얗게 석회가 발리고 채광창으로 덮여 있었다. 그곳에는 엑스자형 의자들과 이젤들이 갖추어져 있었다. 구석의 그것들 가운데 두 개의 받침대가 뚜껑이 덮인 관을 떠받치고 있었다. 호두 기름이 칠해진 관 뚜껑에서는 완전히 박히지 않은 채 반짝이고 있는 못들이 눈에 들어왔다. 관 가까이에, 흰색 가운에 원색 스카프로 머리를 싸맨 아랍인 간호사 한 명이 있었다.

그 순간, 관리인이 내 뒤를 따라 들어왔다. 그는 뛰어왔음이 분명했다. 그는 조금 더듬거리며 말했다. "덮어두었지만, 보실 수 있게 관을 열어드리겠습니다." 그가 관을 향해 가는 중에 나는 멈추도록 했다. 그가 내게 말했다. "원치 않으세요?" 나는 "예."라고 대답했다. 그는 멈추었고, 나는 그렇게까지 말할 필요가 있었을까 싶어져서 난감했다. 잠시 후, 그는 잠시 나를 보고는 "왜요?"라고 물었지만 비난하려는 것은 아니었고, 그저 내게 묻고자 했던 것 같다. 나는 "저도 모르겠네요." 하고 말했다. 그러자, 그는 자신의 흰 콧수염을 비비 꼬면서, 나를 쳐다보지도 않고 "이해합니다." 하고 말했다. 그는 연한 청색의 선한 눈빛과 조금 붉은 안색을 하고 있었다. 그는 내게 의자를 권하고는 자기도 약간 뒤로 물러나 앉았다. 간호인이 일어나서 출구를 향해 갔다. 그 순간 관리인이 내게 말했다 "저 여자는 성병을 가진 겁니다." 나는 이해하지 못한 것처럼, 간호사를 쳐다보았고, 그녀의 머리에 가는 끈이 둘러져 있는 것을 보았다. 코가 솟아 있어야 할 곳이 가는 끈으로 평평했다. 그녀의 얼굴에서는 흰색 가는 끈만이 보였다.

그녀가 나갔을 때, 관리인이 말했다. "혼자 계시게 저도 나가보겠습니다." 내가 어떤 몸짓을 했는지 모르겠지만 그는 여전히 뒤에 머물러 있었다. 등 뒤에 있는 그 존재가 거북했다. 방안에는 저물녘의 황혼이 아름답게 들어찼다. 말벌 두 마리가 유리창에 부딪히며 붕붕거리고 있었고 졸음이 엄습해 오는 게 느껴졌다. 나는 고개를 돌리지 않은 채 관리인에게 물었다. "여기 계신 지 오래되셨나 봐요?" 즉각 그는 대답했다 "5년 됐습니다." 하고. 마치 오래전부터 내 질문을 기다리기라도 했던 것처럼.

그러고 나서, 그는 많은 이야기를 쏟아 냈다. 누군가 자신에게 마랭고 보호시설 관리인으로 삶을 마칠 거라고 했다면 기절초풍 했을 거라고도 했다. 그는 64세로 파리 사람이었다. 그 순간 나는 "아, 그럼 여기 분이 아니셨군요?" 하고 그의 말을 가로챘다. 그제야 나는 그가 나를 원장실로 데려가기 전 엄마에 관해 했던 말들이 떠올랐다. 그는 내게 엄마를 아주 빨리 묻어야 한다고, 특히 이 지방에서는 평지의 기온이 뜨겁기 때문이라고 했었다. 그가 파리에 살았고, 그곳을 잊는 게 어려웠다는 것을 내게 알려 준 것도 그때였다. 파리에서는 때때로 사나흘쯤 시체를 묻지 않고 놔두기도 하지만 여기서는 그럴 시간이 없다며, 죽음을 실감할 겨를도 없이 영구차를 쫓아가야 한다는 것이었다. 그때 그의 아내가 그에게 말했다. "입 다물어요. 그런 건 이 신사분에게 할 이야기가 아니지." 노인이 얼굴을 붉히며 사과했다. 나는 끼어들어 말했다. "아니요, 아니요, 괜찮습니다." 나는 그의 말이 일리 있고 흥미롭다고 생각했던 것이다.

그 작은 영안실 안에서, 그는 내게 자신은 곤궁한 처지에 보호시설로 들어오게 되었다고 말했다. 그는 정정하다고 여겼기에 이곳 관리인에 지원했다. 그래도 결국 재원자 중 한 명이 아니냐고 내가 말했다. 그는 아니라고 대답했다. 나는 이미 그가 다른 이들을 '그들', '다른 사람들', 그리고 가끔이지만 '늙은이들'이라고 지칭하는 것을 듣고는 놀랐는데, 재원자들 중에는 그보다 늙지 않은 사람도 제법 있었던 것이다. 그러나 물론, 그건 같은 게 아니었다. 그는 관리인이었고, 어느 정도 그들에 대한 권한도 가지고 있었다.

간호인이 그즈음 들어왔다. 밤이 갑자기 찾아왔다. 매우 빠르게, 어둠이 지붕 위 창으로 쌓여 갔다. 관리인이 스위치를 켰고, 나는 갑작스레 쏟아지는 불빛으로 인해 눈앞이 캄캄해졌다. 그가 내게 구내식당으로 저녁을 먹으러 가자고 청했다. 하지만 나는 배가 고프지 않았다. 그러더니 카페오레를 한 잔 가져다주겠노라고 제안했다. 나는 카페오레를 매우 좋아했으므로 그래 달라고 했고, 잠시 후 그는 쟁반을 하나 받쳐 들고 돌아왔다. 나는 마셨다. 그러고 나자 담배가 피우고 싶어졌다. 그러나 나는 엄마 앞에서 그래도 되는 건지 알 수 없었으므로 망설였다. 나는 생각해 보았는데, 그건 중요하지 않았다. 나는 관리인에게 담배 한 대를 권했고 우리는 함께 담배를 피웠다.

어느 순간, 그가 내게 말했다. "아시다시피, 당신 어머니 친구분들도 어머니를 지켜보러 올 겁니다. 관습이니까요. 저는 의자들과 블랙커피를 가지러 가봐야겠습니다." 나는 그에게 전등 하나를 꺼도 되는지 어떤지를 물었다. 흰 벽에 반사되어 번쩍이는 불빛이 나를 피곤하게 만들었기 때문이다. 그는 내게 불가능하다고 말했다. 가설이 그렇게 된 거라고. 다 켜든지 아니면 다 꺼야 한다고. 나는 그에게 더 이상 별다른 주의를 기울이지 않았다. 그는 나갔다가 돌아왔고, 몇 개의 의자를 배치했다. 그중 하나에 커피포트 주위로 찻잔들을 포개 놓았다. 그러고 나서 그는 내 앞쪽의, 엄마 옆에 앉았다. 간호인 역시 그를 등지고 뒤쪽에 있었다. 나는 그녀가 하고 있는 게 뭔지 알수 없었다. 그러나 팔의 움직임으로 보아 그녀가 뜨개질을 하고 있다고 믿어졌다. 그곳은 안온했고, 커피가 나를 부드럽게 만들고 열려진 문을 통해 밤과 꽃들의 향기가 밀려들어 왔다.

내 생각에 잠간 잠이 들었던 것 같다.

　나를 깨운 건 바스락거리는 소리였다. 눈을 감고 있었던 탓인지 방 안의 흰색이 전보다 훨씬 환해 보였다. 내 앞으로, 그림자 하나 없는 물체 하나하나의, 모서리 각들과 모든 곡선들이 예리하게 눈을 찔러오고 있었다. 엄마의 친구분들이 들어온 것은 그때였다. 그들은 모두 십여 명쯤 되었고, 그 눈부신 빛 속으로 소리 없이 미끄러져 들어왔다. 그들은 의자 끄는 소리 하나 내지 않고 자리에 앉았다. 나는 지금껏 누구도 본 적이 없는 것처럼 그들의 얼굴은 물론 옷차림 하나까지도 놓치지 않기 위해 바라보았다. 그럼에도 불구하고 그들로부터는 아무 소리도 들리지 않았기에 거의 그들의 실체를 믿기 어려울 정도였다. 여자들 대부분이 앞치마를 둘렀는데, 허리에 졸라맨 끈 때문에 그네들의 튀어나온 배가 더욱 불룩해 보였다. 나는 나이 든 여자들의 배가 어떤 것인지 결코 눈여겨본 적이 없었다. 남자들은 거의 전부 매우 야위었고 지팡이를 쥐고 있었다. 그들의 얼굴이 인상적이었던 것은, 눈들은 보이지 않고 단지 생기 없는 빛만 주름투성이 속에서 보였다는 것이다. 그들이 자리에 앉았을 때, 대부분이 나를 바라보았고 어색하게 고갯짓을 했는데, 그들의 입술은 전부 이빨이 없이 말려 들어가서, 내게 인사를 건네는 것인지, 그냥 버릇인지 알 수 없었다. 그들은 내게 인사를 건넸던 것으로 여겨졌다. 그제야 나는 그들이 전부 내 맞은편에서 관리인 주위에 둘러앉아, 고개를 끄덕이고 있다는 사실을 깨달았다. 순간 나는 그들이 나를 재판하기 위해 거기에 있는 게 아닌가 하는 터무니없는 인상을 받았다.

얼마 지나지 않아, 여자들 가운데 한 명이 울기 시작했다. 그 여자는 둘째 줄에 있어서, 동료 중 한 명에게 가려져 있었기에, 나는 그녀를 잘 볼 수 없었다. 그녀는 규칙적으로 낮게 흐느끼고 있었다. 그녀는 결코 울음을 그치지 않을 것처럼 여겨졌다. 다른 사람들에게는 그녀의 흐느낌이 들리지 않는 모양이었다. 그들은 맥없이, 침울하고 조용하게 앉아 있었다. 그들은 관이나 자신들의 지팡이, 또는 어떤 것을 보면서, 단지 그 것만을 바라보았다. 여자는 여전히 울고 있었다. 나는 그녀가 누구인지조차 몰랐기에 매우 놀랐다. 나는 그녀의 울음소리가 더 이상 들리지 않길 바랐다. 그럼에도 불구하고 감히 뭐라 말할 수도 없는 노릇이었다. 관리인이 그녀에게 몸을 기울여, 무슨 말인가를 했지만, 그녀는 고개를 흔들고는 뭐라고 웅얼거렸고, 일정한 기준에 따라 계속해서 울기 시작했다. 관리인이 그러고 나서 내 쪽으로 왔다. 그는 내 옆에 앉았다. 긴 시간이 흐른 후, 그는 나를 바라보지도 않고 알려 주었다. "저 여자분이 어머님과 매우 친했답니다. 어머니가 여기서 유일한 친구였는데 이제 한 명도 남아 있지 않다고 하네요."

우리는 오랫동안 그러고 있었다. 그 여자의 탄식과 흐느낌이 차츰 잦아들었다. 그녀는 한참을 훌쩍였다. 그녀가 마침내 울음을 그쳤다. 나는 더 이상 졸리지는 않았지만, 피곤하고 허리가 아팠다. 이제 무엇보다 나를 고통스럽게 만드는 것은 여기 있는 모든 사람들의 침묵이었다. 단지 가끔씩, 나는 하나의 소리를 들었는데 그것이 무슨 소리인지 이해할 수 없었다. 결국에, 나는 몇몇 노인이 볼 안쪽을 빨아 대면서 그 같은 기이한 딸깍거리는 소리를 내고 있다고 짐작하게 되었다. 그들은 너무 깊이 생각에 빠져 있었기에 그것을 인식조차 하지 못하는 듯했다. 나는 심지어 그들 한가운데 누워 있는 이 죽은 여인조차 그들에게는 아무 의미도 없는 게 아닐까 하는 인상까지 받았다. 하지만 이제는 그것이 잘못된 인상이었다는 것을 안다.

우리는 모두 관리인이 가져다준 커피를 마셨다. 그 다음은 더 이상 모르겠다. 밤이 흘러갔다. 나는 한순간 눈을 떠서, 지팡이를 움켜쥔 손등에 턱을 괴고, 마치 내가 깨어나기를 기다리고 있었던 듯 나를 응시하고 있던 한 사람을 제외한, 노인들이 웅크려 잠들어 있는 것을 보았던 기억이 있다. 그러고는 다시 잠이 들었다. 나는 점점 더 아파 오는 허리 때문에 잠에서 깨어났다. 하루가 지붕 위로 난 창으로 미끄러지듯 스며들고 있었다. 잠시 후, 노인들 가운데 한 사람이 깨어나서 몹시 심하게 기침을 했다. 그는 큰 체크무늬 손수건에다 쥐어짜내는 것처럼 여러 번 침을 뱉었다. 그는 다른 이들을 깨웠고, 관리인이 그들에게 이제 가야 한다고 말했다. 그들은 일어섰다. 이 밤샘 조문은 그들의 얼굴을 잿빛으로 만들었다. 떠날 때, 나는 놀랐는데, 그들은 모두 나와 악수를 했던 것이다. 마치 단 한 마디도 나누지 않은 그 밤이 우리의 친밀감을 높여 놓은 것처럼.

나는 피곤했다. 관리인이 나를 자기 방으로 데리고 가주어서 간단하게나마 씻을 수 있었다. 나는 또 카페오레를 마셨는데 정말 맛이 좋았다. 밖으로 나섰을 때, 날이 완전히 밝아 있었다. 바다로부터 마랭고를 분리시키는 언덕 위, 하늘에는 붉은 기운이 가득했다. 그리고 언덕 위로 불어오는 바람이 소금내음을 실어 보냈다. 화창한 하루가 준비되고 있었다. 나는 시골에 나와 본 것이 너무 오랜만이어서, 만약 엄마 일만 아니었더라면 산책을 하면 기쁠 것 같았다.

하지만 나는 마당 안, 플라타너스 밑에서 기다렸다. 싱그러운 흙내음을 들이마셨고, 더 이상 잠은 오지 않았다. 나는 사무실의 동료들을 생각했다. 이 시간이면 그들도 출근을 위해 일어났을 것이다. 내게는 언제나 가장 힘든 시간이었다. 그런 것들에 관해 생각하고 있었지만, 건물 안에서 울리는 종소리로 인해 곧 깨어졌다. 창 뒤에서 잠시 소요가 있었고, 그러고는 모든 것이 조용해졌다. 태양은 이제 좀더 하늘 높이 떠올랐다. 그것은 내 발을 덥히기 시작했다. 관리인이 마당을 가로질러 와서는 원장이 나를 찾는다고 말했다. 나는 그의 사무실로 갔다. 그는 내게 몇 장의 서류에 사인을 하게 했다. 나는 그가 줄무늬 바지에 검은 웃옷 차림이라는 것을 알아보았다. 그는 수화기를 손에 들고 내게 말을 걸었다. "장례 인부들이 좀 전에 왔소. 그들에게 관을 봉하라고 할 거요. 그전에 마지막으로 어머니를 보시길 원하나요?" 나는 아니라고 대답했다. 그는 수화기에 대고 목소리를 낮춰 지시를 내렸다. "피자크, 사람들에게 진행해도 된다고 하게."

그러고 나서 그는 자신도 장례식에 참석할 거라고 말했고 나는 고맙다고 답했다. 그는 자신의 책상 뒤쪽으로 가더니 짧은 다리를 꼬고 앉았다. 그는 간호인은 의무적으로 따르게 되어 있고, 자신과 나만 거기 참석하는 거라고 알려 주었다. 원칙적으로 재원자들은 장례식에 참석하지 못한다는 것이다. 그는 단지 그들에게 밤샘 조문만 허락했다. "그건 인정의 문제니까요." 그가 말했다. 하지만 이번에는, 어머니의 오랜 친구에게 운구 행렬을 따르는 걸 허락했다고 한다. "토마 페레라고". 여기서, 원장이 웃음을 지었다. 그는 내게 말했다. "이해하세요, 이건 조금 유치한 감정이긴 합니다. 하지만 그와 어머니는 서로의 곁을 거의 떠나지 않았어요. 양로원에서, 사람들은 페레 씨에게 농담 삼아, 말하곤 했죠. "그 사람이 당신 약혼녀군." 그러면 그는 웃었소. 그것이 그들을 즐겁게 만든 거요. 그리고 뫼르소 부인의 죽음이 그에게 심한 마음의 상처를 준 게 사실이죠. 나는 그가 허락해달라는 걸 거절할 수 없었소. 하지만 시찰 의사의 조언에 따라, 그에게 어제 밤샘 조문은 금지시켰던 거요."

우리는 꽤 오랫동안 침묵했다. 원장이 일어서서 사무실 창밖을 내다보았다. 어느 순간 그가 말했다. "마랭고의 사제님이 벌써 오시네. 일찍 오셨군." 그는 내게 마을에 있는 성당까지 가려면 적어도 45분은 걸어야 한다고 일러주었다. 우리는 아래로 내려갔다. 건물 앞에는 사제와 시중드는 아이 둘이 서 있었다. 그중 한 아이가 향로를 들고 있었고 사제는 그것의 은줄 길이를 조절하느라 그에게로 몸을 굽히고 있었다. 우리가 도착했을 때, 사제가 허리를 펴고 섰다. 그는 나를 '형제님'이라고 부르며 내게 몇 마디를 더 했다. 그가 안으로 들어갔고, 나는 그를 뒤따랐다.

나는 한 눈에 관의 나사못이 조여져 있는 것과 검은 옷을 입은 네 명의 남자가 방 안에 있는 것을 보았다. 동시에 원장이 내게 마차가 밖에서 기다리고 있다고 하는 소리와 사제가 시작한 기도 소리를 들었다. 그 순간부터, 모든 게 신속하게 진행되었다. 남자들이 덮개 천을 들고 관으로 나아갔다. 사제와, 그의 복사服事, 원장과 나는 밖으로 나왔다. 문 앞에는 내가 모르는 여인이 한 명 있었다. "뫼르소 씨요." 원장이 말했다. 나는 그 숙녀의 이름을 듣지 못했고 그저 그녀가 담당 간호인이라는 것만 알았다. 그녀가 웃음기 없이 깡마르고 길쭉한 얼굴을 숙였다. 그러고 나서 우리는 시신이 지나갈 수 있도록 나란히 비켜섰다. 우리는 운구를 든 이들을 뒤따르며 양로원을 나섰다. 문 앞에 마차가 기다리고 있었다. 길쭉한 모양에 니스 칠을 해 번쩍거리는 그것은 필통을 연상시켰다. 마차 옆에는 진행을 맡은 우스꽝스러운 차림의 키 작은 사내와 거동이 어색해 보이는 노인 한 분이 있었다. 나는 그가 페레 씨라는 것을 알아챘다. 그는 챙이 넓고 위가 둥그런 펠트 모자를 썼고(관이 문을 지날 때는 그것을 벗었다) 바짓단이 구두 위로 돌돌 말린 바지에, 흰 셔츠의 큰 칼라에 비해 지나치게 작은 검정 타이를 매고 있었다. 그의 입술이 검은 점들이 박힌 코 밑에서 떨리고 있었다. 신기하게도 귓바퀴가 심하게 말린 축 처진 귀가 아주 가느다란 흰 머리칼 밑으로 드러나 보였다. 창백한 얼굴에 선지처럼 붉은 그 귀가 유별나게 눈에 띄었다. 진행자가 우리의 자리를 정해 주었다. 사제가 앞서 걷고, 다음이 영구차, 그 주위로 인부 네 사람, 그 뒤로 원장과 나, 행렬의 끝에 담당 간호사와 페레 씨가 따랐다.

하늘은 이미 햇빛으로 가득했다. 그것은 땅 위로 무겁게 내려앉기 시작했고 열기는 급속하게 높아졌다. 우리가 출발 전에 꽤 오랜 시간 기다려야 했던 이유에 대해서는 모르겠다. 나는 입고 있는 상복 때문에 더웠다. 모자를 덮어썼던 그 왜소한 영감은 다시 그걸 벗었다. 나는 그를 향해 약간 몸을 틀고 있었고, 원장이 그에 관해 말하는 동안 그를 바라보고 있었다. 그는 어머니와 페레 씨가 저녁이면 종종 간호사를 대동하고 마을로 산책을 나가곤 했다고 말했다. 나는 내 주위의 전원을 바라보았다. 하늘에 닿을 듯 늘어선 언덕의 편백색 윤곽, 다갈색과 녹색의 대지, 잘 정비되어 드문드문 놓여진 집들을 통해, 나는 엄마를 이해했다. 저녁은, 이 지역에서, 우수어린 휴식에 틀림없었을 것이다. 오늘은, 풍광을 전율케 하는 범람하는 태양이 비인간적이고 의기소침하게 만들었다.

우리는 걷기 시작했다. 페레 씨가 다리를 약간 전다는 것을 알아차린 것은 그때였다. 마차가 천천히 속도를 높였고 노인은 뒤로 처졌다. 마차 둘레에 섰던 이들 중 한 사람도 뒤로 처져서 이제는 나와 나란히 걷고 있었다. 태양이 그렇게 빨리 하늘로 솟구쳐 오를 수 있다는 데 대해 나는 놀랐다. 벌써 오래전부터 벌판에서 윙윙거리는 벌레 소리와 타닥거리는 풀 소리가 들려오고 있었다. 땀이 뺨을 타고 흘러내렸다. 나는 모자를 갖고 있지 않았으므로 손수건으로 부채질을 하곤 했다. 장의사가 그때 내게 뭐라고 말을 했는데 나는 잘 듣지 못했다. 동시에 그는 오른손으로 모자 차양을 들어 올리고 왼손에 들고 있던 손수건으로 머리의 땀을 훔치고 있었다. 나는 그에게 물었다. "뭐라 하셨나요?" 그는 하늘을 가리키며 말했다. "햇볕이 지독

하다구요." 나는 "예" 했고, 조금 뒤에 그가 물었다. "여기 분이 댁의 어머니시요?" 나는 다시 "네" 하고 대답했다. "연세가 많으신가 보죠?" 나는 정확한 나이를 알지 못했기에, "그런 셈이죠"라고 답했다. 그러고 나자, 그가 침묵했다. 내가 뒤를 돌아보자 페레 영감이 50미터쯤 우리 뒤에 있는 것이 보였다. 그는 펠트 모자를 팔길이 만큼 흔들며 서둘러 오고 있었다. 나는 원장 또한 보았다. 그는 불필요한 동작은 전혀 하지 않고 잔뜩 위엄 있게 걷고 있었다. 이마에 땀방울이 맺혀 있었지만 닦으려 하지도 않았다.

내가 보기엔 행렬이 좀더 빨라진 것 같았다. 주위는 한결같이 햇빛이 넘쳐나 눈부시게 빛나는 벌판뿐이었다. 하늘에서 쏟아지는 빛을 더 이상 견디기 힘들 지경이었다. 어느 순간 우리는 최근 들어 새로 깐 도로로 들어섰다. 아스팔트가 햇빛을 받아 갈라 터져 있었다. 우리의 발자국이 찍히면서 아스팔트는 죽처럼 뭉개져 번들거렸다. 마차 위로 보이는 마부의 가죽 모자가 마치 이 검은 진창을 짓이겨 만든 것 같았다. 푸르고 흰 하늘과 곤죽이 된 검은 아스팔트의 끈적거림, 입고 있는 검정색 상복들의 음울함, 래커 칠한 검은 마차. 이 모든 색상들의 단조로움으로 인해 나는 정신이 다 몽롱했다. 햇볕과 마차에서 나는 가죽냄새, 말똥 냄새, 니스 칠 냄새와 향냄새, 밤샘 후의 피로, 이 모든 것들이 내 눈과 머리를 어지럽혔다. 나는 다시 뒤를 돌아보았다. 뭉게구름처럼 피어오르는 열기 속에서 페레 씨가 까마득하게 멀게 느껴지다가 더 이상 보이지 않게 되었다. 눈을 돌려 자세히 살펴보니 그는 길을 벗어나 벌판을 가로질러 가고 있었다. 나는 내 앞쪽으로도 길이 굽어 있는 것을 확인했다. 그 지방을 잘 아는 페레 씨는 우리를 따라잡기 위해 지름길을 찾아든 것이다. 길이 구부러진 곳에 이르자 그는 우리와 합류했고, 다시 행렬에서 뒤처지면 벌판을 가로질러 가기를 수차례 반복했다. 나는 관자놀이에서 피가 솟구치는 것을 느꼈다.

모든 것이 그렇게 서둘러, 확실하고 자연스럽게 진행되었고 나는 어떤 것도 기억할 수 없었다. 다만 한 가지, 마을 어귀에서 파견 간호사가 내게 한 말을 기억한다. 그녀는 얼굴과는 사뭇 다르게 리드미컬하고 울림 있는 목소리를 가지고 있었다. 그녀는 내게 말했다. "천천히 가면, 일사병에 걸릴 위험이 있어요. 하지만 너무 빨리 가면, 땀을 흘리게 되고 성당 안에서 오한을 느끼게 될 거예요." 그녀가 옳았다. 탈출구는 없었다. 나는 아직도 그날의 몇 가지 광경을 기억하고 있다. 예컨대, 마을 인근에서 마침내, 우리와 함께했던 페레 씨의 얼굴. 초조함과 고통으로 인한 굵은 눈물방울이 그의 뺨에 흐르고 있었다. 그러나 주름살 때문에 그것들은 흘러내리지 못했다. 일그러진 얼굴 위에서 물광의 형태로 퍼졌다가 모였다가 하였다. 거기에는 여전히 성당과 보도 위의 마을 사람들이 있었고, 묘지 위의 붉은 제라늄 꽃들, (마치 팔다리가 탈구된 꼭두각시처럼 보였던) 페레 씨의 실신, 엄마의 관 위로 뿌려지던 피처럼 붉었던 흙더미, 그것에 섞여지던 풀뿌리들의 흰 속살, 더 많은 사람들, 목소리들, 마을, 한 카페 앞에서의 기다림, 끊임없이 툴툴거리던 엔진 소리, 그리고 버스가 알제로부터 빛의 둥지로 들어설 때의 기쁨과 이제 잠자리에 들어 열두 시간을 잘 수 있겠다는 생각이 안겨 주던 기쁨이 있었다.

# II

잠에서 깨어나자, 내가 이틀의 휴가를 신청했을 때 왜 사장이 탐탁지 않은 표정을 지었는지 알게 되었다. 오늘이 바로 토요일이었던 것이다. 이를테면 나는 그것을 잊고 있다가 자리에서 일어나면서 불현듯 깨닫게 되었다. 사장은 아주 당연하게도 내가 그렇게 일요일까지, 도합 사흘을 쉬게 되리라는 생각을 하게 되었던 것이다. 그러니 기분이 좋았을 리 없었다. 그러나 한편으로, 엄마의 장례를 오늘 치르지 않고 어제 치른 것은 내 잘못이 아니었고, 또한 어차피 토요일과 일요일은 휴무가 아니었던가. 물론 그렇다고 해서 사장의 심정을 이해 못 할 바는 아니었다.

나는 어제일 때문에 피곤해서 일어나기가 힘들었다. 면도를 하면서 오늘 무엇을 할까 생각하다 수영을 하러 가기로 결정했다. 나는 전차를 타고 항구의 해수욕장으로 갔다. 거기서, 나는 물로 뛰어들었다. 젊은이들이 많이 있었다. 나는 물속에서 이전에 우리 사무실의 타이피스트로 일했던 마리 카르도나를 만났다. 내가 그때 마음에 두었던 사람이었다. 그녀 역시 그랬다고, 나는 생각한다. 그러나 얼마 안 있어 그녀가 회사를 그만두었고 우리에겐 기회가 없었다. 나는 그녀가 부표 위로 오르는 것을 도왔고, 그 순간 그녀의 젖가슴을 살짝 스치기도 했다. 내가 여전히 물속에 있는 동안 그녀는 벌써 부표 위에 배를 깔고 엎드려 있었다. 그녀가 내게로 몸을 돌렸을 때 머리칼이 드리운 눈이 나를 보고 웃고 있었다. 나는 부표 위 그녀 곁으로 기어 올라갔다. 유쾌했다. 나는 농담을 던지며 머리를 뒤로 젖혀 그녀의 배를 베고 누웠다. 그녀가 아무 말도 하지 않기에 나는 그냥 그대로 있었다. 온 하늘이 눈에 들어왔다. 푸른빛과 황금빛이 섞여 있었다. 목덜미 밑에서 마리의 배가 천천히 오르내리는 것이 느껴졌다. 우리는 오랫동안 그렇게 선잠을 자듯 부표 위에 누워 있었다. 햇볕이 너무 강렬해지자 마리는 물속으로 뛰어들었고 나도 뒤를 따랐다. 나는 그녀의 곁으로 가서 손을 허리에 두르고 함께 헤엄을 쳤다. 마리는 줄곧 웃고 있었다. 둑 위로 올라가서 몸을 말리는 동안 그녀가 내게 말했다. "내가 당신보다 더 탄 거 같은데요." 나는 그녀에게 혹시 저녁에, 영화관에 가겠느냐고 물었다. 그녀는 다시 웃으면서 페르낭델이 나오는 영화를 보고 싶다고 말했다. 우리가 옷을 입었을 때, 그녀가 검은 타이를 하고 있는 나를 보고 몹시 놀라며 혹시 애도중이냐고 물었다. 나는 엄마가 돌아가셨다고 말했다. 그녀가 언제부터였는지를 알고 싶어 했기에 나는 "어제부터." 라고 대답했다. 그녀는 뒤로 주춤 물러서긴 했지만, 아무 말도 하지 않았다. 그건 내 잘못이 아니라고 말하려다 사장에게 이미 그렇게 말했던 것을 떠올리곤 그만두었다. 그건 아무런 의미도 없었다. 어쨌든, 우리는 항상 얼마간의 잘못을 저지른다.

저녁이 되어, 마리는 모든 걸 잊고 있었다. 영화는 때로 웃겼고 또 실제로는 너무 산만했다. 그녀의 다리가 내게로 기대왔다. 나는 그녀의 가슴을 스쳤다. 상영이 끝날 무렵, 나는 그녀에게 키스했지만, 잘되지 않았다. 밖으로 나와, 그녀는 내 집으로 왔다.

내가 눈을 떴을 때, 마리는 가버리고 없었다. 마리는 친척 아주머니에게 가야 한다고 내게 이미 말했던 것이다. 그날이 일요일이라는 데 생각이 미치자 나는 따분해졌다. 나는 일요일을 좋아하지 않았다. 그래서 나는 침대에서 몸을 뒤척이며 마리가 남겨 두고 간 베개 위의 소금기 묻은 머리 냄새를 좇다가 10시까지 잤다. 그러고도 여전히 침대에 누운 채 정오까지 담배를 피워 댔다. 나는 평소처럼 셀레스트네 식당에 가서 점심을 먹고 싶지는 않았다. 틀림없이 사람들이 이것저것 물어올 텐데, 그것이 싫었던 것이다. 나는 계란 프라이를 해서 접시째 입을 대고 빵도 없이 먹었다. 빵이 떨어졌지만 사러 내려가고 싶지 않아서였다.

나는 점심을 먹고 좀 무료해져서 아파트 안을 어슬렁거렸다. 엄마가 계실 때는 맞춤한 아파트였는데 이제 나 혼자 쓰기엔 너무 커서 주방의 식탁을 방 안으로 들여야 했다. 나는 이제 방 하나에 조금 내려앉은 의자들과 누렇게 변색한 거울 달린 옷장과 화장대, 그리고 구리 침대만 두고 살고 있다. 나머지는 모두 버려둔 채였다. 잠시 후 나는 특별히 할 일이 없어 옛날 신문을 집어 들어 읽었다. 거기서 크뤼센 소금 광고를 오려서 흥미 있는 신문 기사를 스크랩해 두는 낡은 공책에 붙였다. 나는 손까지 씻고, 마침내는 발코니로 나갔다.

내 방은 변두리 간선도로에 면해 있다. 오후의 날씨는 화창했지만 보도는 진득거렸고 몇 안 되는 행인들이 한껏 서두르고 있었다. 산책을 나가는 가족이 우선 눈에 들어왔다. 빳빳이 세운 바짓가랑이가 무릎 아래까지 내려오는 해군복 차림이 거북해 보이는 남자아이 둘과 커다란 분홍색 리본을 달고 검은색 에나멜 구두를 신은 여자아이, 그 뒤로 밤색 비단옷 차림의 엄청나게 비만인 여자와 키가 작고 비쩍 마른, 나도 얼굴은 알고 있는 사나이가 걸어가고 있었다. 남자는 밀짚모자를 쓰고 나비타이에 단장을 짚었는데, 그의 아내와 나란히 있는 것을 보니 동네 사람들이 왜 그를 두고 점잖은 사람이라고 하는지 알 것 같았다. 조금 뒤에 변두리에 사는 젊은이들이 지나갔다. 머리에는 윤기 나는 기름을 바르고, 붉은 타이에 허리가 꽉 끼는 양복저고리에 장식 손수건을 꽂고 각진 구두를 신고 있었다. 아마 시내로 영화 구경을 가는 중인 듯했다. 그렇게 일찍 길을 나서 큰 소리로 웃어 대며 서둘러 전차를 타러 가고 있는 것을 보면 말이다.

그들이 지나간 이후 길거리는 차츰 인적이 뜸해졌다. 아마도 곳곳에서 공연이 시작된 모양이었다. 이제 길에는 가게를 지키는 주인들과 고양이들만이 눈에 띄었다. 길가의 무화과나무 가로수 위로 보이는 하늘은 맑았지만 환하게 빛나지 않았다. 길 건너편 담배 가게 주인이 의자를 끌고 나와 문 앞에 놓고는 등받이에 두 팔을 괴고 걸터앉았다. 조금 전까지 승객들이 미어터질 듯 들어찼던 전차들도 거의 비다시피 했다. 담배 가게 옆 조그만 카페 '피에로'에서는 사환이 텅 빈 가게 안의 톱밥을 쓸고 있었다. 바야흐로 일요일이었다.

나는 담배 가게 주인처럼 의자를 돌려놓았다. 그것이 더 편해 보였기 때문이다. 나는 담배를 두 대 피웠고, 안으로 들어가 초콜릿 한 조각을 들고 창가로 나와 먹었다. 오래지 않아 하늘이 점점 어두워졌다. 나는 여름 소나기가 오려나 보다 했다. 그러나 하늘은 다시 차차 밝아졌다. 하지만 비를 머금은 듯한 구름층이 지나고 있어 거리는 더 어두워졌다. 나는 오랫동안 그 자리에 남아 하늘을 바라보았다.

　5시가 되자 요란한 소리와 함께 전차가 도착했다. 교외의 경기장으로부터 돌아오는 구경꾼들이 발판이며 난간에까지 발디딜 틈도 없이 들어차 있었다. 그다음 전차에는 운동선수들이 타고 있었다. 나는 그들의 손에 들린 보스턴백으로 인해 그들이 운동선수임을 짐작할 수 있었다. 그들은 자기네 클럽은 결코 죽지 않을 거라고 목청껏 소리치며 노래를 불렀다. 여러 명이 내게 손을 흔들었다. 그 가운데 한 사람이 "우리가 이겼어" 하고 소리쳤다. 나는 머리를 끄덕여 '알겠다'는 신호를 보냈다. 그러고 난 뒤에는 자동차들이 몰려들기 시작했다.

　날이 다시 약간 바뀌었다. 지붕 위 하늘은 불그스름해졌고, 땅거미가 지기 시작하자 거리는 생기가 돌았다. 산보객들도 차츰 돌아오고 있었다. 사람들 속에서 예의 그 점잖은 가장도 눈에 띄었다. 아이들은 울거나 질질 끌려오고 있었다. 곧이어 동네 영화관에서 관객들을 길 위로 쏟아 내놓았다. 그들 가운데 젊은이들이 평소보다 한결 단호한 몸짓을 하고 있는 것을 보고 나는 활극 영화를 본 모양이구나 생각했다. 시내 영화관에 갔던 사람들은 조금 뒤에 오기 시작했다. 그들은 한결 심각한 표정이었다. 여전히 웃고는 있었지만, 가끔씩 피로해 보였으며 뭔가를 생각하는 듯했다. 그들은 거리에 남아 맞은편 보도를 이리저리 오갔다. 모자를 쓰지 않은 동네 아가씨들 몇이 팔짱을 끼고 지나갔다. 젊은 사내애들이 일부러 그녀들 옆으로 지나며 농담을 던졌고 아가씨들은 고개를 돌리며 웃어 댔다. 그네들 중 아는 몇몇이 내게 손을 흔들었다.

그때 갑자기 가로등이 켜지며, 밤하늘에 가장 먼저 떠오른 별들이 흐릿해졌다. 그처럼 온갖 사람들과 빛이 가득한 거리를 바라보고 있자니 나는 눈이 피로해졌다. 젖은 보도블록은 가로등 불빛을 받아 빛났고, 일정한 간격을 두고 전차들이 들어올 때 비치는 빛이 머리칼이나 웃음 띤 얼굴, 은팔찌 위에서 바스러졌다. 이윽고 전차들이 뜸해지고 깜깜한 어둠이 어느새 나무들과 가로등 위로 내려앉으면서 거리엔 차츰 인적이 끊기고 첫 번째 고양이가 천천히 다시 한적해진 길을 가로질러 가고 있었다. 그제야 나는 저녁을 먹어야겠다는 생각이 들었다. 오랫동안 의자 등받이에 기대어 있었으므로 목이 좀 아팠다. 나는 거리로 내려가 빵과 파스타를 사다 저녁을 해서 그냥 선 채로 먹었다. 나는 창가에서 담배를 한 대 피우고 싶었지만, 공기가 차가워서 추위를 좀 느꼈다. 창문을 닫고 되돌아오면서 나는 거울 속에서 남겨진 빵조각을 비추고 있는 알코올램프가 올려진 식탁 모서리를 보았다. 언제나처럼 또 한 번의 일요일이 지나갔고, 엄마는 이제 땅속에 묻혔으며, 나는 다시 직장으로 돌아갈 것이고, 결국, 바뀐 것은 아무것도 없다는 생각이 들었다.

# III

    오늘 나는 사무실에서 많은 일을 했다. 사장은 친절했다. 그는 내게 너무 피곤하지는 않은지 물었고, 또한 엄마의 나이를 알고 싶어 했다. 나는 실수하지 않기 위해, "예순 정도"라고 말했는데, 잘 모르겠지만 그는 안도하는 듯했고, 그 문제는 끝난 일로 여기는 것 같았다.

    내 책상 위에는 선하증권이 산더미처럼 쌓여 있었고 나는 전부 뜯어보아야 했다. 점심을 먹기 위해 사무실을 나오기 전, 나는 손을 씻었다. 점심때의, 그 순간이 정말 좋다. 저녁이면, 우리가 사용하는 두루마리 수건이 온종일 사용해서 거의 젖어 있기에 기분이 별로 좋지 않았다. 나는 한번은 사장에게 그 점을 지적하기도 했다. 그는 자기도 유감스럽게 생각한다고 답했지만, 여전히 중요하게 여기는 사안 같지는 않았다. 나는 조금 늦은 시간인 12시 반쯤, 발송과에 근무하는 에마뉘엘과 함께 밖으로 나왔다. 사무실이 바다에 면해 있어서 우리는 햇볕에 뜨겁게 달아오른 항구의 화물선들에 잠깐 정신을 팔고 서 있었다. 그때, 화물 트럭 한 대가 날카로운 체인 소리와 파열음을 내며 도착했다. 에마뉘엘이 내게 "우리 저거 탈까" 하고 물었고 나는 달리기 시작했다. 트럭이 우리를 지나쳤고, 우리는 그것을 뒤쫓아 내달렸다. 나는 소음과 먼지에 휩싸였다. 더 이상 아무것도 볼 수 없었고 아무것도 느껴지지 않았지만, 윈치들과 여러 기계들, 그리고 수평선 위에서 까닥거리는 돛대와 우리가 쫓는 선체들의 한복판에서, 나는 달리기를 멈출 수 없었다. 내가 먼저 받침대를 잡았고 날듯이 뛰어올랐다. 그러고 나서 나는 에마뉘엘이 올라앉도록 도왔다. 우리는 숨을 몰아쉬었고, 트럭은 먼지와 태양이 뒤덮인 부두의 고르지 못한 도로를 텅텅 튀어 오르며 달렸다. 에마뉘엘이 숨넘어갈 정도로 웃어 젖혔다.

우리는 땀에 흠뻑 젖어 셀레스트네 식당에 도착했다. 셀레스트는 그의 큰 배에, 앞치마를 두르고 하얀 콧수염인 채로 여전히 거기에 있었다. 그는 내게 "괜찮냐"고 물었다. 나는 그에게 그렇다고 대답하고, 배가 고프다고 말했다. 나는 매우 빠른 속도로 음식을 먹고 커피를 마셨다. 그러고 나서 집으로 갔고, 와인을 너무 많이 마신 탓에 잠깐 잠을 잤으며, 깨어났을 때는, 담배가 피우고 싶어졌다. 늦어서 나는 전차를 잡기 위해 뛰어야만 했다. 나는 오후 내내 일했다. 사무실 안은 무척 더웠고, 그곳을 나선 저녁때는 천천히 부두를 따라 걸어 돌아올 수 있어서 행복했다. 하늘은 녹색이었고, 나는 만족감을 느꼈다. 그렇지만, 나는 직접 감자를 삶아 먹고 싶어져서 곧장 집으로 돌아왔다.

어두운 층계를 올라가다가, 나는 같은 층 이웃인 살라마노 영감과 맞닥쳤다. 그는 개를 데리고 있었다. 그들이 함께 다니는 걸 본 지도 8년이나 된다. 그 스패니얼은 습진처럼 보이는 피부병 때문에 털이 거의 빠지고 온몸이 반점과 갈색 딱지투성이였다. 좁은 방 안에서 단둘이서만 살아온 때문인지 살라마노 영감은 끝내 그 개를 닮아 버렸다. 그는 얼굴에 불그스름한 검버섯이 폈고 노란 머리는 성겨졌다. 개 역시 주인의 구부정한 자세를 본받아 주둥이를 앞으로 내밀고 목을 뻣뻣하게 세우고 다녔다. 그들은 마치 같은 종인 듯 보이면서도 서로를 미워했다. 오전 11시와 오후 6시, 하루 두 번, 영감은 개를 산책 시켰다. 8년 전부터 산책 코스가 바뀐 적은 한 번도 없었다. 리옹 가를 따라 걷는 그들을 볼 수 있었는데, 개가 끌어당기는 통에 영감은 끈에 발이 걸려 넘어질 뻔하기도 했다. 그럴 때마다 그는 개를 때리며 욕설을 퍼부었다. 그러면 개는 무서워서 설설 기며 끌려갔다. 그때부터는 영감이 개를 끌고 갈 차례인데, 개가 조금 전 일을 까맣게 잊고 다시 제 주인을 끌어당기면 또 매를 맞고 욕설을 들었다. 그때는 둘이 다 보도에 멈춰

서서 개는 공포에 떨고 주인은 증오에 떨면서 서로를 응시하는 것이었다. 매번 그 모양이었다. 오줌을 싸고 싶어도 영감은 그럴 시간을 주지 않고 끌어당기니까 스패니얼은 오줌 방울을 질금거리며 따라갈 수밖에 없었다. 그러다 방 안에서 오줌을 싸게 되면 또 매를 맞았다. 그렇게 지낸 것이 8년째였다. 셀레스트는 언제나 "불행한 일이지"라고 말했지만, 실제 속사정은 누구도 모르는 일이었다. 내가 층계에서 마주쳤을 때도 살라마노는 개에게 욕설을 퍼붓는 중이었다. "빌어먹을 놈! 망할 자식!" 개는 끙끙거렸다. 내가 "안녕하세요" 하고 인사를 해도 그는 개에게 계속해서 욕설을 퍼붓기만 했다. 그래서 나는 그에게 개가 무슨 짓을 했느냐고 물었다. 그는 답하지 않았다. 단지 "빌어먹을 놈! 망할 자식!"만 내뱉었다. 그는 개 위로 몸을 굽히고 목줄의 무언가를 손보는 것 같았다. 나는 좀더 큰 목소리로 말을 걸었다. 그제야 그는 고개도 돌리지 않고 억지로 화를 참아 내고 있는 듯한 목소리로 "안 가고 이러고 있잖수" 했다. 그러고는 개를 잡아끌며 가버렸다. 개는 네 발로 버틴 채 끙끙거리며 끌려가고 있었다.

바로 그때 같은 층의 다른 이웃이 들어왔다. 동네에서, 사람들은 그가 여자들로 먹고산다고 했다. 하지만, 그에게 직업을 물으면, "창고지기"라고 했다. 대체로 그를 좋아하는 사람은 거의 없었다. 그러나 그는 자주 내게 말을 걸었고, 내가 그의 말을 들어주었기 때문에 가끔은 내 집에 들르기도 했다. 나는 그가 하는 말들을 흥미롭게 받아들였다. 무엇보다 그와 말을 하지 않을 하등의 이유가 없었다. 그의 이름은 레몽 생테스다. 그는 키가 꽤 작은 편이고, 떡 벌어진 어깨에 권투 선수 같은 코를 하고 있다. 그는 항상 옷을 매우 단정하게 입었다. 그 역시내게 살라마노에 관해서 말할 때는, "불행한 일이 아니겠소!"라고 했다. 그는 내게 혐오스럽지는 않냐고 물었고 나는 아니라고 대답했다.

우리는 층계를 올라왔고 내가 막 떠나려 할 때 그가 내게 말했다. "우리 집에 순대와 와인이 좀 있소. 괜찮다면 같이 하고 싶은데?" 나는 그러면 요리를 하지 않아도 되겠다고 생각해서 제안을 받아들였다. 그 역시 창 없는 부엌이 딸린 방 하나를 쓰고 있었다. 그의 침대 머리맡에는, 흰색과 분홍색의 천사 석고상이 놓여 있었고, 몇 장의 유명 운동선수 사진과 여자나체 사진 두세 장이 붙어 있었다. 방 안은 지저분했고 침대는 헝클어져 있었다. 그는 우선 석유램프에 불을 붙인 후, 주머니에서 더럽혀진 붕대를 하나 꺼내 오른손을 싸맸다. 나는 그에게 무슨 일이 있었느냐고 물었다. 그는 시비를 걸어온 어떤 자와 싸움을 벌였다고 말했다.

"당신은 이해할 거요, 뫼르소 씨." 그가 내게 말했다. "내가 못된 건 아닌데, 좀 급해요. 그자가 내게 '네가 남자라면 전차에서 내리지.' 그럽디다. 나는 그에게 '어이, 그만 하지.' 했소. 그가 나보고 남자가 아니랍디다. 그래서 내렸고 그자에게 그랬어요. '됐나, 이쯤 해두지, 아니면 가만 안 둘 거야.' 그가 '어쩔 건데?' 묻더군요. 그래서 한 방 먹인 겁니다. 그가 쓰러졌죠. 나는, 막 일으켜 세워 주려 했어요. 하지만 그가 땅바닥에서 나를 찹디다. 그래서 무릎으로 한 방 먹인 뒤 두 번 냅다 갈겨 버렸지. 그자의 얼굴에서 피가 흘렀소. 나는 그자에게 계산이 서느냐고 물었죠. 그자가 '그렇다'고 합디다."

그 와중에, 생테스는 줄곧 붕대를 감고 있었다. 나는 침대에 걸터앉아 있었다. 그가 내게 말했다. "보다시피 내가 그를 찾았던 게 아니오. 그자가 나를 보고 싶어 했던 거지." 그것은 사실이었고 나는 그것을 인정했다. 그러고 나서 그는 내게 이런 경우에 관해 조언을 듣고 싶었다며, 나는 인생을 아는 남자이니 자신을 도와줄 수 있을 것이고 그러고 나서 친구가 될 수 있을 것이라고 말했다. 나는 아무 말도 하지 않았는데, 그는 다시 내게 자신의 친구가 되고 싶은지를 물었다. 나는 아무래도 상관없다고 대답했고 그는 만족해하는 눈치였다. 그는 약간의 순대를 꺼내, 팬에 구우며, 잔과 접시, 식기, 그리고 와인 두 병을 늘어놓았다. 모든 것이 침묵 속에 행해졌다. 그러고 나서 우리는 자리를 잡고 앉았다. 음식을 먹는 동안, 그는 자신의 이야기를 하기 시작했다. 처음에는 조금 망설이는 눈치였다. "나는 한 여자를 알았는데…… 말하자면 내 정부였소." 그가 싸운 남자가 이 여자의 오빠였다. 그는 내게 자기가 그녀의 생계를 유지해주었다고 말했다. 나는 아무 대답도 하지 않았고 그럼에도 그는 즉시 동네에서 자기를 두고 뭐라고들 하는지 알고 있지만, 자신은 양심에 거리낄 게 조금도 없으며 자기는 창고지기라고 덧붙였다.

"내 이야기로 돌아가자면," 그는 내게 말했다. "나는 거기에 뭔가 야로가 있다는 걸 깨닫게 된 거요." 그는 여자에게 단지 살아갈 수 있는 만큼의 돈을 주어 왔다. 빌린 방세를 내주고 식대로 하루 20프랑씩을 주었다. "방세 300프랑, 식대 600프랑, 이따금 스타킹도 사주고 해서, 한 천 프랑 들었소. 우리 마나님은 일은 않했소. 그러면서 너무 빠듯해서, 내가 주는 것만으론 관계를 지속할 수 없겠다고 하더군. 그래서 내가 말했소. '너는 왜 반나절이라도 일을 하지 않나? 이 모든 자잘한 것들의 부담을 덜어줄 수 있을 텐데. 이달에도 네게 옷을 한 벌 사줬고, 하루 20프랑을 주고 방세도 내줬지. 그런데 너는 오후면 친구들과 커피를 마셔. 너는 그들에게 커피와 설탕을 주고 있는 거야. 나는 네게 돈을 대주고 말야. 나는 잘해주었는데 너는 못되게 되돌려주고 있는 거라구.' 하지만 그 여자는 일을 하지 않았고, 언제나 이렇게 계속 갈 수는 없다고만 해댔소. 나는 순간 거기에 야로가 있다는 걸 깨닫게 된 거요."

그는 그러고 나서 내게 그 여자의 지갑에서 복권을 한 장 발견했던 일과 그녀가 그것을 어떻게 샀는지를 설명하지 못하던 일을 들려줬다. 얼마 지나지 않아, 그는 여자의 방에서 팔찌 두 개를 저당 잡혔다고 증명하는 전당포 '물표'를 발견했다. 그때까지, 그는 그 팔찌들의 존재에 대해 알지 못했다. "나는 거기에 야로가 있다는 걸 알게 된 거요. 그래서, 나는 그 여자와 헤어졌소. 하지만 우선 여자를 때려 주었지. 그러고 나서, 진실을 말해 줬소. 단지 네가 원했던 건, 나와 그 짓을 즐기는 것뿐이었다고 말이오. 이해할 거요, 뫼르소 씨. 그 여자에게 말했소. '내가 네게 준 행복을 세상이 질투하는 걸 모르는 거냐. 네가 누렸던 게 행복이라는 걸 나중에 알게 될 거다.'"

그는 피가 날 정도로 여자를 때렸다. 이전에는, 여자를 때린 게 아니었다. "내가 쳐대긴 했소, 하지만 그건 말하자면 민감하게 정을 나눈 겁니다. 그 여자는 조그맣게 소리를 질러댔지. 그건 내가 덧문을 닫아 버리면 언제나 그냥 끝나는 일이었소. 하지만 이번엔, 심했소. 그래도 나로서는, 그 여자를 충분히 벌하지 못했다고 생각해요." 그는 그러면서 그런 이유로 조언이 필요하다고 말했다. 그는 검게 그을린 램프의 심지를 조절하느라 말을 중단했다. 나로서는 여전히 귀를 기울이고 있었다. 와인을 거의 1리터나 마셔서 관자놀이가 화끈 달아올랐다. 나는 내 것이 떨어져서 레몽의 담배를 피웠다. 마지막 전차가 지나

가면서 인근의 소음들을 싣고 떠났다. 레몽은 계속했다. 그를 신경 쓰이게 하는 것은, "여전히 그 여자와 섹스를 하고 싶은 감정이 남았다"는 것이었다. 하지만 그는 여자를 벌주길 원했다. 그는 우선 그 여자를 호텔로 데려가서 "풍기단속반"을 불러서 몸을 팔려 했다고 매춘부로 등록되게 할까를 고려했었다. 그러고 나서는, 뒷골목의 친구들과 상의했었다. 레몽이 지적한 바로, 뒷골목에서라면 형벌이 존재할 거라고 보았던 것인데, 그들은 방법을 찾지 못했다. 그가 사정을 말하자, 그들은 여자에게 '낙인을 찍자'고 제안했다. 하지만 그것은 그가 원하는 바가 아니었다. 그는 숙고해 볼 참이었다. 그는 그전에 내게 무언가를 요청하고 싶어 했다. 거기다 내게 그걸 요청하기 전에, 이 이야기에 대해 내 생각이 어떤지를 알고 싶어 했다. 나는 별생각이 없지만 흥미롭긴 하다고 답했다. 그는 내가 보기에도 거기에 야로가 있었던 것 같냐고 물었고, 나는 그에 대해 야로가 있었던 것처럼 여겨진다고 답했다. 만약 우리가 여자를 벌해야 한다면 그의 입장에서, 나라면 어쩌겠느냐는 물음엔, 나는 방법은 모르겠다고 말했다. 하지만 그가 그녀를 벌하고 싶어 하는 것은 이해한다고 말했다. 나는 다시 와인을 조금 마셨다. 그는 담배에 불을 붙이고는 내게 자신의 생각을 밝혔다. 그는 "걷어차 버리겠다는 뜻과 함께 그 여자가 후회하게 만들 내용이 동시에 담긴" 편지 한 통을 그 여자에게 보내고 싶어 했다. 그런 다음, 그 여자가 돌아오면, 함께 그 짓을 하고 "막 끝날 때쯤" 얼굴에 침을 뱉고 쫓아내 버리겠다는 것이었다. 내가 보기에 실제로, 그런 식이라면, 여자에게 벌을 주는 방법을 찾은 것 같았다. 하지만 레몽은 내게 자신은 그만한 편지를 쓸 수 있는 감정을 가지고 있지 못하다는 것과 그것을 써 달라고 할 요량으로 나를 생각했다고 말했다. 내가 아무 말도 하지 않자, 그는 혹시 그것을 당장 하는 게 성가시냐고 물었고 나는 아니라고 대답했다.

그리고 나서 그는 와인 한 잔을 마신 후에 일어섰다. 접시들과 먹다 남은 식은 순대 조각들을 옆으로 밀쳤다. 그리고는 세심하게 테이블을 행주로 닦았다. 그는 침대 머리맡 탁자의 서랍에서 모눈종이 한 장과 노란 봉투, 붉은 나무로 된 작은 펜대, 네모난 보랏빛 잉크병을 꺼냈다. 그가 그 여자의 이름을 말했을 때, 나는 그녀가 무어인이라는 것을 알았다. 나는 편지를 썼다. 그냥 되는대로 쓰긴 했지만, 레몽을 만족스럽게 하지 않을 이유가 없었으므로 그가 만족하도록 하기 위해 나름 애썼다. 그리고 나서 나는 그 편지를 소리 내어 읽었다. 그는 담배를 물고 고개를 끄덕이며 귀를 기울이고 있었다. 그리고 나서 다시 한 번 읽어 달라고 요청했다. 그는 매우 만족해했다. 그는 내게 말했다. "나는 네가 인생을 알 거라는 걸 알고 있었어." 나는 처음엔 그가 내게 반말을 하고 있다는 걸 인식하지 못했다.

그가 내게 공공연히 "이제, 자넨 진짜 친구네"라고 했을 때에야 비로소, 그것은 내게 강한 인상을 안겨 주었다. 그는 그 구절을 되풀이했고 나는 "그래"라고 말했다. 내가 그의 친구이든 아니든 내겐 문제될 게 없었지만, 그는 정말로 나와 친구가 되길 갈망하는 것처럼 보였다. 그는 그 편지를 봉했고 우리는 와인 마시는 것을 끝냈다. 그러고 나서 우리는 한동안 아무 말도 하지 않고 담배를 피웠다. 밖은, 모든 게 고요했고, 우리는 지나는 차들의 미끄러지는 소리를 들었다. "늦었군" 하고 내가 말했다. 레몽 역시 같은 생각이었다. 그는 시간이 빠르게 지난다고 말했는데, 어떤 의미에서, 그것은 진실이었다. 나는 졸음이 밀려왔지만, 일어나기가 힘들었다. 나는 지쳐 보였던 게 틀림없다. 레몽이 내게 자포자기하면 안 되네, 하고 말했기 때문이다. 처음에, 나는 그 말을 이해하지 못했다. 그러자 그는 내게 엄마의 죽음에 대해 들었다며, 하지만 그건 언제고 일어날 일이었다고 말했다. 내 생각도 그랬다.

내가 일어서자, 레몽은 내 손을 힘주어 잡고는 남자끼리는 항상 서로를 이해하는 거라고 말했다. 그의 방을 나서, 나는 문을 닫고, 층계참의 어둠 속에 잠시 서있었다. 건물은 조용했고, 층계 저 밑 깊은 곳으로부터 어둡고 습한 공기가 올라왔다. 나는 단지 귓전을 울리는 내 맥박 소리만 들을 수 있었을 뿐이었다. 나는 여전히 꼼짝 않고 있었다. 살라마노 영감 방에서,

개가 나지막이 끙끙거리고 있었다.

# IV

　나는 일주일 내내 만족스레 일했고, 레몽이 찾아와서는 그 편지를 보냈다고 말했다. 나는 스크린 위로 지나는 것을 항상 이해하지 못하는, 에마뉘엘과 영화를 두 번 보러 갔다. 그래서 그에게는 설명을 해주어야만 했다. 어제는 토요일이었고, 우리가 약속한 대로 마리가 왔다. 나는 몹시 욕정을 느꼈는데, 그녀가 붉고 흰 줄무늬가 있는 아름다운 원피스에 가죽 샌들을 신고 있었기 때문이다. 그녀의 단단한 가슴을 볼 수 있었고 햇볕은 그녀의 얼굴을 꽃처럼 보이게 만들어두고 있었다. 우리는 버스를 타고 알제에서 몇 킬로미터 떨어진, 바위로 둘러싸여 육지 쪽으로 갈대가 우거진 해변으로 나갔다. 오후 4시의 태양은 크게 뜨겁지는 않았지만, 물은 미지근했고, 파도는 길게 게으른 잔물결을 빚어냈다. 마리가 게임 하나를 가르쳐 주었다. 그것은 헤엄을 치면서, 파도 마루의 물을 들이마셔야 했는데, 그 거품을 모두 입에 모았다가, 허공에 대고 뿜어 대는 것이었다.

그러면 거품으로 된 레이스가 만들어지면서 허공으로 흩어지기도 하고, 미지근한 보슬비가 되어 얼굴 위로 떨어지기도 했다. 하지만 잠시 후에, 소금기로 입안이 얼얼해졌다. 마리가 따라와서는 물속에서 내게 몸을 밀착시켰다. 그녀는 자신의 입술을 내 입술에 대었다. 그녀의 혀가 내 입술을 서늘하게 해주는 가운데 우리는 얼마간 파도에 몸을 맡기고 있었다.

우리가 해변에서 옷을 입었을 때, 마리가 맑은 눈으로 나를 바라봤다. 나는 그녀에게 키스했다. 그 순간부터, 우리는 더 이상 아무 말도 하지 않았다. 나는 그녀를 꼭 껴안고 서둘러 버스를 찾았고, 내 집으로 되돌아와서는 침대 위로 몸을 던졌다. 나는 창문을 열어 두었었는데 여름밤이 우리의 갈색 몸뚱이 위로 기분 좋게 흘렀다.

아침에, 마리가 머물러 있어서 나는 점심을 함께하자고 말했다. 나는 고기를 좀 사러 내려갔다. 올라오는 길에, 나는 레몽의 방에서 흘러나오는 여자 목소리를 들었다. 곧이어, 살라마노 영감이 개를 다그치는지, 구두창 소리와 나무 계단을 긁는 소리, 이어 "빌어먹을 놈! 망할 자식!" 하는 소리가 들렸고, 그들은 거리로 나갔다. 내가 마리에게 영감에 대한 이야기를 해주자 그녀가 웃었다. 그녀는 내 파자마 소매를 말아 올려 입고 있었다. 그녀가 웃었을 때, 나는 다시 그녀를 원했다. 잠시 후에, 그녀는 내게 자기를 사랑하는지를 물었다. 나는 그건 아무 의미가 없지만, 그런 것 같지는 않은 것 같다고 대답했다. 그녀는 슬퍼 보였다. 그러나 점심을 준비하는 동안, 또 아무것도 아닌 일에 그녀가 다시 웃었고 나는 그녀에게 키스했다. 바로 그때 레몽의 방에서 다투는 듯한 소음이 발생했다.

먼저 고음의 여자 목소리가 났고 그에 더해 레몽이 말했다. "보고 싶었어, 보고 싶었어. 얼마나 보고 싶었는지 가르쳐주지." 약간의 소음이 나고 여자가 울부짖긴 했지만, 그런 소름돋는 방식이 즉시 층계참에 사람들을 모여들게 했다. 마리와 나 역시 나갔다. 여자는 여전히 울부짖었고, 레몽은 여전히 쳐댔다. 마리가 심하다고 했고, 나는 답하지 않았다. 그녀는 내게 순경을 부르자고 청했지만, 나는 순경을 좋아하지 않는다고 말했다. 그렇지만, 두 번째 집의 입주자인 배관공이 경찰 한 사람과 나타났다. 그가 문을 두드렸고 더 이상 아무 소리도 들리지 않았다. 그가 더 세게 두드리자 잠시 후, 여자가 울었고 레몽이 문을 열었다. 입에 담배를 물고 있는 그는 들큰하게 상기되어 보였다. 여자가 문을 밀치고는 순경에게 레몽이 자신을 때렸다고 말했다. "당신 이름." 순경이 물었다. 레몽이 답했다. "내게 말하는 중엔 입에서 담배 빼" 순경이 말했다. 레몽이 망설이다. 나를 보고는 담배를 한 모금 빨았다. 그 순간, 순경이 두껍고 육중한 손바닥으로 그의 살찐 뺨을 냅다 후려쳤다. 담배가 몇 미터 밖으로 떨어졌다. 레몽의 안색이 바뀌었지만 그는 잠깐 아무 말도 하지 않다가는 공손한 목소리로 담배꽁초를 주워도 되겠느냐고 물었다. 순경은 그래도 된다고 덧붙였다. "하지만 다음엔, 순경이 허수아비가 아닌 걸 알아야 될 거야." 한편, 여자는 눈물을 흘리며 되풀이했다. "이 사람이 나를 때렸어요. 이 사람은 메크호(maquereau:고등어,기둥서방을 가리키는 은어)예요." "순경 나리." 그러자 레몽이 물었다. "참나. 사람에게 고등어라니 그런 게 법에 나와 있소?" 하지만 순경이 "입 다물어." 하고 정리했다. 레몽이 그러자 여자를 향해 돌아서서는 말했다. "기다려, 자기, 또 보자구." 순경은 입 다물라고 하고, 여자는 떠나도록 했고 그에게는 경찰서의 소환이 있을 때까지 집에 있으라고 했다. 그는 레몽에게 그처럼 몸을 떨 정도로 취했으면 부끄러운 줄 알라고 덧붙였다. 순간, 레몽이 말했다. "나는 취하지 않았소, 순경 나리. 그저, 당신 앞이라 그런 거고, 내가 떤 것도 그런 척 한 거지." 그는 문을 닫았고 모든 사람들이 떠났다. 마리와 나는 점심 준비를 마쳤다. 하지만 그녀는 먹고 싶어 하지 않았고, 내가 거의 전부를 먹었다. 그녀는 1시에 떠났고 나는 잠깐 잠을 잤다.

3시경, 누군가 내 집 문을 두드렸고, 레몽이 들어왔다. 나는 그대로 누워 있었다. 그는 침대 모서리에 걸터앉았다. 그는 한동안 말없이 머물렀고, 나는 어떻게 된 일이냐고 물었다. 그는 내게 자신은 원하는 대로 했는데, 그 여자가 자신의 따귀를 쳐서 때리게 되었다고 말했다. 나머진, 내가 본 대로였다. 나는 그에게, 내가 보기에 이제 그 여자도 벌을 받은 거 같고, 그도 만족했겠다고 말했다. 그는 자신도 그렇게 생각한다며, 경찰이 무엇을 하든 간에, 그 여자에게 전할 건 전했다는 사실에는 변함이 없다고 말했다. 그는 경찰에 대해 뭐든 알고 있고 그들을 어떻게 다뤄야 하는지도 안다고 덧붙였다. 그러면서 그는 혹시 자신이 경찰의 따귀에 대응하기를 기대했느냐고 물었다. 나는 어떤 것도 기대하지 않았으며 나도 경찰을 좋아하지 않는다고 대답했다. 레몽은 매우 흡족해했다. 그는 자신과 외출하겠느냐고 물었다. 나는 일어나서 머리를 빗기 시작했다. 그는 내게 증인이 되어 주었으면 한다고 말했다. 나는 그건 상관없는 일이지만, 무슨 말을 해야 할지 몰랐다. 레몽에 따르면, 그 여자를 그가 보고 싶어 했다고만 진술해 주면 충분하다는 것이었다. 나는 증인이 되어 달라는 그의 뜻을 받아들였다.

우리는 밖으로 나왔고 레몽은 내게 코냑을 사주었다. 그리고 나서 그는 당구를 치러 가고 싶어 했고 내가 근소한 차이로 졌다. 그는 사창가에 가고 싶어 했지만, 나는 그런 것을 좋아하지 않았기에 가지 않겠다고 했다. 그래서 우리는 천천히 집으로 돌아왔고 그는 자신의 여자를 성공적으로 벌한 것에 대해 얼마나 만족하는지를 말했다. 나는 그가 매우 친밀하게 나를 대한다고 여겼고 즐거운 한때였다고 생각했다.

멀리에서, 나는 출입구 앞에서 불안에 떨고 있는 듯한 살라마노 영감을 보았다. 우리가 가까이 갔을 때, 나는 그의 개가 보이지 않는다는 것을 알아차렸다. 그는 사방을 두리번거리며, 제자리를 맴돌았고, 어두운 통로를 뚫어지게 쳐다보며, 알아들을 수 없는 혼잣말을 중얼거리다가 다시 충혈된 작은 눈으로 길가를 훑어보기 시작했다. 레몽이 그에게 무슨 일이냐고 물었을 때, 그는 바로 대답하지 않았다. 나는 그가 "비열한 놈, 못된 놈" 하고 웅얼거리는 것을 어렴풋이 들었는데, 그는 계속해서 분주히 움직였다. 나는 개가 어디 갔느냐고 그에게 물었다. 그는 즉각 그것이 사라졌다고 대답했다. 그러고 나서 갑자기, 그는 쉴 새 없이 말을 쏟아 내기 시작했다. "평소처럼, 그놈을 마뇌브 광장에 데려갔었죠. 노점의 가건물 주변으로, 사람들이 많았어요. 나는 '탈주왕' 공연을 보느라 멈춰 섰었소. 그리고 떠나려고 하니까 더 이상 그놈이 거기에 없었던 거요. 물론, 오래전부터 좀 작은 목걸이를 사주고 싶었는데. 하지만 이 못된 놈이 이렇게 떠나 버릴 거라곤 생각지 못했지 뭐요."

레몽이 그런 중에 개가 길을 잃어버렸을 수도 있고 그러니 다시 돌아올 거라고 그에게 말해주었다. 그는 주인을 찾아 수십 킬로미터 길을 걸어온 개들을 예로 들었다. 그럼에도 불구하고, 영감은 더 불안에 사로잡힌 듯했다. "하지만 그자들이 내게서 그놈을 빼앗아 갈 거요. 이해하시죠? 만약 누구라도 그놈을 거두어 준다면야 좋은 일이지. 하지만 그게 불가능한 게, 모두가 그놈의 부스럼을 혐오스러워 할 거요. 경찰들이 그놈을 잡아갈 게, 확실해요." 나는 그에게 그러면 개는 동물보호소로 가게 될 테고 얼마간 수수료를 내면 돌려받을 수 있을 거라고 말했다. 그는 내게 수수료가 비싼지 어떤지를 물었다. 나는 알지 못했다. 그러자, 그가 화를 냈다. "그 못된 놈을 위해 돈을 내야 한다고, 하! 그냥 죽어 버리라지!" 그리고는 개에게 욕을 해대기 시작했다. 레몽이 웃더니 안으로 들어갔다. 나도 그 뒤를 따랐고 우리는 2층 층계참에서 헤어졌다. 잠시 후에, 나는 영감의 발소리를 들었고, 그가 내 집 문을 두드렸다. 문을 열자, 문간에서 잠시 기다리던 그가 말했다. "실례합니다. 실례합니다." 나는 안으로 들어오라고 권했지만, 그는 그러고 싶어하지 않았다. 그는 자신의 신발 끝만 바라보고 있었고 부스럼들로 덮인 손이 떨렸다. 나를 쳐다보지도 않고, 그가 물었다. "그들이 내게서 그놈을 빼앗아 가지는 않겠죠. 그렇죠, 뫼르소 씨. 그놈을 내게 돌려주겠죠. 안 그러면 어찌해야 하나요?" 나는 동물보호소에서는 주인이 찾아갈 수 있도록 사흘 동안 개를 보호하고 그 후에 적절한 조처를 취한다고 알려 주었다. 그는 나를 말없이 바라보았다. 그러고는 내게 "좋은 저녁 되세요" 하고 인사했다. 그가 그의 집 문을 닫았고 나는 그가 방안에서 오가는 소리를 들었다. 그의 침대가 삐걱거렸다. 그리고 벽을 통해 들려온 작고 기묘한 소리로, 나는 그가 울고 있다는 것을 깨달았다. 무슨 이유에선지 모르겠지만 나는 엄마를 떠올렸다. 하지만 나는 다음 날 아침 일찍 일어나야만 했다. 나는 배가 고프지도 않아서 저녁도 먹지 않고 잠자리에 들었다.

# V

레몽이 사무실로 전화를 걸어 왔다. 그는 내게 그의 친구들 중 한 명이 알제 인근에 있는 그의 작은 별장에서 일요일을 함께 보내자고 나를 초대했다고 말했다(그에게 나에 관해 얘기했다고 한다). 나는 그러고 싶지만, 그날 여자친구와 함께 시간을 보내기로 약속했다고 대답했다. 레몽은 즉시 그녀 또한 초대하겠다고 말했다. 친구 부인이 남자들 사이에서 혼자가 아닌 게 되니 무척 행복해할 거라면서.

나는 사장이 시내에서 우리에게 걸려 오는 전화를 좋아하지 않는다는 걸 알고 있었기에 즉시 끊으려 했다. 하지만 레몽은 내게 기다리라며 이 초대 건에 대해서는 저녁에 전해도 되었지만, 다른 걸 알려 주고 싶었다고 말했다. 그는 하루 종일 아랍인 패거리들에게 미행을 당했는데, 개중에는 이전 여자의 오빠가 끼어 있다는 것이었다. "자네가 오늘 저녁 집에 도착했을 때 근처에서 그들을 보면 내게 좀 알려 주게." 나는 알겠다고 말했다.

잠시 후, 사장이 나를 불러서 나는 순간적으로 짜증이 났는데, 그가 내게 전화 통화를 삼가고 좀더 일을 하라고 할 것으로 생각했기 때문이다. 결코 그건 아니었다. 그는 아직은 매우 불분명한 계획 하나에 대해 내게 말하는 거라고 밝혔다. 그는 단지 그 문제에 대한 내 견해를 듣고 싶어 했다. 그는 파리에 사무실을 열어 그 지역 사업을 다루고, 큰 회사들과 직접 거래할 생각인데, 내가 갈 의향이 있는지를 알고 싶어 했다. 이일은 내가 파리에서 살게 되는 것이고 또한 연중에 여행을 할수 있게 된다는 것을 의미했다. "당신은 젊고, 이건 당신을 기쁘게 할 삶일 것 같은데." 나는 고맙긴 하지만 내게는 기본적으로 별 차이가 없다고 말했다. 그는 내게 삶에 변화를 주는데 관심이 없느냐고 물었다. 나는 사람들은 결코 삶을 바꿀 수없다고, 어떤 경우의 삶이든 전부 같으며, 여기서의 내 삶도 결코 불만스럽지 않다고 말했다. 그는 불만스러운 표정으로, 나는 언제나 논점을 벗어나 대답하고, 야망도 없어서, 사업을 하기에는 대단히 좋지 않다고 내게 말했다. 그러고 나서 나는 일하기 위해 자리로 돌아왔다. 그의 뜻을 거스르지 않았더라면 더 좋았겠지만, 나는 내 삶을 바꾸어야 할 이유를 알지 못했다. 되돌아보아도, 나는 불행하지 않았다. 학창시절엔, 나도 그같은 야망이 많았다. 하지만 학업을 포기해야만 했을 때, 나는 그 어떤 것도 중요하지 않다는 것을 금방 깨달았다.

저녁에, 마리가 나를 찾아와서는 자기와 결혼하고 싶은지를 물었다. 나는 상관없다고 그녀가 원한다면 할 수 있다고 대답했다. 그녀는 그러자 내가 자기를 사랑하는지 알고 싶어 했다. 나는 전에 말한 것처럼, 어떤 의미도 없지만 아마 사랑하는 것 같지는 않다고 대답했다. "그런데 왜 나랑 결혼 하지?" 하고 그녀가 말했다. 나는 그녀에게 그건 별로 중요한 게 아니며, 그녀가 원한다면 결혼할 수 있다는 거라고 설명했다. 게다가, 요청한 사람은 그녀고 나는 흔쾌히 그러자고 말한 거라고. 그녀는 그러자 결혼은 진지한 일이라고 지적했다. 나는 "아니야"라고 대답했다. 그녀는 한동안 침묵하며 조용히 나를 바라보았다. 그러고 나서 그녀는 말했다. 그녀는 다만 내가 같은 방식으로 알게 된, 다른 여자로부터 같은 제안을 받는다면 받아들일 것인지를 알고 싶어했다. 나는 "당연히"라고 대답했다. 그러자 그녀는 자신도 나를 사랑하는 건지 알고 싶어 했는데, 나로서는 그에 관해서는 알 수 없는 것이었다. 또다시 잠깐의 침묵이 흐른 뒤에, 그녀는 내가 묘하다고, 아마 그 때문에 나를 사랑하지만, 어쩌면 언젠가는 바로 그 같은 이유로 내가 싫어질 수도 있을 거라고 중얼거렸다. 내가 덧붙일 말이 없었기에 잠자코 있자, 그녀는 내 팔을 잡고 웃으며 나와 결혼하고 싶다고 말했다. 나는 그녀가 원하는 이상 우리는 할 수 있다고 답했다.

나는 그러고는 사장의 제안에 관해 말했고 마리는 내게 파리에 대해 알고 싶다고 말했다. 나는 한때 그곳에 살았다고 말했고 그녀는 내게 어땠느냐고 물었다. 나는 그녀에게, "지저분해. 비둘기들과 어두운 궁전뜰이 있어. 사람들 피부는 허여멀건 하고."라고 말했다.

그런 다음 우리는 걸었고 큰길을 따라 시내를 가로질러 갔다. 여자들이 아름다웠고 나는 마리에게 알아차렸는지를 물었다. 그녀는 그렇다며 나를 이해한다고 말했다. 잠시 동안, 우리는 더 이상 말하지 않았다. 나는 그럼에도 그녀가 나와 함께 있길 원해서 그녀에게 셀레스트네 식당에 가서 저녁을 함께 먹자고 말했다. 그녀는 그러고 싶어 했지만 할 일이 있었다. 우리는 집 근처에 이르렀고 나는 그녀에게 또 보자고 말했다. 그녀가 나를 바라봤다. "내가 해야 할 일이 뭔지 알고 싶지 않아?" 나는 알고 싶었지만, 그에 관해 생각지 않았던 것인데, 그녀가 나를 비난하고 있는 것처럼 여겨졌다. 그때, 당혹스러워하는 내 앞에서, 그녀는 다시 웃었고 나를 향해 몸 전체를 기울여서 그녀의 입술을 내밀었다.

나는 셀레스트네 식당에서 저녁을 먹었다. 내가 막 먹기 시작했을 때 작고 묘한 여자 한 명이 들어와 내 테이블에 앉아도 되겠느냐고 물었다. 당연히, 그래도 된다고 했다. 그녀는 작은 사과 같은 얼굴에 경쾌한 몸짓과 빛나는 눈을 하고 있었다. 그녀는 재킷을 벗고 앉더니 메뉴판을 열렬히 살폈다. 그녀는 셀 레스트를 부르더니 즉시 정확하면서도 서두는 목소리로 자기 가 먹을 음식 전부를 한꺼번에 주문했다. 전채요리를 기다리 는 동안, 그녀는 가방을 열고 메모지와 펜을 꺼내 미리 금액 을 합산해 보더니, 조끼 주머니에서 팁까지 더한 정확한 액수 를 꺼내 자기 앞에 올려놓았다. 그때쯤, 그녀의 전채요리가 나 왔고, 그녀는 그것을 매우 빠르게 먹어 치웠다. 다음 음식을 기 다리는 동안, 그녀는 자신의 가방에서 파란 펜 하나와 한 주간 의 라디오 프로그램이 실린 잡지 한 권을 꺼냈다. 세심한 주의 를 기울여, 그녀는 거의 모든 프로그램을 하나하나 체크했다. 잡지가 십수 페이지에 달해서, 그녀는 음식을 먹는 내내 그 작 업을 꼼꼼히 계속했다. 나는 이미 식사를 끝냈고 그녀는 여전 히 같은 방식을 고수 하고 있었다. 그런 다음 그녀는 일어나서 똑같이 정확하고 기계적인 몸짓으로 자신의 재킷을 다시 입고 는 떠났다. 딱히 할 일이 없었으므로 나도 나가 한동안 그녀를 따라갔다. 그녀는 보도의 가장자리를 따라, 믿기 힘든 속도와 정확한 걸음걸이로 한 번도 비켜서거나 주위를 둘러보는 일 없 이 제 갈 길을 갔다. 나는 결국 그녀를 시야에서 놓치고 발걸 음을 돌려야 했다. 나는 그녀가 묘한 여자라고 생각했지만, 아 주 빠르게 잊어버렸다.

내 방문 앞에서, 나는 살라마노 영감을 발견했다. 나는 그를 데리고 들어왔고 그는 동물보호소에도 없는 걸 보니 개를 잃어버린 게 확실한 것 같다고 말했다. 직원들은 그에게, 틀림없이, 개는 차에 치였을 거라고 했다. 그는 경찰서에서 그걸 확인할 수 있는지를 물었다. 그들은 그에게 그런 일은 매일같이 일어나는 일이라 그런 흔적은 남겨두지 않는다고 말했다. 나는 살라마노 영감에게 다른 개를 구할 수도 있지 않겠느냐고 했지만, 자신은 그 개에 길들어 있는 것이라고 말했는데 그가 옳은 것이었다.

나는 침대 위에 웅크리고 있었고, 살라마노는 테이블 앞 의자에 앉아 있었다. 그는 두 손을 무릎 위에 얹고 나를 마주 보고 있었다. 낡은 펠트 모자를 쓴 채였다. 그는 누렇게 된 콧수염 아래로 분절된 말들을 중얼거리고 있었다. 조금 신경이 거슬렸지만, 달리 할 일이 없었고, 졸리지도 않았다. 무슨 말이라도 해야 했기에, 나는 그의 개에 대해 물었다. 그는 아내가 죽은 후에 그것을 얻었다고 했다. 그는 꽤 늦게 결혼을 했다. 젊었을 때, 그는 연극을 하고 싶었다. 군에 있을 때는 군대 보드빌에서 연기를 하기도 했다. 그러나 결국 철도국에 들어갔지만, 그로 인해 지금까지 약간의 연금을 받고 있으니, 그것을 후회하지는 않는다고 했다. 그는 아내와 행복했다고 할 수는 없었지만, 그녀에게 잘 길들여져 조화를 이루었다. 그녀가 죽자, 그는 매우 외로움을 느꼈다. 그리하여, 그는 직장 동료에게 개 한 마리를 부탁했고, 매우 어린 그것을 얻게 되었다. 그는 젖병으로 그것을 먹여야 했다. 그러나 개는 사람보다 덜 살았으므로 그들은 함께 늙어 가며 삶을 마쳐 가는 중이었다. "그놈 성질이 못돼서, 우리는 때때로 다투긴 했죠." 그가 내게 말했다. "그래도 그놈은 좋은 개였다오." 내가 혈통이 좋은 개였다고 말해 주자, 살라마노는 만족해 보였다. "게다가," 그는 덧붙였다. "댁은 병들기 전의 그놈에 대해 모를 거요. 그놈은 더 멋진 털을 가지고 있었다오." 개가 피부 질환을 앓았기에, 매일 밤낮으로, 살라마노는 피부 연고를 발라 주었다. 그러나 그에 따르면, 그것의 실제 병은, 노화였고, 노화는 치료될 수 없는 것이었다.

그때, 내가 하품을 했고, 노인은 자기는 가보겠다고 말했다. 나는 좀더 있어도 된다며, 그의 개에게 일어난 일이 걱정이라고 말했다. 그는 내게 고마움을 전했다. 그는 엄마가 자기 개를 매우 좋아했다고 말했다. 엄마에 대해 말하면서, 그는 엄마를 "댁의 가엾은 어머니"라고 불렀다. 그는 엄마가 돌아가시고 나서 내가 매우 불행했을 걸로 짐작한다고 말했고, 나는 답하지 않았다. 그러자 그가 당황한 기색으로 매우 빠르게, 동네 사람들이 어머니를 양로원에 보낸 일로 나를 안 좋게 여기는 걸 알고 있지만, 자기는 나를 알고, 내가 엄마를 많이 사랑한 거를 잘 안다고 말했다. 나는 아직도 왜 그랬는지 모르겠지만, 그 일로 사람들이 나를 안 좋게 여기고 있는 건 그때까지도 몰랐고,

엄마를 보살펴 드릴 돈을 충분히 가지고 있지 못했기에 양로원에 보내드리는 게 당연하게 여겨졌다고 답했다. "게다가," 나는 덧붙였다. "제게 아무 말도 하지 않으셨던 게 오래전부터였고, 스스로도 지루해하셨습니다." 그가 "그럼요." 하고 말했다. "또한 양로원에서는, 적어도, 친구들을 만들 수 있죠." 그러고 나서 그는 사과했다. 그는 잠자러 가고자 했다. 그의 생활은 이제 바뀌었고 그가 해야만 할 일도 확실치 않았다. 내가 그를 안이후 처음으로, 그는 은근한 몸짓으로, 내게 손을 내밀었고 나는 그의 살갗을 느꼈다. 그는 살짝 웃고는 떠나기에 앞서 내게 말했다. "오늘 밤엔 개들이 짖지 않았으면 좋겠소. 나는 항상 그게 내 개라는 생각이 드니 말이오."

# VI

　일요일에, 나는 잠을 깨기 힘들었는데 마리가 나를 흔들며 불렀다. 우리는 일찍 수영을 하고 싶었으므로 아무것도 먹지 않았다. 나는 완전히 텅 빈 느낌이었고 머리가 조금 아팠다. 담배가 쓴맛이 났다. 마리가 내게 "초상 치르는 얼굴"을 하고 있다며 놀려 댔다. 그녀는 흰색 면 원피스에 머리칼을 늘어뜨리고 있었다. 나는 그녀에게 아름답다고 했고, 그녀는 기뻐하며 웃었다.

　내려가면서, 우리는 레몽의 집 문을 두드렸다. 그는 우리에게 내려가겠다고 답했다. 대낮의 거리는, 내 피로와 더불어 덧창을 열어 두지 않았던 관계로 모르고 있었지만, 이미 가득 찬 햇볕이 내 뺨을 후려치기라도 하는 듯했다. 마리는 기쁨으로 깡충거리며 날씨가 좋다는 말을 되풀이했다. 나는 몸이 나아짐을 느꼈고, 그제야 배가 고프다는 것을 깨달았다. 마리에게 그 말을 하자 그녀는 우리의 수영복과 수건 한 장이 달랑 들어 있는 방수백을 열어 보였다. 나는 기다릴 수밖에 없었고 우리는 레몽이 그의 집 문을 잠그는 소리를 들었다. 그는 푸른 반바지에 흰색 짧은 소매 셔츠 차림이었다. 밀짚모자를 쓰고 있어서, 마리를 웃게 만들었고, 팔뚝은 검은 털 아래서 몹시 희었다. 나는 조금 역겨웠다. 그는 휘파람을 불며 내려왔고 몹시 만족스러워하는 분위기였다. 그는 내게 말했다. "안녕, 친구". 그리고 마리에게는 "아가씨" 하고 불렀다.

그 전날 우리는 경찰서에 갔고 나는 레몽이 그 여자를 "보고 싶어했다"고 증언했다. 그는 주의를 받고 나왔다. 그들은 내 주장을 체크하지 않았다. 문 앞에서, 우리는 레몽과 대화를 나누었고, 그러고 나서 버스를 타고 가기로 결정했다. 해변은 그리 멀지 않았지만, 조금이라도 더 빨리 갈 수 있었던 것이다. 레몽은 자신의 친구도 우리가 일찍 도착하는 걸 보면 만족해할 거라고 했다. 우리가 막 떠나려던 참에 레몽이 갑자기, 내게 길 맞은편을 보라는 시늉을 보냈다. 나는 한 무리의 아랍인들이 담배 가게 진열장에 기대어 서 있는 것을 보았다. 그들은 조용히, 하지만 그들만의 방식으로 마치 우리가 돌덩이나 죽은 나무라도 된다는 듯이 바라보고 있었다. 레몽이 내게 왼쪽에서 두 번째 사람이 그자라고 말했고, 걱정하는 눈치였다. 그럼에도 그는 이제 끝난 이야기라고 덧붙였다. 무슨 영문인지 전혀 몰랐던 마리가 우리에게 무슨 일이냐고 물었다. 나는 그녀에게 레몽에게 원한을 품은 아랍인들이라고 말했다. 그녀는 당장 떠나고 싶어 했다. 레몽이 몸을 곧추세우며 웃고는 서둘러야겠다고 말했다.

우리는 조금 떨어진 버스 정류장으로 향해 갔고 레몽이 아랍인들이 따라오지 않는다고 알려 주었다. 나는 뒤를 돌아보았다. 그들은 여전히 그 자리에 있었고 우리가 방금 떠나온 그곳을 여전히 무관심한 듯 바라보고 있었다. 우리는 버스를 탔다. 완전히 안심한 듯한 레몽은, 마리를 위해 농담을 멈추지 않았다. 나는 그가 그녀를 마음에 들어 한다고 느꼈지만, 그녀는 그에게 거의 응대하지 않았다. 이따금, 그녀는 웃으며 그를 바라보았을 뿐이었다.

우리는 알제의 교외에서 내렸다. 해변은 버스 정류장에서 멀지 않았다. 하지만 그곳은 바다가 내려다보이고 해변을 향해 내리뻗은 작은 고원 하나를 가로질러 가야 했다. 이미 짙게 푸르러진 하늘 아래 노르스름한 돌들과 새하얀 수선화들이 뒤덮여 있었다. 마리는 방수백을 크게 휘둘러 꽃잎들을 떨구어 내는 장난을 치고 있었다. 우리는 열 지어 서 있는 초록색과 흰색 담장의 작은 집들 사이로 걸어갔다. 어떤 것들은 베란다까지 타마리스크 이파리가 드리웠고, 어떤 것들은 바위 지대에 덩그러니 놓여 있었다. 고원의 끝에 도달하기도 전에, 이미 움직임 없는 바다와 더 멀리 맑은 물에 잠긴 육중한 곶뿔을 볼 수 있었다. 가벼운 모터 소리가 고요한 공기 속에서 들려왔고 작은 고깃배 한 척이 반짝이는 바다 위로 지각할 수 없을 만큼, 아득히 멀리 나아가고 있는 것을 보았다. 마리는 바위에서 붓꽃 몇 송이를 꺾었다. 바다로 내려가는 비탈에서 우리는 이미 해수욕을 하고 있는 몇몇 사람을 보았다.

　레몽의 친구는 해변 끄트머리에 자리 잡은 작은 목조 별장에 머물고 있었다. 그 집은 바위들을 등지고 있었고, 전면에서 집을 떠받치고 있는 기둥들은 물속에 이미 잠겨 있었다. 레몽은 우리를 소개했다. 그의 친구는 마송이라고 불렸다. 큰 키에 육중한 몸과 어깨를 가진 그는 파리 억양을 쓰는 땅딸막하고 상냥한 아내와 함께 있었다. 그는 즉시 우리에게 편하게 머무르라며, 그날 아침에 낚은, 튀긴 생선이 있다고 말했다. 나는 그에게 집이 얼마나 아름다운지 모르겠다고 말했다. 그는 토요일 일요일과 휴일이면 내려와 지낸다고 대꾸했다. "아내와 함께, 우리는 만족스럽게 보내는 거지요." 하고 그는 덧붙였다. 때마침, 그의 아내는 마리와 함께 웃고 있었다. 아마 처음으로, 나는 결혼을 하는 일에 대해 진심으로 생각했던 것 같다.

　마송은 수영 하러 가길 원했지만, 그의 아내와 레몽은 가고 싶어 하지 않았다. 우리 셋은 해변으로 내려갔고, 마리는 즉시 물속으로 뛰어들었다. 마송과 나는 잠깐 기다렸다. 그의 말투는 느렸고, 나는 그가 말을 완성할 때마다 "그리고 더해서 말하자면"이라고 덧붙이는 습관을 가지고 있다는 것을 깨달았는데, 심지어, 실상 구절에 의미가 더해지지 않을 때조차도 그랬다. 마리에 대해 언급하면서, 그는 내게 "그녀는 근사해요, 그리고 더해서 말하자면, 매력적이오."라고 했다. 그러고 나서 나는 태양이 가져다주는 만족스러움을 느끼느라 바빠서 이러한 버릇에 주의를 기울일 수 없었다. 모래들이 발밑에서 뜨거워지기 시작했다. 나는 여전히 물에 들어가고 싶은 욕망을 늦추다가 끝내 마송에게 "우리도 갈까요?"라고 말하고 뛰어들었다. 그는 천천히 물로 들어와서는 발이 땅에 닿지 않게 되었을 때 자신의 몸을 던졌다. 그는 일종의 개구리헤엄으로 아주 서툴게 헤엄을 쳐서, 나는 마리와 합류하기 위해 그를 떠났다. 물은 차가웠고 수영을 하기에 만족스러웠다. 마리와 함께, 우리는 멀리까지 나아갔고 우리의 동작과 만족감이 일치하고 있음이 느껴졌다.

먼 바다에서, 우리는 몸을 뉘었고, 하늘을 향한 내 얼굴에서 햇볕은 입안에서 뿜어진 마지막 물의 장막까지 걷어 냈다. 우리는 마송이 해변으로 되돌아가 햇볕 아래 드러눕는 것을 보았다. 멀리서 봐도, 그는 큼지막하게 여겨졌다. 마리는 우리가 함께 수영하기를 원했다. 나는 그녀의 뒤쪽으로 가서 그녀의 허리를 잡았고 그녀가 팔을 내저으며 앞으로 나아가는 동안 발길질로 그녀를 도왔다. 수면을 때리는 작은 소음이 내가 피로감을 느낄 때까지 아침 시간을 가르며 우리를 따라왔다. 그리하여 나는 마리를 남겨 두고 규칙적으로 호흡을 가다듬으며 헤엄쳐서 돌아왔다. 해변에서, 나는 마송 옆에 배를 깔고 누워 모래 속에 얼굴을 묻었다. 나는 그에게 "좋은데요" 하고 말했고, 그도 동감했다. 얼마 후, 마리가 도착했다. 나는 다가오는 그녀를 지켜보기 위해 몸을 돌렸다. 그녀의 몸은 온통 소금물에 젖어 번들거렸고, 머리칼은 뒤로 흐트러져 있었다. 그녀는 내 바로 옆에 누웠고 그녀의 몸과 태양의 온기 두 가지가 나를 살며시 잠들게 했다.

마리가 나를 흔들며 점심때라고, 마송이 집으로 돌아갔다고 말했다. 나는 배가 고팠으므로 즉시 일어났지만, 마리는 내가 아침부터 지금까지 한 번도 키스를 해주지 않았다고 말했다. 그건 사실이었거니와 나도 원했던 바였다. "물속으로 들어가." 그녀가 내게 말했다. 우리는 달려가서 첫 번째 작은 파도 위로 몸을 던졌다. 우리는 잠깐 자유형으로 헤엄을 쳤고 그녀가 내게 밀착해 왔다. 그녀의 다리가 내 다리를 감싸는 것을 느꼈고 나는 그녀를 갈망했다.

우리가 돌아오는데, 마송이 우리를 부르고 있었다. 나는 몹시 배가 고프다고 말했고 그는 대뜸 아내에게 자신은 내가 마음에 든다고 공공연히 말했다. 빵이 훌륭했고, 나는 내 몫의 생선을 탐욕스럽게 먹었다. 이어서 고기와 감자튀김이 나왔다.

우리는 모두 말없이 먹었다. 마송은 자주 와인을 마셨고 쉬지 않고 나를 챙겨 주었다. 커피가 나왔을 때, 머리가 약간 무거워서 나는 담배를 많이 피웠다. 마송과 레몽, 그리고 나는 비용을 분담하여 8월을 함께 해변에서 지낼 것에 대해 의논했다. 마리가 갑자기 우리에게 말했다. "지금 몇 신 줄들 아세요? 11시 반이에요!" 우리는 전부 놀랐지만, 마송은 우리가 아주 일찍 먹긴 했어도, 모두가 시장할 때가 바로 점심시간이니 자연스러운 거라고 말했고, 그게 왜 마리를 웃게 만들었는지 나는 알지 못했다. 나는 그녀가 좀 과하게 마신 모양이라고 생각했다. 마송이 그러고는 내게 만약 괜찮다면 자기와 함께 해변으로 산책을 나가자고 청했다. "내 아내는 점심을 먹고 나서 항상 낮잠을 자요.. 난 그걸 좋아하지 않지. 나는 걸어야만 해요. 항상 그게 그녀의 건강에 더 좋다고 말하지만, 결국, 그건 그녀의 권리죠." 마리도 마송 부인의 설거지를 돕기 위해 남겠다고 말했다. 작은 파리 여인은 그러려면, 남자들을 밖으로 쫓아내야 한다고 말했다. 우리 셋 모두는 아래로 내려갔다.

햇볕은 모래 위로 거의 수직으로 떨어졌고 바다 위로 반사되는 빛은 견디기 버거웠다. 해변에는 한 사람도 남아 있지 않았다. 고원 끝에서 바다로 돌출되어 있는 작은 별장들에서는 접시며 식기를 닦는 소리가 들려왔다. 우리는 땅에서 올라오는 돌의 열기로 숨조차 쉬기 힘들었다. 처음에 레몽과 마송은 내

L'Étranger

가 모르는 사람과 일에 대해 논의했다. 나는 그들이 오랜 시간 서로 알고 지내 왔으며 한때는 함께 살기까지 했다는 것을 알 게 되었다. 우리는 물 쪽으로 방향을 잡았고 바다를 끼고 걸었 다. 때때로 작은 파도들이 높게 밀려와서 우리의 직물 신발을 적셨다. 나는 맨머리 위로 쨍쨍 내리쬐는 햇볕에 반쯤 졸고 있 었기에 아무 생각이 없었다.

그때, 레몽이 마송에게 뭐라고 말했으나 나는 잘 알아듣지 못했다. 하지만 나는 그와 동시에, 우리로부터 아주 먼 해변 끝 쯤에서, 우리 쪽으로 오고 있는 푸른 작업복 차림의 아랍인 두 명을 얼핏 보았다. 나는 레몽을 흘끗 보았고, 그는 내게 말했 다. "그자야." 우리는 계속해서 걸었다. 마송이 어떻게 그들이 여기까지 우리를 따라올 수 있었는지 물었다. 나는 우리가 비 치백을 들고 버스에 오르는 걸 본 게 틀림없다는 생각이 들었 지만, 아무 말도 하지 않았다.

아랍인들은 천천히 걸어오고 있었지만 이미 매우 근접해 있 었다. 속도를 늦추지 않으면서, 레몽이 말했다. "만약 싸움이 벌어지면, 마송, 네가 두 번째를 맡아. 내 쪽은 내가 처리할게. 아, 뫼르소. 만약 또 다른 놈이 나타나면, 그자는 자네가 맡 게." 나는 말했다. "응." 그리고 마송은 두 손을 호주머니에 찔러 넣었다. 뜨겁게 달아오른 모래가 내게는 이제 붉게 보였다. 우 리는 일정한 걸음걸이로 아랍인들을 향해 나아갔다. 둘 사이의 간격이 규칙적으로 좁혀졌다. 우리가 그들까지 몇 걸음 남겨 두지 않았을 때, 그 아랍인들이 멈춰 섰다. 마송과 나는 걸음을 늦추었다. 레몽은 곧장 그의 상대에게 걸어갔다. 나는 그가 상대에게 하는 말을 알아들을 수 없었지만, 상대는 그를 머리로 들이받으려는 시늉을 했다. 그러자 레몽이 먼저 주먹을 한 방 날리고는 즉시 마송을 불렀다. 마송이 이미 맡기로 되어 있던 자에게로 가서 온 힘을 실어 두 방을 먹였다. 아랍인이 물속으로 엎어지며, 얼굴이 바닥에 처박혔고, 그러더니 몇 초간 그 상태로 있었는데, 그의 머리 주변, 수면 위로 물거품이 일었다. 와중에 레몽 역시 상대에게 일격을 가했고, 그자의 얼굴에서 피가 흘렀다. 레몽이 내 쪽을 돌아보며 말했다. "어찌 되는지 보라구." 나는 그에게 소리쳤다. "조심해, 그가 칼을 들었어!" 하지만 이미 레몽은 팔을 베이고 입이 찢겼다.

마송이 앞으로 뛰어들었다. 하지만 다른 아랍인이 일어나서는 흉기를 든 자의 뒤에 섰다. 우리는 감히 움직일 수 없었다. 그들은 우리에게서 눈을 떼지 않은 채 칼로 위협하며, 천천히 뒷걸음쳐 갔다. 충분히 멀어졌다고 생각되었을 즈음 그들은 매우 빠르게 달아났고, 그사이 우리는 햇볕 아래 못 박힌 듯 서 있었으며, 레몽은 피가 뚝뚝 떨어지는 팔을 움켜쥐고 있었다.

마송이 즉시 일요일이면 언덕에 와서 시간을 보내는 의사가 있다고 말했다. 레몽은 곧바로 가기를 원했다. 하지만 그가 말을 할 적마다 입안에서 피거품이 일었다. 우리는 그를 부축해 가능한 한 빨리 별장으로 돌아왔다. 거기서, 레몽은 가벼운 상처라고, 의사에게 가면 된다고 말했다. 그는 마송과 함께 떠났고, 나는 여자들에게 일어난 일을 설명해 주기 위해 남았다. 마송 부인은 울고 있었고 마리는 매우 창백해졌다. 나는, 그들에게 설명하는 일이 귀찮아졌다. 나는 침묵했고 바다를 바라보며 담배를 피웠다.

1시 반쯤, 레몽이 마송과 함께 돌아왔다. 그는 팔에 붕대를 감고 입 한 귀퉁이에는 반창고를 붙이고 있었다. 의사는 그에게 별거 아니라고 했지만, 레몽은 몹시 침울해 보였다. 마송이 그를 웃기려고 애썼다. 그러나 그는 여전히 아무 말도 하지 않았다. 그가 해변으로 내려가겠다고 했을 때, 나는 어디로 갈 참이냐고 물었다. 그는 바람을 좀 쐬고 싶다고 답했다. 마송과 내가 우리도 함께 가겠다고 말했다. 그러자, 그가 화를 내고는 우리에게 욕을 했다. 마송이 그를 방해하지 말자고 말했다. 그래도 나는 그를 따라나섰다.

우리는 오랫동안 해변을 걸었다. 햇볕은 이제 찍어 누르는 듯했다. 그것은 모래와 바다 위에서 잘게 부서졌다. 나는 레몽이 자신이 가고 있는 곳이 어디인지 알고 있다는 인상을 받았지만, 그건 아마 아니었던 것 같다. 해변가 맨 끝, 우리는 마침내 커다란 바위 뒤에서 모래 사이로 물이 흐르고 있는 작은 샘에 이르렀다. 거기서, 우리는 앞서의 아랍인 두 사람을 발견했다. 그들은 기름때 전 푸른 작업복 차림으로 누워 있었다. 그들은 꽤 진정되어 거의 만족스러워 보일 정도였다. 우리가 왔음에도 자세를 바꾸지 않았다. 레몽을 찔렀던 자는 말없이 레몽을 바라보았다. 다른 하나는 작은 갈대를 불었는데, 곁눈으로는 우리를 지켜보며, 그 악기로 만들어지는 세 가지 음계를 되풀이하는 중이었다.

그동안, 거기에는 단지 햇볕과 침묵, 샘으로부터 나는 작은 소리와 세 가지 음계 외에는 없었다. 그때 레몽이 그의 뒷주머니에 손을 댔지만, 상대는 동요하지 않았고, 그들은 여전히 서로를 바라보았다. 나는 피리 부는 자의 발가락이 바짝 긴장하는 것을 알아차렸다. 하지만 자신의 적으로부터 눈을 떼지 않고 있던 레몽이 내게 물었다. "쏘아 버릴까?" 나는 만약 내가 안 된다고 하면 그가 분명 제풀에 흥분해서 쏠 것 같다는 생각이 들었다. 나는 단지 그에게 말했다. "그는 아직 아무 말도 하지 않았어. 그런 식으로 쏘는 건 형편없는 짓이야." 침묵과 열기 속에서 작은 물소리와 피리 소리가 들렸다. 그때 레몽이 말했다. "그럼, 내가 욕을 하고 놈이 반발하면 그때, 쏘아 버리지." 내가 대답했다. "바로 그거야. 하지만 저자가 칼을 꺼내지 않으면 쏠 수 없는 거야." 레몽이 살짝 흥분하기 시작했다. 아랍인 하나는 여전히 피리를 불고 있었지만 둘 다 레몽의 몸

놀림 하나하나를 예의 주시하고 있었다. "아니. 남자 대 남자로 하고 자네 총은 내게 줘. 만약 다른 하나가 개입하거나, 저자가 칼을 뽑으면, 내가 쏠게." 하고 내가 레몽에게 말했다.

레몽이 내게 권총을 건네주었을 때, 햇볕이 그 위에서 미끄러졌다. 그럼에도 불구하고, 우리는 마치 우리를 둘러싼 모든 것에 갇혀 버린 것처럼 여전히 움직이지 않고 서 있었다. 우리는 시선을 떨구지도 않고 서로를 응시했고 모든 것이 바다, 모래와 태양, 피리와 물이 만들어 내는 이중의 침묵 사이에서 멈추어 있었다. 나는 그 순간 쏠 수도 있고 안 쏠 수도 있다고 생각했다. 하지만 갑자기, 아랍인들이, 뒷걸음질을 쳐서, 바위 뒤로 미끄러지듯 사라져 버렸다. 레몽과 나는 그러고 나서 우리의 걸음을 되돌려 왔다. 그는 기분이 한결 좋아 보였고, 집으로 갈 버스 이야기를 했다.

나는 별장까지 그와 동행했고, 그가 나무 계단을 오르는 동안, 첫 번째 계단 앞에 남아 있었는데, 계단을 밟아 올라가 다시 여자들을 대면할 수고로움에 의기소침해지고, 햇볕으로 머리가 웅웅거렸다. 하지만 그 열기 또한 맹렬해서 하늘로부터 떨어져 눈을 못 뜨게 쏟아져 내리는 그 아래 그대로 머무는 것도 나를 고통스럽게 했다. 여기 머물러 있거나 혹은 떠나거나, 매한가지였다. 잠시 후, 나는 다시 해변을 향해 돌아섰고, 걷기 시작했다.

시뻘건 폭발은 그대로였다. 모래 위로. 바다는 아주 빠르게 부딪치며 헐떡였고 잔파도들이 숨 가쁘게 밀려왔다. 나는 천천히 바위를 향해 걸었는데 햇볕에 이마가 부풀어 오르는 느낌이었다. 열기 전체가 나를 짓누르며 내 걸음을 막아서는 것 같았다. 얼굴을 때리는 뜨거운 숨결을 느낄 때마다, 나는 이를 악물고, 바지 주머니 속의 주먹을 움켜쥐며, 태양과 태양이 쏟아붓는 그 영문 모를 취기를 이겨 내느라 전력을 다하고 있었다. 흰 조개껍데기나 깨진 유리 조각, 모래에서 발하는 모든 빛의 칼날로 내 뺨은 긴장했다. 나는 오랫동안 걸었다.

나는 저 멀리 빛과 바다의 먼지가 만들어 내는 눈부신 후광에 둘러싸인 작고 어슴푸레한 바위를 볼 수 있었다. 그 바위 뒤의 시원한 샘을 생각했다. 그 물의 속삭임을 다시 찾고 싶었고, 태양과 수고로움과 여자들의 눈물로부터 벗어나고 싶었으며, 마침내 그늘과 휴식을 다시 찾고 싶었다. 그러나 좀더 가까이 다가갔을 때, 나는 레몽을 노렸던 그자가 다시 돌아와 있는 것을 보았다.

그는 혼자였다. 그는 목을 손에 괴고 이마는 바위 그늘 안에, 온몸은 햇볕에 드러낸 채 쉬고 있었다. 그의 푸른 작업복에서 열기로 김이 피어오르고 있었다. 나는 조금 놀랐다. 내게 있어서 그 일은 이미 끝난 이야기였고, 나는 아무 생각 없이 왔던 것이다.

그는 나를 보자마자, 조금 몸을 들어 올리고 호주머니에 손을 넣었다. 나는 자연스레 호주머니 속 레몽의 권총을 움켜쥐었다. 그러자 그가 다시 몸을 뉘었으나 주머니에서 손을 빼지는 않은 채였다. 나는 그에게서 제법 멀찍이, 한 십여 미터쯤 떨어져 있었다. 나는 간혹 반쯤 감긴 눈꺼풀 사이로 움직이는 그의 시선을 눈치챌 수 있었다. 그러나 대체로, 그의 모습은 내 눈앞의 불타는 듯한 공기 속에서 춤추듯 흔들렸다. 파도 소리는 정오 때보다 더욱 나른하고 평온해졌다. 이전과 같은 태양, 같은 햇볕이 같은 모래 위로 연장되고 있었다. 낮이 더 이상 나아가지 않는 것처럼, 끓어넘치는 금속의 대양 속에 닻을 내린 지 벌써 두 시간이 흘렀다. 지평선 위로, 작은 증기선이 지나갔고 나는 내 시선 끝에 검은 점으로 그것을 짐작했는데, 왜냐하면 나는 아랍인을 지켜보는 일을 멈출 수 없었기 때문이다.

내가 뒤로 돌아서기만 하면 끝나는 일이라고 생각했다. 하지만 햇볕으로 이글거리는 해변 전체가 뒤에서 나를 압박했다. 나는 샘을 향해 몇 걸음 내디뎠다. 아랍인은 움직이지 않았다. 어쨌든, 그는 아직 제법 멀리 떨어져 있었던 것이다. 아마 얼굴 위에 드리운 그늘 때문이었는지, 그는 웃고 있는 것처럼 보였다. 나는 기다렸다. 타는 듯한 태양이 내 뺨에 엄습했고 나는 눈썹에 땀방울이 맺히는 것을 느꼈다. 그것은 내가 엄마를 묻던 날의 것과 똑같은 햇볕이었고, 그때처럼, 나는 이마가 지끈거렸고, 피부 밑에서 모든 정맥이 울려 댔다. 그 뜨거움 때문에 나는 서 있을 수가 없었고, 한 걸음을 더 앞으로 나아갔다. 나도 알았다. 그것이 어리석은 짓임을, 한 걸음을 더 옮겨 봤자 햇볕으로부터 벗어날 수 없다는 것을. 그러나 나는 한 걸음을, 다만 한 걸음을 더 앞으로 나아갔다. 그러자 이번엔, 몸을 일으키지 않은 채, 아랍인이 칼을 뽑아서 햇볕 안에 있는 내게 겨누었다. 빛이 강철 위에서 반사되며 번쩍이는 길쭉한 칼날처럼 내 이마에 닿았다. 그 순간, 눈썹에 맺혔던 땀이 한꺼번에 눈꺼풀 위로 흘러내려 미지근하고 두꺼운 막이 되어 눈두덩을 덮었다. 내 눈은 눈물과 소금의 장막 뒤에서 보이지 않게 되었다. 나는 이마에서 울려 대는 태양의 심벌즈 소리와, 희미하게, 여전히 내 앞의 칼날로부터 찔러 오는 눈부신 단검 말고는 아무것도 느낄 수 없었다. 그 불타는 칼은 내 속눈썹을 물어뜯고 내 눈을 고통스럽게 파고들었다. 모든 것이 흔들린 것은 그때였다. 바다는 무겁고 뜨거운 숨결을 실어 왔다. 하늘이 온통 활짝 열리면서 불의 비가 쏟아지는 듯했다. 내 존재 전체가 긴장했고 나는 손으로 권총을 꽉 움켜쥐었다. 방아쇠가 당겨졌고, 권총 손잡이의 매끈한 배가 만져졌다. 그리고 거기에서, 날카롭고 귀청이 터질 듯한 소음과 함께, 그 모든 것이 시작되었다. 나는 땀과 햇볕을 떨쳐 버렸다. 나는 내가 한낮의 균형을, 스스로 행복감을 느꼈던 해변의 그 예외적인 침묵을 깨뜨려 버렸다는 사실을 깨달았다. 그러고는, 미동도 하지 않는 몸뚱이에 네 발을 더 쏘아댔고 탄환은 흔적도 없이 박혀 버렸다. 그리고 그것은 내가 불행의 문을 두드리는 네 번의 짧은 노크와도 같은 것이었다.

**2**
부

# I

체포 즉시 나는 여러차례 신문을 받았다. 그러나 그것은 인정신문認定訊問이었으므로 오래 걸리지는 않았다. 처음에 경찰에서는 누구도 내 사건에 흥미를 갖지 않았다. 일주일 후, 예심판사는 반대로 나를 호기심어린 눈으로 훑어보았다. 그러나 우선 그는 단지 내 이름과 주소, 직업, 생년월일과 출생지를 물었다. 그러고 나서 내가 변호사를 선임했는지 알고 싶어 했다. 나는 하지 않았다고 밝히고, 변호사를 갖는 게 반드시 필요한 건지에 대해 물었다. "왜 그러시죠?" 그가 물었다. 나는 내 사건의 경우는 매우 단순하게 생각되기 때문이라고 대답했다. 그는 웃으며 말했다. "그것도 하나의 의견이죠. 그러나 법이라는 게 있소. 만약 당신이 변호사를 선임하지 않으면 우리가 관선변호인을 지정해 줄 거요." 사법부가 그런 세부 사항까지 맡아 준다니 매우 편리하다고 나는 생각했다. 나는 그에게 그렇게 말했다. 그는 내 말에 동의하며 법은 잘되어 있다고 말을 맺었다.

처음에, 나는 진지하게 받아들이지 않았다. 그는 커튼이 드리운 방에서 나를 맞았는데, 그의 책상 위에는 내게 앉도록 한 의자를 비추고 있는 등 하나가 놓여 있었고, 그 자신은 어둠 속에 남아있었다. 나는 이미 이 비슷한 묘사를 책에서 읽었던 지라, 이 모든 것이 내겐 하나의 게임처럼 보였다. 대화가 끝난 후, 반대로, 내가 그를 바라보았고, 나는 큰 키에 깊고 푸른 눈, 긴 회색 수염에 숱 많은 머리칼이 거의 백발에 가까운 섬세한 이목구비를 가진 남자를 보았다. 그는 매우 합리적인 사람 같았고, 얼마간 입술을 씰룩이는 신경성 틱에도 불구하고, 대체로, 호감이 갔다. 나가는 길에, 나는 심지어 그에게 손을 내밀 뻔했지만, 제때에 내가 사람을 죽였다는 것을 기억했다.

다음 날 변호사 한 사람이 나를 찾아 감옥으로 왔다. 그는 통통하고 작은 키에 꽤 젊은 사람으로 단정하게 빗어 붙인 머리를 하고 있었다. 더위에도 불구하고(나는 셔츠 바람이었다) 그는 어두운 양복에 끝이 접힌 정장용 칼라에 폭넓은 흑백 줄무늬가 있는 특이한 넥타이를 매고 있었다. 그는 팔 밑에 끼고 온 가방을 내 침대 위에 내려놓고는 자신을 소개한 뒤 내 서류를 검토했다고 말했다. 내 사건은 까다롭기는 하지만, 내가 자기를 믿어 주기만 하면 우리가 이길 것을 조금도 의심치 않는다고 했다. 내가 고맙다고 하자 그가 말했다. "그럼 문제의 핵심으로 들어갑시다."

그는 침대 위에 앉더니 내 사생활에 관한 약간의 조사가 있었다고 설명했다. 어머니가 최근 양로원에서 돌아가신 것을 알았다. 그러고 나서 마랭고에서 조사를 수행했다. 예심판사가 엄마의 장례식 날 "내가 냉담해 보였다"는 것을 알게 되었다. "이해하십시오" 변호사는 말했다. "이것을 당신에게 물어야만 하는 나도 조금 곤혹스럽습니다. 그러나 이것은 매우 중요한 일입니다. 만약 내가 대응할 어떤 것도 찾아낼 수 없다면, 그것은 검찰 측의 강한 논거가 될 겁니다." 그는 내가 자신을 도와주길 원했다. 그는 내가 그날 슬펐었느냐고 물었다. 그 질문은 나를 크게 놀라게 했고, 만약 나도 그렇게 물어야 했다면 몹시 곤혹스러웠을 것 같았다. 나는 그렇지만 자문하는 습관을 거의 잊어버려서 말하기 어렵다고 대답했다. 의심의 여지없이, 나는 엄마를 좋아했지만, 그건 아무 의미가 없는 것이다. 모든 건전한 존재들은 어느 정도는 자신의 사랑하는 이들의 죽음을 바란다. 여기서 변호사는 내 말을 끊었고 몹시 불안해하는 듯 보였다. 그는 내게 법정에서든 예심판사 실에서든 그런 말은 하지 않겠다고 약속하도록 만들었다. 그렇지만, 나는 그에게 내 천성이 육체적 욕구가 종종 감정에 문제를 일으키는 경향이 있다고 설명했다. 엄마를 묻던 그날, 나는 몹시 피곤했고, 졸렸다. 그래서 무슨 일이 일어나고 있는지 깨닫지 못했다. 내가 확실히 말할 수 있는 것은 엄마가 죽지 않았으면 좋았겠다는 것이다. 그러나 내 변호사는 만족해 보이지 않았다. 그가 내게 말했다. "그걸로는 충분치 않습니다."

그는 생각에 잠겼다. 그는 그날 내가 내 자연스러운 감정을 억눌렀던 거라고 말해도 되겠는지를 물었다. 나는 그에게 말했다. "안 됩니다. 그건 사실이 아니니까요." 그는 나를 이상하게 바라보았다. 마치 내게 조금 혐오감을 느낀 것처럼. 그는 내게 거의 심술궂게 어떤 경우든 그 양로원의 원장과 직원들이 증인으로 출석할 테고, "그건 내게 매우 더러운 속임수로 쓰일 거"라고 말했다. 나는 그에게 그 이야기는 이 사건과 아무 상관이 없는 거라고 지적했지만, 그는 내가 결코 법과 거래해 본 적이 없었던 게 분명하다고만 말했다.

그는 화난 표정으로 떠났다. 나는 그를 붙잡고 싶었고, 그의 공감을 원한다고, 더 잘 방어해 달라는 게 아니라, 하지만, 만약 그렇더라도, 꾸밈없이 해주길 원한다고 설명하고 싶었다. 무엇보다, 나는 그를 불편하게 만들었다는 것을 알았다. 그는 나를 이해하지 못했고 내게 얼마간 화가 나 있었다. 나는 그에게 나는 다른 모든 사람들과 같다고, 절대적으로 다른 모든 사람들과 똑같다고 말하고 싶었다. 그러나 그 모든 것들이, 사실상, 크게 쓸모 있는 게 아니었기에 나는 무기력해져서 포기해 버렸다.

얼마 지나지 않아, 나는 다시 예심판사 앞으로 불려갔다. 오후 2시였는데, 이 시간 그의 사무실은 얇은 커튼에 의해 간신히 누그러진 볕이 가득 차 있었다. 몹시 무더웠다. 그는 나를 앉게 하고는, 매우 정중하게 "불의의 사고로" 내 변호사가 올 수 없었다고 말했다. 하지만 내게는 그의 질문에 답하지 않고 내 변호사의 도움을 받을 때까지 기다릴 권리가 있다고도 했다. 나는 혼자서도 답할 수 있다고 말했다. 그는 탁자 위의 버튼을 눌렀다. 젊은 서기가 들어와서는 바로 내 등 뒤에 앉았다.

우리는 둘 다 우리의 팔걸이 의자에 앉았다. 신문이 시작되었다. 그는 먼저 사람들이 나를 두고 말수가 적고 내성적인 사람이라고들 한다며 그에 대한 내 생각은 어떤지 알고 싶다고 말했다. 나는 대답했다. "그건 내가 할 말이 많지 않은 거죠. 그래서 말이 없는 거고." 그는 처음 때처럼 웃고는, 훌륭한 이유라는 데 동의한다며 덧붙였다. "더군다나, 그건 전혀 중요한 게 아니죠." 그는 말이 없다가, 나를 바라보며 갑자기 몸을 일으키면서 매우 빠르게 내게 말했다. "나를 흥미롭게 하는 것은 바로 당신입니다." 나는 그게 무슨 의미인지 전혀 이해할 수 없어서 답하지 않았다. "당신의 행동 가운데는 나를 피해 가는 것들이 있소." 그는 덧붙였다. "당신은 내가 그것들을 이해하는 데 도움을 주리라 확신하오." 나는 모든 게 아주 단순하다고 말했다. 그는 그날 일을 말해 달라고 재촉했다. 나는 이미 그에게 말한 바 있는 그것을 다시 말했다. 레몽, 해변가, 수영, 싸움,

다시 해변가, 조그만 샘, 태양과 다섯 발의 총격. 한 문장이 끝 날 때마다 그는 말했다. "좋아요, 좋아요." 내가 누운 몸뚱이에 다다랐을 때, 그는 고개를 끄덕이곤 말했다. "좋소." 나는 같은 이야기를 되풀이하는 것에 지쳤고 그렇게 많이 말을 한 적이 결코 없었던 것 같다.

침묵 후에, 그는 일어서서 나를 도와주고 싶다고, 내게 흥미 를 느꼈고 하나님의 도움으로 나를 위해 뭔가 해줄 수 있을 것 같다고 내게 말했다. 하지만 우선, 그는 내게 몇 가지 더 물어 보고 싶어 했다. 목소리의 변환 없이, 그는 내가 엄마를 사랑했 는지를 물었다. 나는 말했다. "예, 다른 모든 사람들처럼요." 그 리고 그때까지 규칙적으로 타이핑을 하고 있던 서기가, 키를 잘못 눌렀음이 분명했는데, 그는 당황해서 되돌아가야 했기 때문이다. 여전히 확실한 논리도 없이, 판사는 그러고 나서 내 게 권총 다섯 발을 연달아서 쏘았는지를 물었다. 나는 생각해 보고는, 처음에 한 방을 쏘았고, 몇 초 후에, 다른 네 발을 쏘 았다고 분명하게 말했다. "왜 당신은 첫번째와 두 번째 발포 사 이에 간격을 둔 거죠?" 그가 그때 말했다. 다시 한 번, 나는 붉 은 해변가를 보았고, 이마 위에 이글거리는 태양을 느꼈다. 그 러나 이번에는 대답하지 않았다. 침묵이 이어지는 동안 예심 판사는 불안해하는 것 같았다. 그는 자리에 앉았고, 머리를 마 구 헝클더니 책상 위에 팔을 괴고는 기이한 표정으로 나를 향해 약간 몸을 기울였다. "왜, 왜 당신은 땅에 엎어진 몸에 총을 쏘았죠?" 여전히, 나는 뭐라고 답해야 할지 몰랐다. 판사는 그의 손을 이마에 올리고 조금 달라진 목소리로 그의 질문을 되풀이했다. "왜죠? 당신은 말해야만 합니다. 왜죠?" 나는 여전히 침묵을 지켰다.

갑자기 그는 일어나, 책상 한쪽 끝으로 성큼성큼 다가가 서류함의 서랍을 열었다. 그는 은색 예수의 수난상 하나를 꺼내서는 내게로 걸어오면서 흔들어 댔다. 그러고는 완전히 달라진, 거의 떨리는 목소리로 소리쳤다. "당신은 이분을 아십니까?" 나는 말했다. "예, 물론입니다." 그러자 그는 매우 빠르고 열정적으로, 자신은 하나님을 믿는다고, 하나님이 용서하지 못할 만큼 완전한 죄인은 없지만 그러기 위해서는 회개를 통해 마음을 비우고 무엇이든 받아들일 준비가 된 아이처럼 되어야 한다는 게 자신의 신념이라고 말했다. 그는 온몸을 테이블 위로 숙였다. 그는 그 예수 수난상을 거의 내 위에서 흔들어 댔다. 솔직히 말해, 나는 그의 추론을 따라잡기가 무척 힘들었는데, 우선 나는 더웠으며 그의 사무실 안에 있던 큰 파리가 내 얼굴 위로 내려앉았기 때문이고, 또한 그가 조금 무서웠기 때문이다. 나는 동시에 그것이 우스꽝스러운 일이라는 것을 깨달았는데, 결국, 내가 죄인이었기 때문이다. 그럼에도 그는 계속했다. 그가 보기엔 내 자백 가운데 유일하게 이해 안 되는 지

L'Étranger

점이 하나 있는데, 내가 두 발째를 쏘기 전에 간극을 두었다는 사실이라는 걸 나는 어느 정도 이해했다. 나머지는 다 좋은데, 그것은 이해가 안 된다는 것이었다.

나는 거기에 집착하는 건 잘못이라고 그에게 말할 참이었다. 그 마지막 지점은 그렇게 중요한 게 아니라고. 그러나 그는 내 말을 자르고 마지막으로 나를 설득하려 했는데, 그의 큰 키를 완전히 세우면서, 내게 하나님을 믿는지를 물었다. 나는 아니라고 대답했다. 그는 분개하며 앉았다. 그는 내게 그것은 불가능하다며, 모든 사람들이 하나님을 믿는다고. 심지어 그분의 얼굴을 외면했던 이들조차 믿는다고 말했다. 그것이 그의 신념이었고, 만약 그것을 의심한다면, 그의 삶은 의미를 잃게 될 것이다. "당신은 내 삶이 의미가 없어지기를 바라시오?" 그가 소리쳤다. 내 생각에, 그것은 내가 신경 쓸 일은 아니었으므로, 나는 그에게 그렇게 말했다. 하지만 그는 이미 책상 너머에서 내 두 눈앞으로 '예수'를 내밀며 비상식적인 방식으로 소리쳤다. "나는 크리스천이다. 나는 이분께 당신 죄를 사해 달라고 빌고 있다. 당신을 위해 이분이 고통 받았다는 걸 어떻게 믿지 않을 수가 있단 말이냐!" 나는 그가 내게 반말을 하고 있다는 것을 알아챘으나 이제는 진저리가 났다. 점점 뜨거워지고 있었다. 항상 그렇듯이, 내가 별로 귀를 기울이고 싶지 않은 사람으로부터 벗어나고 싶을 때 하는 것처럼, 나는 수긍하는 척했다.

놀랍게도 그는 의기양양해져서, "거봐, 거보라고!" 하고 말했다. "당신도 믿잖아, 당신도 그분께 당신 자신을 맡길 참이잖아, 그렇지 않아?" 명백히, 나는 다시 아니라고 말했다. 그는 다시 자신의 팔걸이의자에 주저앉았다.

그는 매우 피곤해 보였다. 그가 잠시 침묵을 유지하는 동안, 그때까지 쉬지 않고 우리 대화를 따라왔던 타자기는 마지막 문장을 타이핑했다. 그러고 나서 그는 나를 주의 깊게 그리고 조금 슬픈 표정으로 바라보았다. 그가 중얼거렸다. "나는 당신처럼 무정한 영혼을 본 적이 없소. 내 앞에 온 범죄자들은 이 고난의 형상을 보면 언제나 눈물을 흘렸지." 나는 그것은 바로 그들이 범죄자이기 때문이라고 말할 참이었다. 하지만 나 역시 그들 같은 처지라는 생각이 들었다. 나로서는 익숙해지기 힘든 사고였다. 판사가 그러고는 내게 심문이 끝났다고 말하려는 것처럼 일어섰다. 그는 다만 여전히 다소 지친 표정으로, 내 행동을 후회하는지를 물었을 뿐이었다. 나는 생각해 보고는, 사실 후회라기보다는 오히려 어떤 갑갑함을 느꼈다고 말했다. 나는 그가 나를 이해하지 못했다는 인상을 받았다. 그러나 그날은 상황이 더 이상 나아가지 않았다.

그 후로도 나는 예심판사를 자주 만났다. 단, 매번 내 변호사가 동행했다. 내 앞선 진술의 어떤 점들을 명확히 하는 것으로 제한되었다. 그렇지 않으면 판사는 내 변호사와 기소에 대해 논의했다. 하지만 사실 그럴 때에도 그들은 나를 전혀 신경 쓰지 않았다. 어쨌든 점차 심문의 톤이 바뀌어 갔다. 예심판사는 더 이상 내게 흥미를 갖지 않았고, 내 사건에 관하여 어떤 식으로든 정리를 한 것 같았다. 그는 더 이상 내게 하나님에 대해 이야기하지 않았고, 나는 첫날처럼 흥분한 그의 모습을 결코 다시 볼 수 없었다. 그 결과 우리의 대화는 좀더 다정해졌다. 몇 가지 질문이 있고, 내 변호사와 조금 대화가 오가고 나면 심문은 끝났다. 판사의 표현을 그대로 빌리자면, 내 사건은 순조롭게 진행되고 있었다. 그리고 이따금 나누는 대화가 일반적인 것일 경우에는 나도 그 속에 끼워 주곤 했다. 나는 숨을 쉬기 시작했다. 이 시간이면 아무도 나를 거칠게 대하지 않았다. 모든 것이 너무나 자연스럽고, 너무나 순조롭게 해결되고, 너무나 소박하게 진행되어서, 나는 '가족의 일원이 된 것' 같은 터무니없는 인상마저 받았다. 그리하여 예심이 진행된 열한 달 후에, 나는 판사가 그의 사무실 문 앞까지 따라 나와서 내 어깨를 두드리며 "오늘로서 끝입니다, 반기독교 양반." 하고 다정하게 말한 그 순간이 다른 무엇보다 기뻤다는 사실에 놀랐다고 말할 수 있다. 나는 그러고 나서 경관의 손에 넘겨졌다.

# II

내가 결코 말하고 싶지 않았던 사항들도 있다. 감옥에 들어왔을 때, 나는 며칠 후 내 생활의 이 부분에 관해 이야기하고 싶지 않으리라는 걸 알았다.

후에, 나는 그런 혐오감이 더 이상 중요하지 않다는 걸 깨달았다. 사실, 나는 처음 며칠 동안은 감옥에 갇혀 있었던 게 아니다. 나는 막연하게 새로운 국면을 기다리고 있었다. 모든 것이 시작된 것은 단지 마리의 처음이자 마지막 방문 이후였다. 내가 그녀의 편지를 받은 그날(그녀는 자신이 내 아내가 아니기 때문에 더 이상 면회가 허락되지 않는다고 썼다), 바로 그날부터, 나는 감방이 집이고 내 삶은 거기서 멈추었다는 것을 느꼈다. 내가 체포되던 그날, 나는 처음에 대부분이 아랍인인, 여러 명의 죄수들이 들어 있는 방에 감금되었다. 그들은 나를 보면서 웃어 댔다. 그러고는 내가 무슨 짓을 했는지를 물었다. 나는 아랍인 한 사람을 죽였다고 말했고 그들은 침묵을 지켰다.

하지만 잠시 후, 저녁이 되었다. 그들은 내가 잠을 자야만 하는 곳에 매트를 어떻게 깔아야 하는지를 설명해 주었다. 한쪽 끝을 마는 것으로, 베개로 사용할 수 있었다. 밤새도록 빈대가 얼굴 위로 기어 다녔다. 며칠 후, 나는 혼자 나무판자 침대에서 자는 감옥으로 옮겨졌다. 나는 변기통과 양철 대야도 갖게 되었다. 감옥은 도시의 가장 높은 곳에 있었고, 작은 창문을 통해서, 나는 바다를 볼 수 있었다. 철창에 매달려 빛을 향해 얼굴을 내밀고 있던 어느 날, 간수 한 명이 들어와서는 면회자가 있다고 말했다. 나는 마리일 거라고 생각했다. 정말 그녀였다.

나는 면회실로 가기 위해 긴 복도를 따라갔고, 그러고는 계단과 또 다른 복도를 지났다. 나는 커다란 퇴창이 빛을 밝히는 매우 넓은 방으로 들어서게 되었다. 그 방은 세로로 잘린 커다란 철창 두 개에 의해 세 개 구획으로 나뉘어 있었다. 두 철창 사이에는 면회객과 죄수들을 나누는 8내지 10미터 가량의 공간이 있었다. 나는 줄무늬 드레스차림에 볕에 그을린 얼굴을 하고 내 앞에 있는 마리를 보았다. 내편에는, 십여 명의 수감자가 있었는데, 그들 대부분이 아랍인이었다. 마리는 무어 여자들에 둘러싸여 두 방문객 사이에 있었는데, 한 사람은 검은 옷차림의, 입을 꼭 다물고 있는 작고 늙은 여자였고, 한 사람은 과한 몸짓을 섞어 매우 큰 목소리로 말하는 머리칼을 드러낸 뚱뚱한 여자였다. 철창 사이의 거리 때문에 면회객들과 수

감자들은 매우 큰 소리로 말해야 했다. 내가 들어섰을 때, 커다란 방의 낡은 벽에 부딪혀 울려대는 목소리와, 하늘에서 창으로 쏟아져 들어와 다시 방에서 반사되는 세찬 빛이, 내게 일종의 현기증을 불러일으켰다. 내 감방은 훨씬 조용하고 훨씬 어두웠던 것이다. 적응하는데 몇 초가 걸렸다. 그럼에도 불구하고, 나는 마침내 충만한 빛에 드러난, 각자의 얼굴을 명확히 보게 되었다. 나는 두 철창 사이의 복도 끝에 앉아 있는 간수를 보았다. 대부분의 아랍인 수감자들과 가족들은 서로를 마주 보며 쪼그리고 앉아 있었다. 그들은 소리치지 않았다. 그 소란에도 불구하고, 그들은 매우 나직한 목소리로도 서로의 말을 알아들을 수 있었다. 더 낮은 곳에서 시작되는, 그들의 들리지 않는 웅얼거림은, 그들의 머리 위에서 교차하는 대화로서 말들을 받쳐 주는 일종의 저음부를 형성하고 있었다. 이 모든 것을, 나는 마리를 향해 가는 한순간에 알아차렸다. 이미 철창에 딱 달라붙어 있던, 그녀가 나를 향해 있는 힘껏 미소를 지어 보였다. 나는 그녀가 정말 아름답다고 생각했지만, 그 말을 그녀에게 어떻게 해야할지 몰랐다.

"어때?" 그녀는 내게 매우 큰 소리로 말했다. "보다시피." "당신 괜찮아? 필요한 건 다 있는 거야?" "응, 다 있어."

우리는 침묵했고 마리는 여전히 웃고 있었다. 그 뚱뚱한 여인은 내 옆의, 틀림없이 그녀의 남편으로 보이는, 정직해 보이는 큰 키의 금발 사내에게 소리치고 있었다. 이미 시작된 대화를 이어 가고 있는 것이었다.

"잔이 그 애를 받아들이고 싶지 않대요." 그녀는 목청을 다해 소리쳤다. "그래, 그래." 사내가 말했다. "내가 그 여자에게 당신이 나오면 다시 데려가겠다고 했지만, 그 여자는 그러고 싶지 않대."

마리도 그 옆에서 레몽이 안부 전해 달란다고 소리쳤고 나는 말했다. "고마워." 그러나 내 목소리는 "그애는 잘 지내?"냐고 묻는 내 이웃의 목소리에 묻혀 버렸다. 그의 아내가 웃으며 "너무너무 잘 지내." 하고 말했다. 내 왼쪽의 이웃인, 가냘픈 손에 왜소한 젊은 사내는 아무 말이 없었다. 나는 그가 자그마한 늙은 여자와 마주 보고서 서로를 뚫어지게 쳐다보고 있다는 것을 알아챘다. 하지만 마리가 내게 희망을 가져야만 한다고 소리쳤기 때문에 나는 더 이상 그들을 지켜볼 시간이 없었다. 나는 "그래" 하고 대답했다. 동시에, 나는 그녀를 보았고 드레스 위로 그녀의 어깨를 꽉 쥐어주고 싶었다. 나는 그 가냘픈 천을 원했고, 그것 말고는 확신할 수 있는 게 없었다. 그러나 틀림없이 마리의 뜻도 그러했을 텐데, 왜냐하면 그녀는 여전히 웃고 있었기 때문이다. 내가 볼 수 있었던 것은 그녀의 반짝이는 치아와 눈가의 잔주름뿐이었다. 그녀가 새롭게 소리쳤다. "나와서 우리 결혼할 거야!" 나는 "그렇게 생각해?" 라고 답했지만, 그것은 무엇보다 무슨 말이라도 해야 해서였다. 그러자 그녀가 매우 빠르게 그리고 여전히 큰소리로, 그래, 나는 풀려날 테고, 우리는 다시 해수욕을 하러 가게 될 거야, 라고 말했다. 하지만 그녀의 곁에 있던 다른 여자도 소리를 지르며, 서기과에 바구니 하나를 맡겨 두었다고 말했다. 그녀는 자신이 거기 넣은 것들을 일일이 열거했다. 많은 돈이 들어간 것이니 꼭 확인해야 한다며. 내 다른 이웃과 그의 모친은 여전히 서로를 바라보고 있었다. 아랍인들이 웅얼거리는 소리는 우리 아래서 계속되고 있었다. 밖에서는 빛이 유리창에 부딪쳐 부풀어 오르는 것 같았다.

　나는 조금 고통을 느꼈고 그 자리를 떠나고 싶었다. 소음은 나를 악화시켰다. 그러나 다른 한편으로는, 거기에 있는 마리의 존재를 더 누리고 싶었다. 시간이 얼마나 흘렀는지 모른다. 마리는 그녀의 업무에 대해 이야기했고 끊임없이 웃었다. 웅얼거림, 외치는 소리, 대화가 서로 교차했다. 유일한 침묵의 섬은 내 옆의 서로를 응시하고 있는 왜소한 청년과 나이 든 여인 네뿐이었다. 차차, 아랍인들이 끌려 나갔다. 첫 번째 사람이 떠나자마자 거의 모든 사람들이 침묵했다. 자그마한 늙은 여자가 철창으로 다가섬과 동시에 간수 하나가 그녀의 아들에게 신호를 보냈다. 그가 말했다. "잘 가, 엄마." 그러자 그녀는 두 개의 창살 안으로 손을 넣어서 천천히 오래도록 손을 흔들었다.

그녀가 떠나는 동안, 손에 모자를 쥔, 한 남자가 들어와, 그 자리를 차지했다. 수감자 한 명을 들어오게 했고 그들은 생기 있게, 하지만 낮은 목소리로 이야기를 나눴다. 그곳이 다시금 조용해져 있었기 때문이다. 그들은 내 오른편 이웃을 찾아왔고 그의 아내는 그에게 마치 더 이상 외칠 필요가 없다는 것을 알아차리지 못한 것처럼 소리를 낮추지 않고 말했다. "몸 간수 잘하고, 조심하세요." 그러고 나서 내 차례가 왔다. 마리가 내게 키스하는 시늉을 보냈다. 나는 떠나기 전에 뒤를 돌아보았다. 그녀는 꼼짝 않고, 이러지도 저러지도 못하는 경직된 미소를 띤 채, 얼굴을 으스러지게 철창에 대고 있었다.

그녀가 내게 편지를 보내온 것은 그 직후였다. 그리고 그때부터 내가 결코 말하고 싶지 않았던 일들이 시작되었다. 하여튼, 어떤 것도 과장해선 안 된다고 한다면, 그것은 다른 사람들에 비해 내게 훨씬 쉬운 일이었다. 수감이 시작되고, 그럼에도, 가장 힘들었던 것은 내가 자유로운 사람의 사고를 가지고 있었다는 점이었다. 예컨대, 해변으로 가서 바닷물에 들어가고 싶다는 욕망이 나를 사로잡았다. 내 발바닥 밑에서 일렁이던 첫 파도 소리, 물속에 몸을 담그는 것, 거기서 느꼈던 해방감을 떠올리면서, 나는 갑자기 내 감옥의 벽들이 얼마나 가까이 있는 것인가를 절실히 느끼곤 했다. 하지만 그것은 몇 달간만 지속되었다. 그러고는, 나는 수감자로서의 사고만 했던 것이다. 나는 매일 안뜰에서 이루어지는 산책 시간과 변호사의 방문을 기다렸다. 나는 그 나머지 시간들은 매우 잘 대처했다. 나는 그때 종종 생각했었다. 만약 누군가 내게 머리 위 하늘을 보는 것 외에는 다른 일 없이 마른 나무둥치에 살게 한다 해도, 나는 거기에 익숙해질 수 있으리라고. 나는 새들이 지나가는 것이나 구름의 만남을 기다렸을 것이다. 마치 여기서 내 변호사의 기묘한 타이를 기다리거나, 또 다른 세상에서, 마리의 몸을 껴안기 위해 토요일까지 참고 기다렸던 것처럼. 하지만, 곰곰이 생각해 보니 나는 마른 나무둥치 속에 있던 것은 아니었다. 나보다 불행한 사람들도 있었던 것이다. 그 밖에도 이건 엄마의 지론 중 하나였는데, 엄마는 종종 누구나 결국 모든 것에 익숙해지기 마련이라고 되뇌곤 했었다.

그 외에도, 나는 평소 그런 지경에까지 가본 적이 없었다. 처음 몇 달간은 힘들었다. 그러나 내가 기울였던 바로 그 노력이 그 시간들을 지나가게 도와주었다. 예컨대, 나는 여자에 대한 욕구로 번뇌했다. 나는 젊었으므로, 그것은 자연스러운 일이었다. 나는 특별히 마리만 생각했던 것은 결코 아니었다. 정말 나는 한 여자를, 여자들을, 내가 알았던 모든 여자들을, 내가 그녀들을 사랑했던 모든 상황들을 너무나 강렬히 생각했기에 내 독방은 그 모든 얼굴들로 가득 차고 내 욕망으로 붐볐다. 어느 면에서 그것은 내 균형을 무너뜨렸다. 하지만 다른 면에서, 그것은 시간을 죽여주었다. 나는 마침내 식사 시간에 취사장 급사와 동행하던 간수장의 호감을 얻게 되었다. 처음, 여자에 대해 이야기한 건 그였다. 그는 내게 말했다. 다른 사람들이 가장 먼저 불평하는 문제가 바로 그것이라고. 나는 그에게 말했다. 나도 마찬가지라고. 나 역시 그 부당한 처치處置를 찾는다고. "하지만," 그가 말했다. "그게 당연한 거요. 당신들은 감옥에 있는 거니까." "뭐라구요. 그게 당연하다구요?" "그렇고말고, 자유, 바로 그거요. 우리가 당신들 자유를 빼앗은 거니까." 나는 결코 그것에 관해 생각해 보지 못했다. 나는 수긍했다. "그러네요!" 그에게 내가 말했다. "벌을 받는 것이군요?" "그래요, 당신은 그 점을 이해하는군. 다른 사람들은 그렇지 못하지. 하지만 그들은 끝까지 자위를 할 거요." 간수는 그러고는 떠났다.

거기에는 또한 담배가 있었다. 내가 감옥에 들어왔을 때, 그들은 허리띠와 구두끈, 타이와, 내 호주머니 속에 있던 모든 것들, 특히 내 담배를 빼앗아 갔다. 일단 독방으로 와서 나는 그것들을 돌려 달라고 요청했다. 하지만 그들은 내게 그것은 금지되어 있다고 말했다. 처음 한동안은 정말 힘들었다. 그것이 아마도 무엇보다 내 기를 꺾어 놓았을 테다. 나는 내 침상에서 뜯어낸 나무 조각을 빨아 대곤 했다. 나는 끝없는 구역질을 하루 종일 끌고 다녔다. 나는 이해할 수 없었다. 누구에게도 해가 되지 않는 그것을 왜 내게서 빼앗아 버리는 것인지. 나중에야, 나는 그것도 일종의 징벌이라는 것을 이해했다. 하지만 그 때쯤, 나는 더 이상 담배를 피우지 않는 것에 익숙해져 있었고 이것은 내게 더 이상 징벌이랄 것도 없었다.

그러한 불편들을 제외한다면, 나는 크게 불행한 것도 아니었다. 모든 문제는, 다시 한번 말하지만, 시간을 죽이는 일이었다. 나는 마침내 회상하는 법을 익히고 나서부터는 더 이상 지루해하지도 않게 되었다. 때때로 나는 내 방에 관해 생각에 빠져들었는데, 상상 속에서 나는 한구석에서 출발해 방을 한 바퀴 돌면서 그 길 위에 있던 모든 것들을 하나하나 헤아려 보았다. 처음에, 그것은 금방 끝나 버렸다. 하지만 매번 다시 시작할 때마다 그것은 조금씩 길어졌다. 왜냐하면 나는 모든 가구들을, 각각의 가구에 놓인 모든 물건들을, 각각의 물건의 모든 세세한 것들을, 세공, 균열이나 이 빠진 가장자리, 빛깔과 결까지 기억해 냈기 때문이다. 동시에, 나는 내 물건 목록의 끈을 놓치지 않으려고 완벽한 리스트를 만들기 위해 애쓰기도 했다. 몇 주가 지나자 나는 내 방 안에 있는 것들을 하나하나 헤아리는 일만으로도 몇 시간을 보낼 수 있게 되었다. 이렇게 그것에 관해 생각하면 할수록 무심히 보아 넘겼던 것, 잊고 있었던 것들까지 더 많은 것들을 기억으로부터 끄집어낼 수 있었다. 나는 단지 하루를 살았던 사람이라도 감옥에서 100년은 어렵지 않게 살 수 있으리라는 걸 이해하게 되었다. 그는 지루해하지 않아도 될 기억을 충분히 가지고 있는 셈이었다. 즉, 그것은 하나의 유리한 조건이었다.

그 밖에 잠도 있었다. 처음에 나는 밤이면 잘 자지 못했고 낮 시간에도 전혀 자지 못했다. 차츰 밤이 나아졌고, 더불어 낮 동안에도 잠에 들 수 있게 되었다. 사실 나는 지난 몇 달간 하루에 열여섯 시간에서 열여덟 시간쯤은 잔 것 같다. 남겨진 여섯 시간은 식사와 생리적 현상, 추억들, 그리고 체코슬로바키아에 관한 이야기로 죽일 수 있었다.

사실 나는 짚으로 된 내 매트리스와 침상 사이에서 오래된 신문 쪼가리를 찾아냈다. 천에 거의 달라붙다시피 한 누렇게 색이 바랜 투명한 기사 쪼가리였다. 사회면 기사였는데, 첫 부분이 뜯겨 나가긴 했지만 체코슬로바키아에서 벌어진 일인 것만은 분명했다. 한 남자가 큰돈을 벌기 위해 체코의 어느 마을을 떠났다. 25년 후, 그는 부자가 되어 아내와 아이를 데리고 돌아왔다. 그의 어머니와 여동생은 그가 태어난 마을에서 여관을 운영하고 있었다. 그들을 놀래켜 주기 위해 그는 그의 아내와 아이를 다른 여관에 남겨 두고, 그의 어머니의 집으로 갔는데, 어머니는 그가 들어갔을 때 그를 알아보지 못했다. 그는 장난삼아 방을 하나 잡기로 하고 가진 돈을 보여 주었다. 한밤중에 그의 어머니와 여동생은 돈을 훔치기 위해 그를 망치로 때려 죽여서는 시체를 강물에 던져 버렸다. 다음 날 아침 아내가 와서는 그 사실도 모른 채, 여행자의 신원을 밝혔다. 그 어머니는 목을 매 죽었다. 여동생은 우물에 몸을 던졌다. 나는 이 이야기를 수천 번은 읽었을 것이다. 한편으로, 그것은 사실 같지 않은 일이었다. 다른 한편, 그것은 정상적인 일이었다. 어쨌든, 나는 여행자가 좀 무모했으며 결코 장난을 치지 말았어야 한다고 생각했다.

그처럼, 잠자는 시간으로, 회상하기로, 내 잡보 기사와 빛과 어둠이 교체하는 것을 읽는 것으로, 시간이 흘러갔다. 감옥 안에서는 끝내 시간관념을 잃는다는 것을 읽은 적이 있었다. 하지만 그것은 내게 큰 의미가 없었다. 하루가 어떻게 길어질 수도 짧아질 수도 있는지를 깨닫지 못했었다. 의심의 여지없이 삶은 길어졌지만, 그렇게 팽창해서 결국에 각각으로 넘쳐나는 것이다. 그들은 거기서 자신들의 이름을 잃는다. 어제 또는 오늘이라는 말만이 내게 의미가 지켜지는 유일한 것이었다.

어느 날, 간수가 내게 다섯 달이 지났다고 말했을 때, 나는 그걸 믿었지만, 이해할 수 없었다. 내게는, 감방 안으로 밀려드는 것과 내가 행했던 일들이 언제나 똑같은 하루였던 것이다. 그날, 간수가 가버린 후에, 나는 양철 식기 안의 나를 들여다보았다. 그에게 웃어보이려 애쓸 때조차 내 인상은 여전히 진지해 보였다. 나는 그것을 내 앞에서 흔들어 보았다. 나는 웃었고 그것은 여전히 심각하고 우울해 보였다. 하루가 끝나 가고 있었고 내가 말하고 싶지 않았던 시간, 침묵의 행렬 속에서 감옥의 전 층으로부터 저녁의 소음이 올라오는 이름 없는 시간이었다. 나는 하늘로 난 창으로 다가갔고, 마지막 빛 속에서, 한 번 더 내 인상을 응시했다. 그것은 여전히 심각했는데, 그 순간은, 나 역시 그랬으니, 놀랄 만한 일도 아니었다. 하지만 동시에 몇 달 만에 처음으로, 내 음성이 내는 소리를 분명하게 들었다. 나는 그것이 이미 오래전부터 내 귓전에 울리고 있던 바로 그 소리라는 것을 깨달았고, 그 모든 시간 내내 내가 혼자 말하고 있었다는 걸 이해했다. 나는 그때 엄마의 장례식 날 간호사가 했던 말을 떠올렸다. 절대, 출구는 없었고 누구도 감옥 안의 저녁이 어떤 것인지를 상상할 수는 없다.

# III

기본적으로 여름이 매우 빠르게 여름으로 대체되었다고 말할 수 있을 것 같다. 나는 첫더위가 시작되면서 내게 뭔가 새로운 일이 일어나리라는 것을 알았다. 내 사건은 중범죄법원의 마지막 개정기에 잡혀 있었고, 그 개정기는 6월로 끝이었다. 심리는 바깥이 햇볕으로 가득할 때 시작되었다. 내 변호사는 그것은 이삼 일 이상은 걸리지 않을 것이라고 단언했다. "게다가," 그는 덧붙였다. "법정으로서는 서두를 겁니다. 당신 사건이 이번 개정기에 가장 중요한 게 아니니까요. 바로 뒤에 존속살해 건이 있습니다."

아침 7시 30분에, 그들은 나를 데리러왔고 나는 호송차에 실려 법원으로 갔다. 두 명의 경관이 나를 어둠이 느껴지는 작은 방 안으로 들여보냈다. 우리는 문 가까이 앉아서 기다렸는데, 문 너머로 말소리와 부르는 소리, 바닥에 끌리는 의자 소리, 그리고 콘서트 후에 춤을 추기 위해 홀을 정리하는 이웃

축제를 연상시키는 온갖 소란스러운 소리가 들렸다. 경관들은 내게 출정을 기다려야 한다고 말했는데, 그들 중 한 명이 담배를 권했지만 나는 거절했다. 잠시 후에 그가 내게 "긴장 되느냐"고 물었다. 나는 아니라고, 대답했다. 그리고 심지어 어떤 점에서, 재판을 지켜보는 것이 흥미롭다. 인생에서 이런 기회는 한 번도 없었다. 고도 했다. "그렇군," 다른 경관이 말했다. "하지만 끝내는 피곤해지지."

조금 지나서, 작은 종소리가 방 안에 울렸다. 그때 그들이 내게서 수갑을 제거했다. 그들은 문을 열고 나를 피고석으로 들여보냈다. 실내는 미어터질 듯 가득 차 있었다. 블라인드에도 불구하고, 햇볕은 곳곳에 스며들었고 공기는 이미 숨이 막힐 지경이었다. 창문도 닫힌 채였다. 내가 앉자 경관들이 나를 에워쌌다. 내 앞에 열 지어 있는 얼굴들을 본 것은 그때였다. 전부가 나를 지켜보았다. 나는 그들이 배심원이라는 것을 깨달았다. 하지만 각각이 무슨 차이가 있는지 말할 수는 없었다. 나는 단지 하나의 인상을 받았다. 내가 전차 의자 앞에 있고 익명의 승객 전부가 새로운 탑승객에게서 웃음거리를 찾아내기 위해 훔쳐보고 있는 것 같다는. 나는 그것이 물론 어리석은 생각이라는 것을 알았다. 그들이 여기서 찾아내려는 것은 웃음거리가 아니라 범죄였기 때문이다. 크게 다를 것도 없을 테지만, 바로 그 상황에 내게 든 생각은 그런 것이었다.

나는 또한 이 닫힌 방 안의 모든 사람들로 인해 약간 어리둥절해졌다. 나는 다시 법정 안을 바라보았지만 어떤 얼굴도 구별할 수 없었다. 처음에 이 모든 사람들이 나를 보기 위해 몰려들었다는 사실을 깨닫지 못했던 것 같다. 평소, 사람들은 나란 사람에 대해 관심이 없었다. 내가 이 소란의 모든 원인이라는 것을 이해하기 위해서는 노력이 필요했다. 나는 경관에게 말했다. "사람들이 정말 많군요!" 그는 내게 그것은 언론 때문이라고 답하며 배심원석 아래 탁자 근처에 모여 있는 한 무리의 사람들을 가리켰다. 그가 말했다. "왔군." 내가 "누가요?" 하고 묻자, 그가 되풀이했다. "신문기자들." 그는 마침 그때 그를 본 그 기자들 가운데 한 사람을 알고 있었는데, 그가 우리를 향해 걸어왔다. 그는 호감이 가는, 제법 나이가 든 사내로, 얼굴을 약간 찡그리고 있었다. 그는 경관과 매우 반갑게 악수를 나누었다. 나는 그 순간, 같은 세계의 사람들이 들어와 서로를 발견하고 즐거워하는 클럽이나 되는 것처럼 많은 사람들이 스스럼없이 만나, 말을 걸고 대화를 나누고 있다는 것을 알아챘다. 또한 내가 과도한 존재라는, 다소 억지로 끼어든 존재 같다는 기묘한 인상을 깨닫게 해주었다. 그렇지만, 그 기자는 내게 웃으며 말을 걸어왔다. 그는 모든 것이 내게 유리하게 되길 희망한다고 말했다. 내가 그에게 고맙다고 하자 그가 덧붙였다. "아시다시피 우리는 당신 사건을 좀 키웠소. 여름은, 신문사 입장에서는 비수기요. 그나마 당신 이야기와 존속살해 건이 유일하게 가치 있는 거였지." 그러고는 그가 방금 전 떠나온 무리 가운데 커다란 검은 테 안경에 살찐 족제비처럼 생긴 자그마한 사내 하나를 가리켰다. 그는 파리의 한 신문사 특파원이라고 말했다. "하긴, 그는 당신 때문에 온 것은 아니오. 그렇지만 그가 존속살해 건 취재를 맡았기 때문에 동시에 당신 사건도 송고하라고 요청받은 거지." 다시, 나는 그에게 감사하다고 할 뻔했다. 하지만 그것은 우스꽝스러운 일이라는 생각이 들었다. 그는 내게 다정한 손동작을 살짝 해 보이고는 우리를 떠났다. 우리는 몇 분을 더 기다렸다.

법복 차림의, 내 변호사가 많은 다른 동료들에 둘러싸여 도착했다. 그는 기자들에게 가서는 악수를 했다. 그들은 농담하고, 웃으며 법정 안의 종이 울릴 때까지 아주 자유로워 보였다. 모든 사람들이 자신의 자리로 되돌아갔다. 내 변호사가 나를 향해 와서, 내게 손을 내밀면서 사람들이 묻는 질문에 나서서 하지 말고 짧게 답하고, 나머지는 자기에게 맡기라고 조언을 주었다.

내 왼편에서 의자 끌어당기는 소리가 들렸고, 나는 붉은 옷에 코안경을 걸친 키 크고 마른 남자가 그의 법복을 주의 깊게 접으며 앉는 것을 보았다. 검사였다. 집행관이 개정을 알렸다. 그와 동시에 두 대의 커다란 팬이 윙윙거리기 시작했다. 세 명의 판사가, 둘은 검정, 세 번째는 붉은 옷을 입고, 서류철을 들고 들어와서는 법정이 내려다보이는 단상을 향해 빠르게 걸어갔다. 붉은 법복의 사내는 중앙의 의자에 앉아서는 그의 법모를 벗어 앞에 내려놓고는 손수건으로 그의 벗겨진 작은 머리를 닦고 나서 공판을 개시한다고 선언했다.

기자들은 이미 손에 펜을 쥐고 있었다. 그들 모두 한결같이 무심한 듯하면서도 약간 비웃는 듯한 표정을 짓고 있었다. 그러나 그들 가운데 회색 플란넬 정장에 푸른색 넥타이를 맨, 다른 이들보다 아주 젊은 사내 하나가 펜을 앞에 내려놓고는 나를 쳐다보고 있었다. 약간 한쪽으로 치우친 그의 얼굴에서 내가 볼 수 있었던 것은, 어떤 감정도 명료히 드러내지 않은 채 주의 깊게 나를 관찰하고 있는 매우 밝은 두 눈이 전부였다. 그러자 마치 나는 나 자신이 나를 지켜보고 있는 것 같은 기묘한 인상을 받았다. 아마 그래서인지, 그리고 그곳의 관례를 알지 못해서인지, 그러고 나서 벌어진 모든 일들, 배심원들의 추첨, 변호사와 검사 그리고 배심원들을 향한 재판장의 질문(그때마다 배심원들의 머리가 동시에 재판장석으로 향했다), 내가 알고 있는 장소들과 사람들의 이름이 나오는 기소장의 신속한 낭독, 그리고 내 변호사를 향해 던져진 새로운 질문들을 그다지 잘 이해할 수 없었다.

그런데 재판장이 증인을 부르겠다고 말했다. 집행관이 내 주의를 끄는 이름들을 읽었다. 그때까지 거의 공공의 인물들이 었던 사람들 사이에서, 나는 양로원 원장과 관리인, 토마 페레, 레몽, 마송, 살라마노, 마리, 한 사람 한 사람이 일어나서 옆문으로 사라지는 것을 지켜보았다. 마리는 긴장한 듯 작은 손짓을 보냈다. 마지막으로 이름이 불려지고, 셀레스트가 자리에서 일어섰을 때, 나는 그들을 좀더 일찍 알아보지 못했다는 게 여전히 놀라웠다. 그의 옆에 식당에서 본, 그 재킷에 단호한 표정을 짓고 있는 작은 여자를 알아보았다. 그녀는 나를 강렬하게 바라보았다. 하지만 나는 재판장이 발언을 시작했기 때문에 깊이 생각할 시간이 없었다. 그는 이제 본격적인 심리에 들어갈 텐데 새삼스레 방청객들에게 정숙을 요청할 필요는 없으리라고 믿는다고 말했다. 그에 따르면, 그는 사건에 대한 심리를 공정하고 중립적으로 진행하기 위해 거기에 있었다. 배심원들의 평결은 정의의 정신으로 행해질 것이고, 작은 소란이라도 일으키면, 어떤 경우에도 법정에서 내보내겠다는 것이었다.

열기는 더욱 높아졌고, 나는 법정 안의 방청객들이 신문으로 부채질하는 것을 볼 수 있었다. 그로 인해 바스락거리는 소리가 자그마하게 계속되었다. 재판장이 신호를 보내자 집행관이 짚으로 엮은 부채 세 개를 가지고 왔고, 세 명의 판사는 곧장 그것을 사용했다.

내 심문은 곧바로 시작되었다. 재판장은 침착하면서 심지어, 내게는 그렇게 여겨지는, 어떤 다정한 음색으로 질문했다. 다시 내 신원을 밝히라고 해서 귀찮기는 했지만, 충분히 자연스러운 일이라고 생각했다. 왜냐하면 다른 사람을 잘못 알고 재판을 진행한다면 그건 너무나 심각한 일이 될 터였기 때문이다. 그러고 나서 재판장은 내가 행했던 일에 대한 이야기를 처음부터 다시 시작했는데, 매 세 문장마다 내게 확인 차 말을 걸었다. "맞습니까?" 매번, 나는 내 변호사의 지시에 따라, "예, 재판장님." 하고 대답했다. 재판장이 그 정황을 매우 세심하게 짚었기에 시간이 오래 걸렸다. 그동안 줄곧, 기자들은 받아쓰고 있었다. 나는 그들 중 가장 젊은 기자와 작은 로봇 같은 여자의 시선을 느꼈다. 전차 좌석에 앉아 있는 것 같은 사람들은 일제히 재판장을 돌아보고 있었다. 그는 기침을 했고, 자신의 서류를 뒤적이더니 부채질을 하며 내 쪽을 보았다.

그는 이제부터 내 사건과 무관한 듯 보이지만, 아마도 매우 밀접히 관계되어 있을 문제에 대해 묻겠다고 내게 말했다. 나는 그가 다시 엄마에 관한 이야기를 하겠다는 걸로 이해했고, 그것이 매번 나를 얼마나 곤란하게 하는지를 느꼈다. 그는 내가 엄마를 양로원에 보낸 이유를 물었다. 나는 그녀를 부양하고 보살필 돈이 부족했기 때문이었다고 답했다. 그는 내게 그것이 개인적으로 고통스러웠는지를 물었고, 나는 엄마나 나나 서로에게 또는 다른 사람들에게 그렇듯 기대하는 게 더 이상 없었으며, 우리 둘 다 각자의 새로운 생활에 너무나 익숙해 있었다고 답했다. 재판장은 그러자 그 점에 대해 더 이상 강조하고 싶지 않다며 검사에게 다른 질문은 없느냐고 물었다.

그는 내게 반쯤 등을 돌리고 있었는데, 나를 바라보는 법 없이, 재판장님이 허락한다면, 내가 아랍인을 죽일 의도를 가지고 혼자서 샘으로 돌아갔던 건지를 알고 싶다고 표명했다. "아닙니다," 하고 나는 말했다. "그런데, 왜 그는 무기를 가지고 있었고, 왜 바로 그 장소로 되돌아간 걸까요?" 나는 그것은 우연이었다고 말했다. 그러자 검사가 불량한 어투로 말했다. "지금으로서는 이게 전부입니다." 그 이후의 모든 일들이 조금은 혼란스러웠는데, 적어도 내게는 그랬다. 하지만 잠시 협의가 있은 후에, 재판장은 오후까지 휴정한 뒤 증인 신문을 갖겠다고 선언했다.

나는 깊이 생각해 볼 시간이 없었다. 사람들이 나를 끌고나갔고, 호송차에 태웠으며 내가 밥을 먹을 감옥으로 인도했다. 내가 막 피곤하다는 사실을 깨달은, 매우 짧은 시간 후에, 그들은 다시 나를 데리러 왔다. 모든 것이 다시 시작되었고, 나는 같은 법정 안에서, 같은 얼굴들 앞에 있는 나 자신을 발견했다. 다만 기온은 더욱 뜨거워졌는데, 마치 기적처럼 배심원들과 검사, 내 변호사와 몇몇 기자들에게도 역시 짚으로 된 부채가 제공되어 있었다. 젊은 기자와 그 작은 여인도 여전히 거기에 있었다. 하지만 그들은 부채질을 하지 않고 아직까지 말없이 나를 지켜보고 있었다.

나는 내 얼굴을 덮고 있는 땀을 닦았고 양로원 원장을 부르는 소리가 들려왔을 때야, 그 장소와 내 자신에 대한 의식을 거의 회복할 수 있었다. 사람들은 그에게 엄마가 나에 대해 불평을 했는지를 물었고, 그는 그렇다고, 하지만 재원자들이 자신들의 가까운 사람들에 대해 불평을 늘어놓는 것은 얼마간 강박관념 같은 것이라고 말했다. 재판장은 그에게 그녀가 자신을 양로원에 보낸 일로 나를 비난했는지를 명확히 하라고 했고 원장은 다시 그렇다고 대답했다. 그러나 이번에는 어떤 말도 덧붙이지 않았다. 또 다른 질문에, 그는 장례가 치러진 그날 내 냉정함에 놀랐었다고 답변했다. 그에게 냉정함이 의미하는 바가 뭐냐고 물어졌다. 원장은 그러자 자신의 신발 끝을 내려다보다가는, 내가 엄마를 보고 싶어 하지 않았고, 한 번도 울지 않았으며 장례식이 끝난 후에 엄마의 무덤에서 묵념도 하지 않고 바로 떠났다고 말했다. 한 가지 더 그를 놀라게 한 게 있는데, 장례 일로 부른 장의사 한 명이 내가 엄마의 나이를 알지 못하더라고 했다는 것이다. 일순간 침묵이 흘렀고 재판장이 그에게 지금까지 말한 그 사람이 내가 정말 맞느냐고 물었다. 원장이 그 질문을 이해를 못한 듯하자, 그가 말했다. "이게 절차입니다." 그러고는 재판장이 차장검사에게 증인에게 더 이상 물을 질문이 없느냐고 물었고 그 검사는 소리쳤다. "아! 아닙니다. 이것으로 충분합니다." 그렇게 큰 소리와 함께 내 쪽을 향해 승리에 찬 표정을 지어 보여서, 나는 이 모든 사람들이 나를 얼마나 미워하고 있는지를 느낄 수 있었기에 아주 오랜만에 다시 울고 싶다는 바보 같은 충동을 느꼈다.

배심원단과 내 변호사에게 다른 질문이 있는지를 물은 후, 재판장은 관리인의 진술을 들었다. 그에게도 모든 다른 사람들처럼 같은 절차가 되풀이되었다. 자리를 잡고서, 관리인은 나를 바라보고는 눈길을 돌렸다. 그는 자신에게 주어진 질문에 답했다. 그는 내가 엄마를 보고 싶어 하지 않은 것, 담배를 피웠던 것, 잠을 잔 것, 그리고 밀크 커피를 먹은 것에 대해 말했다. 나는 그때 온 장내에 끓어오르는 어떤 적대감 같은 것을 느꼈다. 처음으로, 나는 내가 죄를 지었다는 것을 이해했다. 누군가 관리인에게 밀크 커피와 담배에 대한 이야기를 되풀이하게 했다. 차장검사가 조소를 띤 눈으로 나를 보았다. 그때, 내 변호사가 관리인에게 그도 나와 함께 담배를 피우지 않았느냐고 물었다. 그런데 검사가 이 질문에 대해 격분하며 벌떡 일어섰다. "지금 죄인이 누구인데 검사 측 증인을 깎아내려 증언을 최소화시키려는 이런 방법이 다 뭐란 말입니까. 그런다고 결정적인 것들이 사라지는 게 아닙니다!" 그럼에도 어쨌든, 재판장은 관리인에게 그 질문에 답하라고 요청했다. 노인은 당황한

투로 말했다. "제가 잘못했다는 걸 저도 잘 알고 있습죠. 하지만 저분이 권하는 담배를 거절할 수가 없었습니다." 끝으로, 누군가 내게 덧붙일 게 아무것도 없느냐고 물었다. "아무것도 없습니다." 하고 나는 대답했다. "증인이 옳습니다. 제가 그에게 담배를 권한 것이 원인입니다." 관리인이 그때 조금 놀라며 감사하다는 듯 나를 바라봤다. 그는 주저하더니, 내게 밀크 커피를 권한 것은 자기라고 말했다. 내 변호사는 크게 의기양양해져서 배심원들은 참작해야 할 것이라고 말했다. 하지만 검사는 우리 머리 위에서 천둥치듯 말했다. "예, 배심원님들께서는 참작하실 겁니다. 또한 이방인이 커피를 제안 받을 수는 있지만, 그 아들은 자신을 낳아 준 분의 시신 앞에서 거절해야만 했다는 것에 대해 판단하실 겁니다." 관리인은 그의 자리로 돌아갔다.

토마 페레의 순서 때는, 집행원 한 사람이 증인석까지 부축했다. 페레는 나의 어머니와는 각별히 알고 지냈고, 나는 장례식 당일 한 번밖에 보지 못했다고 말했다. 누군가 그에게 그날 내가 어떠했는지 물었고, 그는 대답했다. "이해하실 겁니다. 제 자신이 몹시 괴로워서, 아무것도 보지 못했습니다. 보이는 것을 참는 것조차 괴로운 일이었습니다. 제게는 너무나 큰 괴로움이었기 때문입니다. 심지어, 저는 의식을 잃기까지 했습니다. 그래서 저는 저분을 보지 못했습니다." 차장검사가 그에게 혹시, 적어도, 내가 우는 것을 보았느냐고 물었다. 페레 씨는 못 봤다고 대답했다. 그러자 검사가 그의 순서에 말했다. "배심원 님들 참작해 주십시오." 하지만 내 변호사가 화를 냈다. 그는 페레에게 내가 생각하기에도 지나친 목소리로 물었다. "혹시 내가 울지 않는 건 보았습니까?" 페레가 "아니요."라고 말했다. 사람들이 웃음을 터뜨렸다. 하지만 내 변호사는, 자신의 옷소 매를 걷어 올리며 단호한 목소리로 말했다. "그렇습니다. 이 소 송의 모습이 이렇습니다. 전부 사실이면서 사실인 것은 아무것 도 없는 것입니다!" 검사의 얼굴이 굳어졌고 연필로 문서의 표 제들을 쿡쿡 찔러 댔다.

이후 5분 동안의 휴정 중에 변호사는 내게 모든 것이 최고 로 되어 가고 있다고 말했고, 변호를 위해 소환한 셀레스트의 진술을 들었다. 변호할 이는, 바로 나였다. 셀레스트는 가끔 내 쪽으로 시선을 던졌고 그의 손안의 파나마모자를 돌리고 있 었다. 그는 나와 함께, 몇몇 일요일에, 경마장에 갈 때 입곤 하 던 새 양복을 입고 있었다. 하지만 그는 단지 구리 단추 하나 로 셔츠를 채우고 있는 것으로 보아 칼라는 달지 못한 것 같 았다. 그에게 내가 그의 고객인지를 묻자 그는 말했다. "네, 하 지만 또한 친구이기도 합니다." 나에 대해 어떻게 생각하느냐 고 하자 나를 사내답다고 대답했다. 그게 무슨 뜻이냐는 요청 을 받자 그는 그것이 의미하는 바는 세상 사람 전부가 안다고 말했다. 혹시 내가 감정을 밖으로 드러내지 않는 사람이었던 걸 알고 있었느냐고 하자 단지 내가 아무 의미 없이 말을 하지 않았다는 점에서는 그렇다고 인정한다고 했다. 차장검사는 그에게 혹시 내가 식대는 어김없이 치렀는지를 물었다. 셀레스트는 웃고나서 말했다. "우리 사이에 그런 것들은 사사로운 일입니다." 누군가 그에게 다시 내 범죄에 대해 어떻게 생각하느냐고 물었다. 그는 그때 그의 손을 증언대 위에 올렸고 사람들은 그가 준비한 어떤 것을 볼 수 있었다. 그가 말했다. "제가 보기에, 이건 불행입니다. 불행은, 모든 사람들이 그게 뭔지 알고 있습니다. 그것은 우리를 무방비 상태로 이끕니다. 그렇습니다! 제가 보기에 이건 불행입니다." 그는 계속하려 했지만, 재판장이 그에게 잘 알겠다고 감사하다고 말했다. 그래서 셀레스트는 잠깐 멈추어야 했다. 하지만 그는 다시 더 말하고 싶다고 강하게 말했다. 그에게 간단히 하라는 요청이 있었다. 그는 다시 이것은 불행이라고 되풀이했다. 그러자 재판장이 그에게 말했다. "네, 그것은 잘 알겠습니다. 그렇지만 우리가 그런 종류의 불행을 판정하기 위해 있는 것입니다. 수고하셨습니다." 마치 자신의 수단과 선의가 한계에 다다른 것처럼, 셀레스트는 나를 향해 몸을 돌렸다. 그가 두 눈을 번뜩이며 입술을 떨고 있는 것처럼 보였다. 그는 내게 자신이 계속해서 말할 수 있게 요청해 달라고 하는 듯했다. 나는 아무 말도 하지 않았고, 어떤 몸짓도 하지 않았지만, 그것이 내 인생에서 한 남자를 끌어안고 싶었던 첫 번째였다. 재판장은 그에게 다시 증언대에서 내려가라고 명했다. 셀레스트는 법정의 자기 자리로 갔다. 방청석에 남아 있는 동안 내내, 그는 앞으로 몸을 약간 숙이고, 무릎을 구부린 채, 손에 파나마모자를 쥐고, 그곳에서 말해지는 전부를 듣고 있었다. 마리가 들어섰다. 그녀는 모자를 쓰고 있었고 여전히 아름다웠다. 하지만 나는 그녀의 묶이지 않은 머리를 더 좋아한다. 내가 있는 곳에서, 나는 그녀의 가슴의 섬세한 중량감을 짐작할 수 있었고, 여전히 약간 도톰한 아랫입술을 알아볼 수 있었다. 그녀는 몹시 긴장한 듯 보였다. 즉시, 누군가 그녀에게 나를 안 것이 언제부터였는지를 물었다. 그녀는 자신이 우리 사무실에서 일하던 때를 댔다. 재판장은 나와의 관계를 알고 싶어 했다. 그녀는 자신이 내 친구였다고 말했다. 또 다른 질문에 그녀는 나와 결혼하기로 되어 있는 게 사실이라고 답했다. 서류를 뒤적이던 검사가 느닷없이 그녀에게 우리의 관계가 시작된 게 언제냐고 물었다. 그녀는 그 날짜를 댔다. 검사는 냉담한 표정으로 그녀에게 그날은 엄마가 죽은 다음 날일 것 같다고 지적했다. 그러고 나서 약간 비꼬는 투로, 그런 민감한 상황에 대해 말해 줄 걸 요구하고 싶지는 않다, 마리의 거리낌도 이해한다, 하지만(여기서 그의 어조는 더욱 냉혹해졌다) 자신의 의무를 다하기 위해 그녀에게 결례를 범할 수밖에 없을 것 같다고 말했다. 그는 따라서 마리에게 내가 그녀를 알게 된 그 하루를 요약해 줄 것을 요청했다. 마리는 말하고 싶어 하지 않았지만, 검사의 반복되는 요구에, 우리의 수영, 영화 관람과 내 집으로의 귀환에 대해 말했다. 차장검사는 예심에서의 마리의 진술을 좇아, 자신은 그날 자 프로그램을 찾아보았다고 말했다. 그는 그때 무슨 영화를 상영했는지 마리 스스로 말해 달라고 덧붙였다. 정말이지, 거의 순진무구한 목소리로, 그녀는 그건 페르낭델 영화였다고 밝혔다. 그녀가 말을 마쳤을 때 침묵이 법정 안을 채웠다. 검사가 그러고는 일어서서, 매우 심각하면서도 내가 듣기에도 실제로 마음을 움직이는 목소리로, 나를 손가락으로 지목하며, 천천히 분명하게 말했다. "배심원 여러분, 그의 어머니가 돌아가신 다음 날, 이 사람은 수영을 하고, 부도덕한 애정관계를 시작했으며, 코미디 영화 앞에서 웃어 댄 것입니다. 저는 더 이상 여러분에게 할 말이 없습니다." 여전히 침묵이 흐르는 가운데, 그는 자리에 앉았다. 그런데, 갑자기, 마리가 울음을 터뜨리며, 그런 게 아니다, 다른 것도 있다, 사람들이 자신이 생각하는 것과 반대로 말하게 강요한 거다, 자기는 나를 잘 알고, 나는 잘못한 게 아무것도 없다, 고 말했다. 하지만 진행원이, 재판장의 신호에 따라, 그녀를 데리고 나갔고 재판은 계속되었다.

뒤이어, 사람들은 마송이 나는 정직한 사람이며 "그리고 더

해서 말하자면, 올곧은 사람이다."라고 표명하는 것을 간신히 들었을 뿐이었다. 다시 사람들은 살라마노가 내가 그의 개를 좋아했다는 것을 회상하는 것과 내 어머니와 나에 대해 말해지는 어떤 질문에, 나는 엄마와 더 이상 나눌 말이 아무것도 없었다는 것과 그것이 내가 그녀를 양로원에 보낸 이유라고 답하는 것을 간신히 들었을 뿐이었다. "이해하셔야 합니다." 살라마노는 말했다. "이해하셔야 합니다." 하지만 사람들은 이해하는 것 같지 않았다. 누군가 그를 데리고 나갔다.

그러고 나서 레몽의 차례가 왔다. 그는 마지막 증인이었다. 레몽은 내게 살짝 손을 흔들어 보이고 즉시 나는 죄가 없다고 말했다. 하지만 재판장은 우리가 그에게 바라는 것은 판단이 아니라 사실이라고 말했다. 그는 레몽에게 질문을 기다렸다가 대답하라고 권고했다. 그에게 희생자와의 관계를 명확히 밝히라는 요구가 주어졌다. 레몽은 기회를 틈타 자신이 피살자의 여동생에게 모욕을 준 이후부터 마지막까지 미워한 것은 바로 자신이었다고 말했다. 재판장은 그럼에도 희생자가 나를 미워할 이유가 없었겠는지를 물었다. 레몽은 해변에서의 내 존재는 우연의 결과였다고 말했다. 검사가 그에게 그러면 어째서 비극의 발단이 된 편지가 나에 의해 쓰여지게 된 것인지를 물었다. 레몽은 그것은 우연이었다고 대답했다. 검사는 이 이야기를 인지하는 데 우연이 이미 너무 많이 저질러진 게 아니냐고 되물었다. 그는 레몽이 그의 여동생에게 모욕을 가하려 할 때 개입하지 않은 것도 우연이었는지, 내가 경찰서에서 증인 역할을 한 것도 우연이었는지, 나의 진술이 그때 환심을 사려 드러낸 증언이었던 것도 역시 우연이었는지 알고 싶다고 했다. 마지막으로, 그는 레몽에게 생계 수단이 뭐냐고 물었다. 그리고 그 마지막 증인이 "창고지기"라고 대답했을 때, 차장검사는 배심원들에게 증인이 포주 일에 종사한다는 것은 일반적으로 알려진 주지의 사실이라고 선언했다. 나는 그의 공범이었고 친구였다. 이것은 더할 나위 없이 질 낮은 종류의 저속한 참사로, 우리가 도덕적 괴물을 상대하고 있다는 사실로 인해 더 심각히 문제가 된다는 것이었다. 레몽은 자신을 변호하길 원했고 내 변호사도 항의했지만, 그들에게 검사의 논고가 끝나길 기다리라고 말해졌다. 그자가 말했다. "더할 게 조금 남아 있습니다. 저 사람이 당신의 친구였습니까?" 그가 레몽에게 물었다. "그렇습니다." 레몽이 말했다. "그는 친한 친구였습니다." 차장검사는 그러고 나서 내게 같은 질문을 던졌고 나는 눈길을 피하지 않는 레몽을 바라봤다. 나는 "네." 하고 대답했다. 검사는 그러고 나서 배심원들을 향해 돌아서서는 말했다. "자신의 어머니가 돌아가신 직후 더할 나위 없이 수치스러운 방탕함에 몰두하던 바로 그 사내가 하찮은 이유와 차마 말로 할 수 없는 치정 사건을 정리하기 위해 살인을 벌였던 것입니다."

그는 그러고 나서 자리에 앉았다. 하지만 인내심이 한계에 이른 내 변호사가, 두 팔을 높이 쳐들며 소리쳤고, 그로 인해 옷소매가 아래로 처지면서 풀 먹인 셔츠의 주름이 드러났다. "요컨대, 그가 기소된 것은 어머니를 땅에 묻어서 입니까, 아니면 한 사내를 죽여서입니까?" 방청객들이 웃음을 터뜨렸다. 그러나 검사가 다시 몸을 일으켜 세우더니, 그의 법복을 바로잡고는, 이 두 개의 다른 사실 사이에는 하나의 깊고, 비장하며, 필수불가결한 관계가 있다는 것을 느끼지 못하겠다면 정직한 변호인은 솔직해질 필요가 있다고 말했다. "그렇습니다." 그자는 힘주어 소리쳤다. "저는 범죄자의 가슴으로 어머니를 매장한 이 사람을 고발합니다." 이 선언은 방청객들에게 중대한 효과를 불러일으킨 듯 보였다. 내 변호사는 어깨를 으쓱하고는 이마를 덮은 땀을 훔쳤다. 그러나 그 자신이 동요한 듯했고, 나는 상황이 내게 좋게 흐르고 있지 않다는 것을 깨달았다.

공판은 속행되었다. 법원을 나서 호송차로 가면서, 나는 아주 잠깐 여름날 저녁의 냄새와 색깔을 인식했다. 구르는 감옥의 어둠 속에서, 나는 피로의 밑바닥에서인 것처럼, 내가 사랑했던 도시와 내가 행복감을 느끼기에 이르렀던 어떤 시간의 모든 친밀한 소음들을 하나하나 다시 찾아냈다. 이미 부드러워진 공기 속의 신문팔이들의 외침, 공원의 마지막 새소리, 샌드위치 상인의 부르짖음, 시내 높은 곳을 돌면서 내는 전차의 신음 소리, 그리고 밤이 항구 위로 내려앉기 직전에 울리는 하늘의 웅성거림, 이 모든 것들이 보이지 않는 여정 속에서 재구성되었고, 그것이 감옥으로 들어가기 전이라는 걸 잘 알고 있었다. 그렇다. 그것은 오래전부터 내가 행복을 느꼈던, 바로 그 시간이었다. 그때 나를 기다리고 있던 것, 그것은 언제나 가볍고 꿈도 없는 잠이었다. 그리고 그럼에도 바뀐 것은, 다음 날의 기다림과 함께, 내가 다시 찾는 것은 감방이라는 사실이었다. 마치 여름 하늘을 따라 난 친숙한 길이 감옥으로도 무고한 잠으로도 이끌 수 있는 것처럼.

# IV

심지어 피고석에서일지라도, 자신에 대해 말하는 것을 듣는 일은 언제나 흥미로운 일이다. 검사와 변호사간의 진술과 변론이 오가는 동안, 나에 관한 많은 이야기를 했는데 아마 내 범죄에 대해서보다 나 자체에 대해 더 많은 말이 오갔다고 할 수 있다. 게다가 그 진술들은, 정말 그렇게 차이가 있었던 것일까? 변호사는 팔을 들어 올리며 죄를 시인하고 변론했지만, 변호를 했다. 검사는 손을 내밀며 죄의식을 고발했지만, 변호는 없었다. 그럼에도 한 가지 사실은 분명하다. 내 고정관념에도 불구하고 나는 가끔 발언하고 싶었고 내 변호사는 그때마다 내게 말했다. "아무 말 마세요. 당신 입장에서는 그게 낫습니다." 어떻게 보면, 사람들은 나를 제외하고 그 사건을 다루는 것처럼 보였다. 모든 일이 나의 발언 없이 진행되었다. 누구도 내게 의견을 구하지 않은 채 내 운명이 정해지고 있었다. 때때로 나는 모두의 말을 중단시키고 말하고 싶었다. "그렇지만, 피고가 누구란 말입니까? 피고의 존재가 중요한 겁니다. 나도 할 말이 있습니다." 하지만 깊이 생각해 보자, 나는 아무 할 말이 없었다. 더구나, 나는 사람들의 관심을 끄는 데서 얻는 흥미가 오래가지 않을 거라는 걸 알아야만 했다. 예컨대, 검사의 진술은 나를 매우 빨리 지치게 만들었다. 내게 강한 인상을 주거나 내 흥미를 불러일으킨 것은 몸짓 또는 전체적으로 장황한 가운데 떨어져나온, 단지 일부분에 불과했다.

그의 생각의 바탕은, 만약 내가 잘 이해한 것이라면, 내가 범죄를 사전에 계획했다는 것이었다. 적어도, 그는 그것을 입증하려고 애썼다. 그 스스로 말한 바처럼, "저는 그것을 증명해 보일 겁니다. 여러분. 그것도 이중으로 할 것입니다. 우선 사실의 명명백백한 명확성 아래서, 그리고 이 정신적 범죄가 내게 주는 직감의 어두운 빛 속에서". 그는 엄마의 죽음부터 시작해 사실들을 요약했다. 그는 내 도덕적 무감각과, 내가 엄마의 나이를 몰랐던 점, 다음 날의 해수욕, 여자와 함께한 페르낭델 영화 관람, 그리고 마지막으로 마리와 함께 집으로 돌아온 것을 되살렸다. 나는 그때, 내게 그녀는 그냥 마리인데, 그가 "그의 정부"라고 말했기 때문에, 그걸 이해하는 데 시간이 좀 걸렸다. 그러고 나서 그는 레몽 이야기로 들어갔다. 나는 사건을 보는 그의 방식의 투명함이 잘못되지 않았다는 것을 발견했다. 그가 말하는 것은 그럴듯했다. 나는 레몽과 합의하에 그의 정부를 공격하기 위해 편지를 썼고 '도덕관념이 의심스러운' 그 사내에게 나쁜 처리를 맡겼다. 나는 해변에서 레몽의 상대들을 도발했다. 그자가 부상을 당했다. 나는 그의 권총을 달라고 요청했다. 나는 그것을 사용하기 위해 혼자서 돌아왔다. 나는 내가 계획한 대로 아랍인을 쏘았다. 나는 기다렸다. 그리고 "일이 제대로 되었는지 확실히 하기 위해" 나는 네 발을 더 쏘았다. 침착하고, 확실하게, 말하자면 깊이 생각한 연후에.

"자, 여러분." 차장검사는 말했다. "저는 여러분 앞에서 이 사람이 사정을 완전히 인지한 상태에서 살인을 하게 되기까지의 사건 과정을 되짚어 보았습니다. 저는 이 점을 강조합니다." 그가 말했다. "왜냐하면 이것은 평범한 살인이 아니고, 여러분이 정상을 참작할 만한 무의식적인 행위도 아니기 때문입니다. 이 사람은, 여러분, 이 사람은 똑똑합니다. 여러분도 들으셨을 겁니다. 그렇지 않은가요? 그는 어떻게 답해야 하는지를 알고 있습니다. 그는 말의 가치를 알고 있습니다. 그리하여 우리는 그가 무슨 짓을 저질렀는지 깨닫지도 못한 채 행동했다고 말할 수는 없다는 것입니다."

나는 귀를 기울이고 있었으므로, 내가 똑똑하다고 평가된다는 사실을 들을 수 있었다. 하지만 나는 보통 사람의 장점이 어떻게 죄인에게는 반대로 무거운 부담이 될 수 있는지를 잘 이해하기 힘들었다. 적어도 그건 나를 놀라게 만들었고, 그래서 다음과 같은 말이 들리기 전까지 나는 더 이상 검사의 말에 귀를 기울이지 않았다. "그가 후회하는 기색이라도 비친 적이 있습니까? 전혀 아닙니다, 여러분. 이 사람은 예심 중에도 가증스러운 범죄로 동요한 적이 단 한 번도 없었습니다." 그때, 그는 내게로 몸을 돌려 손가락으로 나를 가리키며, 계속해서 공격을 해댔는데, 나는 사실 왜 그러는지를 잘 이해할 수 없었다. 물론, 나는 그가 옳다는 것을 인정하지 않을 수 없었다. 나는 내 행동을 크게 후회하지 않았던 것이다. 하지만 그렇게 큰 증오심은 나를 놀래켰다. 나는 진심으로, 거의 애정을 담아, 실제로 나는 무언가를 후회해 본 적이 결코 없다고, 그에게 설명해 주려 애써 보고 싶었다. 나는 항상 앞으로 일어날 일, 오늘 또는 내일에 사로잡혀 있었다. 그러나 물론 당연히, 내가 처한 그 위치에서 나는 누구에게도 그런 식으로 말할 수는 없었다. 나는 내 다정함이나, 선의를 내보일 자격이 없었던 것이다. 그리고 나는 다시 귀를 기울이려고 애썼는데, 왜냐하면 검사가 나의 영혼에 대해 말하기 시작했기 때문이다.

그 영혼을 살펴보았는데 아무것도 찾을 수 없었습니다, 배심원 여러분, 이라고 그가 말했다. 그는 진실로, 내가 영혼과 인간적인 면이 없었고, 인간의 마음을 지키는 도덕적 기반이 열려 있지 않았다고 했다. "물론, 우리는 그를 비난할 수 없습니다. 그가 획득할 수 없었을 그것을, 그가 갖지 않았다고 불평

할 수만도 없습니다. 하지만 그가 이 법정에 온 이상, 관용이라는 모든 소극적 미덕은 쉽진 않겠지만, 그에 맞게, 더 높은 정의로 바뀌어야만 할 것입니다. 무엇보다 이 사람 안에서 발견되는 그런 마음의 공허가 사회를 파멸시키는 깊은 구렁이 될 것이기에 더욱 그래야 할 것입니다." 하고 그는 덧붙였다. 그가 엄마를 향한 내 태도에 대해 말을 꺼낸 건 그러고 나서였다. 그는 심리 중에 그가 했던 말을 되풀이했다. 하지만 그것은 내 범죄를 말할 때보다 훨씬 더 길어서, 어찌나 길던지, 종국에, 나는 그 순간까지, 적어도, 차장검사가 말을 마치고, 잠깐의 침묵이 흐른 후, 매우 낮고 매우 확신에 찬 목소리로 되풀이할 때까지는, 그날 아침의 더위를 더욱 느끼지 않을 수 없었다. "이곳의 같은 법정에서, 여러분, 가장 극악무도한 범죄를 심판하게 될 것입니다. 곧 부친 살해 범죄를 말입니다." 그에 따르면, 이 잔혹한 범행 앞에서는 상상력도 뒷걸음질 친다는 것이었다. 그는 감히 인간들의 정의가 약해짐 없이 처벌을 내릴 것을 희망한다고 했다. 그는 그러나, 이 범죄가 불러일으키는 그 공포도 내 도덕적 무감각 앞에서 느끼는 그것에는 거의 미치지 못한다고 주저없이 말할 수 있다고도 했다. 여전히 그에 따르면, 정신적으로 자신의 어머니를 죽인 사람은 자신을 태어나게 한 창조자에게 어떤 죽음의 손을 가하는 자와 같은 자격으로 인간 사회로부터 몸을 피한다는 것이었다. 어쨌든, 전자는 후자의 행위의 초석이 되고, 어떤 의미에서, 전조가 되고 정당화한다는 것이다. "저는 확신합니다, 여러분." 그는 목청을 높여 덧붙였다. "만약 제가 이 자리에 앉아 있는 저 사람이 이 법정에서 내일 심판할 살인자와 같은 죄인이라고 말한다 해도, 여러분은 내 생각이 너무 방약무인하다 여기지 않을 것이라고 말입니다. 따서 그는 처벌받아 마땅한 것입니다." 여기서, 검사는 땀으로 빛나는 자신의 얼굴을 닦았다. 그는 마침내 자신의 의무는 고통스러운 것이지만, 단호하게 끝을 맺을 것이라고 말했다. 그는 내가 사회의 가장 근본적인 규범들도 무시했으므로 이 사회와 아무런 관련이 없으며, 기본적인 반응에도 무지했으므로 인간의 가슴에 호소할 수도 없을 것이라고 주장했다. "저는 여러분께 이 사람의 머리를 요구하는 바입니다." 그가 말했다. "가벼운 마음으로 여러분께 요구합니다. 왜냐하면 앞서 제 오랜 경력 동안 사형선고를 요청해야 하는 일이 있었지만, 결코 오늘만큼, 괴물뿐이 읽히지 않는 이 사람의 얼굴 앞에서 느끼는 공포로 절대적이고 성스러운 명령이라는 자각과 함께, 이 고통스러운 의무가 마땅하고, 형평에 맞으며, 명백하다고 느낀 적이 없었기 때문입니다."

검사가 다시 앉았을 때, 제법 긴 침묵이 흘렀다. 나는, 더위와 놀라움으로 몽롱한 상태였다. 재판장이 살짝 헛기침을 하고는 매우 낮은 목소리로, 내게 혹시 덧붙여 할 말이 없느냐고 물었다. 나는 자리에서 일어났고 내가 말을 하고 싶었던 듯이, 더구나 조금 무작정, 그 아랍인을 죽일 의도가 없었다고 말했다. 재판장은 그것도 하나의 주장이라며, 지금까지 그는 내 변론의 방법을 잘 파악하지 못했으므로, 변호사의 말을 듣기 전에 내가 내 행동을 일으킨 동기를 분명하게 밝히면 만족스럽겠다고 말했다. 나는 불쑥, 말이 조금 섞이고, 나 스스로 터무니없다는 것을 알았지만, 그것은 태양 때문이었다고 말했다. 법정에 웃음이 일었다. 내 변호사가 어깨를 으쓱했고, 잠시 후 곧바로, 그에게 발언권이 주어졌다. 하지만 그는 시간도 늦었으며 또 몇 시간이 걸릴 수 있으니, 공판을 오후까지 연기해 줄 것을 요청한다고 표명했다. 법정은 거기에 동의했다.

그날 오후, 커다란 팬들이 여전히 법정의 무거운 공기를 휘저으며 돌아가고, 배심원들의 다양한 색깔의 작은 부채들도 전부 일정하게 움직이고 있었다. 내 변호사의 변론은 결코 끝날 것 같지 않았다. 그런데 어느 순간, 나는 귀를 기울였는데, "내가 살인을 한 것은 사실이다"라고 그가 말했기 때문이다. 그 후 그는 나에 관해 말할 때마다 같은 어조로 "내가"라고 말했다. 나는 매우 놀랐다. 나는 경관 한 명에게 몸을 굽혀 그 이유가 뭐냐고 물었다. 그는 내게 조용히 하라고 했고, 잠시 후에야, 덧붙였다. "모든 변호사들이 그렇게 합니다." 나는, 그것이 이 사건에서 나를 떼어 놓고, 나를 제로로 만들어 버리고, 어떤 의미에서는, 나를 대체하는 거라고 생각했다. 하지만 이미 나는 그 법정으로부터 아주 멀리 떨어져 있다고 믿었다. 게다가, 내 변호사도 내겐 터무니없게 여겨졌다. 그는 그의 도발에 대해 황급히 변론한 다음, 그 역시 내 영혼에 대해서 얘기했다. 하지만 내게 그는 검사에 비해 능력이 훨씬 떨어져 보였다. 그는 말했다. "저 또한, 이 사람의 영혼을 들여다보았습니다. 하지만, 탁월한 검찰청의 대리인과는 반대로, 저는 무언가를 발견했고, 저는 거기서 펼쳐진 책을 보듯 읽었다고 말할 수 있을 것 같습니다." 그는 거기서 내가 정직한 사람이며, 한 사람의 합법적인 봉급생활자로, 지치는 법 없이, 고용된 회사에 충실한, 모두에게 사랑받으면서 다른 사람들의 재난을 동정하는 사람이라는 것을 읽었다. 그에게 있어서, 나는 그가 할 수 있는 한 오래 그의 어머니를 부양했던 도덕적인 아들이었다. 종국에 나는 내 재력으로는 늙은 여인이 얻고자 하지만 줄 수 없었던 안락함을 양로원이 제공해 주길 희망했던 것이다. "저는 놀랐습니다, 여러분." 그는 덧붙였다. "이 양로원을 둘러싸고 그렇듯 커다란 소음이 오간다는 것에 대해 말입니다. 결국, 만약 이러한 시설들의 유용성과 중요성을 증명하는 것이 필요하다는 것이라면, 그것은 그들에게 보조금을 주는 정부 그 자체에 대해 말해져야만 할 거라는 것입니다." 다만, 그는 장례식에 관해서는 언급하지 않았고, 나는 그 점이 그의 변론에서 부족한 부분이라고 생각했다. 그러나 그 모든 장광설, 내 영혼에 대해 말해지던 그 모든 날들의 끝없는 시간 때문에, 나는 그곳이 현기증이 나는, 모든 것이 무색의 물 같다는 인상을 받았다.

종래, 내가 기억하는 거라곤 내 변호사가 말을 계속하는 동안 아이스크림 장수가 부는 나팔 소리가 거리에서부터 온 방들과 법정을 거쳐 나에게까지 울려 퍼졌다는 것뿐이었다. 더이상 내게 속하지는 않지만, 가장 사소하고도 절대 지워지지 않을 기쁨을 주었던 추억들이 나를 엄습했다. 여름의 냄새, 내가 사랑했던 동네, 어느 날의 저녁 하늘, 마리의 웃음과 원피스들. 그러자 이곳에서 내가 하고 있는 모든 부질없는 것들이 목구멍까지 치받쳤고, 내게는 단지 일을 끝내고 내 감방으로 돌아가 잠들 수 있길 바라는 조바심밖에 남지 않았다. 나는 변호인이 외치는 소리를 겨우 들었는데, 요컨대, 배심원들은 잠깐 길을 잃었던 성실한 일꾼을 죽음으로 보내는 걸 원치 않을 것이며, 이미 나는 내 죄에 대한 가장 확실한 형벌로서 영원한 양심의 가책을 지고 있으니 정상참작을 요청한다는 것이었다. 법정은 휴회되었고 내 변호사는 기진맥진한 기색으로 자리에 앉았다. 하지만 그의 동료들이 그와 악수하려고 그에게로 다가왔다. 나는 들었다. "굉장했소, 변호사!" 그들 중 하나는 심지어 나를 증인 삼고자 했다. "그렇죠?" 그가 내게 말했다. 나는 고개를 끄덕이긴 했지만, 본심에서 우러나온 건 아니었다. 나는 너무 피곤했던 것이다.

　그럼에도, 그 시간 바깥은 날이 저물고 있었고 열기는 누구러져 있었다. 내게 들려오는 거리의 얼마간의 소음으로, 나는 저녁의 부드러움을 짐작할 수 있었다. 우리는 모두 거기서 기다리고 있었다. 우리가 함께 기다리고 있는 그것은 오로지 나와 관련된 것이었다. 나는 다시 장내를 둘러보았다. 모든 것이 첫날과 동일했다. 나는 회색 재킷을 입은 기자와 로봇 여자의 시선과 마주쳤다. 그러자 재판이 진행되는 동안 내내 나의 시선이 마리를 찾으려 하지 않았다는 것에 생각이 미쳤다. 내가 그녀를 잊고 있었던 건 아니었으나, 할 일이 너무 많았던 것이다. 나는 셀레스트와 레몽 사이에 있는 그녀를 보았다. 그녀는 내게 마치 "끝났네"라고 말하고 있는 듯한 작은 손짓을 보냈고 나는 조금 걱정스러운 미소를 띠고 있는 그녀의 얼굴을 보았다. 하지만 나는 내 가슴이 닫혀 버린 것을 느꼈고, 심지어 그녀의 미소에 답할 수조차 없었다.

　재판이 재개되었다. 매우 빠르게, 누군가 배심원들에게 일련의 쟁점들을 읽어 주었다. 나는 '살인의 유죄'… '사전 모의'… '정상을 참작케 하는 상황'이라는 말을 들었다. 배심원들이 퇴장하고 누군가 나를 전에 대기한 바 있던 작은 방으로 데리고 갔다. 내 변호사가 나를 따라왔다. 그는 매우 수다스럽게, 이전에는 행하지 않았던 자신감과 진심을 더해 내게 말했다. 모든 것이 잘되어서, 내가 몇 년간의 금고형이나 징역형에 처해지는 것으로 끝날 것 같다고. 나는 그에게 만약에 불리한 판결이 나면 파기될 가능성도 있는지 물었다. 그는 없다고 말했다. 배심원들의 심기를 거스르지 않기 위해 어떤 법률적 주장도 내놓지 않은 게 자신의 전략이었다는 것이다. 그는 아무 이유 없이 그처럼 판결을 철회하지는 않는다고 설명했다. 그것은 명백해 보였고, 나는 그의 논리를 수긍했다. 냉정하게 보면 그것은 완전히 자연스러운 것이었다. 반대의 경우라면 쓸데없는 서류 작업이 너무 많아질 테니까. "그래도, 항소는 할 수 있습니다. 하지만 저는 좋은 결과가 나오리라고 확신합니다." 하고 변호사가 말했다.

우리는 매우 오랫동안 기다렸는데, 얼추 사오십 분은 된 것 같다, 고 믿어졌다. 그쯤이 지나 벨이 울렸다. 내 변호사는 나를 떠나면서 말했다. "배심원 측 대표가 평결문을 읽을 겁니다. 당신은 판결을 선고할 때나 들여보내질 겁니다." 문들이 소리를 냈다. 사람들이 계단을 뛰어 오르내렸지만 그들이 가까이 있는지 혹은 멀리 있는지 알 수 없었다. 그러고 나서 나는 법정 안에서 무언가를 읽는 낮은 목소리를 들었다. 다시 벨이 울렸을 때, 그 공간의 문이 열리고, 나를 향해 불러일으켜진 것은, 침묵, 그리고 젊은 기자가 눈길을 돌리는 것을 알아보는 동안의 그 특이한 느낌의 정적이었다. 나는 마리가 있는 쪽을 볼 수 없었다. 그럴 시간이 없었다. 재판장이 이상한 말투로 프랑스 국민의 이름으로 공공 광장에서 내 머리가 잘리게 될 것이라고 말했기 때문이다. 그때 나는 내가 모든 사람들의 얼굴에서 읽었던 감정을 알아차렸던 것 같다. 그것은 배려 같은 것이었다고 믿는다. 경관들은 나를 매우 부드럽게 대했다. 변호사는 그의 손을 내 손목에 올려놓았다. 나는 더 이상 어떤 생각도 하지 않았다. 하지만 재판장이 내게 덧붙일 어떤 말이 있는지 물었다. 나는 곰곰이 생각했다. 나는 말했다. "없습니다." 누군가 나를 데리고 나간 것은 그러고 나서였다.

# V

세 번째로, 나는 부속 사제의 접견을 거절했다. 나는 그에게 할 말이 없었고, 말하고 싶지도 않거니와, 곧 그를 충분히 보게 될 터였다. 지금 당장의 내 관심사는, 그 역학에서 벗어나는 것, 그 필연적인 것에서 헤어날 길이 있는지를 알아보는 것이다. 내 감방이 바뀌었다. 이곳에서는, 몸을 뉘이면, 하늘이 보이고 나는 그것밖에 보지 않는다. 모든 날들이 하늘의 얼굴 위로 낮에서 밤으로 이끄는 색깔들의 이지러짐을 바라보는 것으로 지나간다. 드러누워, 나는 손을 머리에 두고 기다린다. 나는 그 무자비한 메커니즘에서 벗어나, 경찰의 경계선을 뚫고 집행 전에 사라진 사형수의 예들이 있었는지를 궁금해했던 게 몇 번인지 모른다. 나는 그러고는 사형 집행 이야기에 충분히 주의를 기울이지 않았던 것에 대해 나 자신을 나무랐다. 우리는 항상 그런 문제에 관심을 가져야 할 테다. 무슨 일이 벌어질지는 누구도 알지 못하는 것이다. 여느 사람들처럼, 나도 신문 속에 묘사된 글들을 읽었다. 하지만 틀림없이 내가 결코 호기심을 갖고 찾아보지 않았던, 특별한 일들이 있었을 것이다. 거기서, 아마, 나는 빠져나갈 구멍에 대한 이야기들을 찾을 수 있었을지도 모른다. 나는 형벌의 수레바퀴가 멈춰 선, 단지 한 번의, 우연과 행운이, 무언가를 바꿔 놓았다는, 이 불가항력적인 사전 모의에 대해, 적어도 하나의 사례를 배울 수도 있었을 것이다. 단 한 번! 어떤 면에서 보면, 그것으로 충분했을 것으로 생각한다. 내 마음이 그 나머지는 알아서 했을 테니 말이다. 신문들은 흔히 사회에 대해 진 부채에 관해 말했다. 그것들에 따르면, 그것은 갚아야만 하는 것이었다. 하지만 그것은 상상에 대해서는 이야기하지 않았다. 염두에 두어야 할 것은, 그것은 빠져나갈 구멍에 관한 하나의 가능성으로, 무자비한 관습 밖으로의 희망에 대한 모든 가능성을 제공해 줄 미친 듯한 하나의 질주였다. 당연히, 희망, 그것은 어느 거리 모퉁이에서, 전력 질주 중에, 날아오는 어떤 총알에 쓰러지는 것이었다. 하지만 모든 것을 고려해 봐도, 그러한 호사가, 모든 것이 금해진 내게 허락되지 않을 테고, 역학은 나를 다시 붙잡았다.

이해하려는 내 의지에도 불구하고, 나는 이런 무례한 확신을 받아들일 수 없었다. 왜냐하면 결국, 그것의 근거가 된 판단과 판단이 행해진 때로부터 출발한 냉정한 진행 사이에는 어떤 터무니없는 불균형이 있었기 때문이다. 판결문이 17시가 아니라 오히려 20시에 읽혀졌다는 사실, 모든 게 달라질 수도 있었다는 사실, 속옷을 갈아입는 인간들에 의해 행해졌다는 사실, 또한 프랑스 국민(혹은 독일인이나 중국인) 같은 어떤 모호한 관념의 신뢰 수준이었다는 사실, 이 모든 것이 내게는 그 판결의 진지함을 훼손하는 것 같아 보였다. 그럼에도 불구하고, 나는 그것이 선고된 순간부터 내내 내 몸뚱이를 짓누르고 있던 이 벽의 존재만큼이나, 그 효과가 또한 확실하고, 또한 심각해졌다는 것을 인정해야만 했다.

나는 그 순간 엄마가 내게 들려주었던 아버지에 관한 어떤 이야기를 떠올렸다. 나는 그분을 알지 못한다. 내가 그 사람에 대해 명확히 알고 있는 것은 그것이 전부로, 그것은 아마 엄마가 그때 내게 말해 주었던 것일 테다. 그분은 한 살인범의 사형 집행을 보러 갔었다. 그분은 정말로 그것을 보러 간다는 것만으로 아팠다. 그는 그럼에도 갔고 돌아와서는 아침 한동안 토했다. 내 아버지는 그때 좀 혐오스러웠다. 이제 나는 이해하는데, 그것은 너무나 자연스러운 것이었다. 어떻게 나는 사형 집행보다 더 중요한 게 아무것도 없다는 걸, 요컨대 그것만이 한 인간이 정말로 관심을 가져야 할 유일한 것이었다는 걸 깨닫지 못했던 걸까! 만약 내가 이 감옥에서 나가게 된다면, 나는 모든 사형 집행을 보러 갈 것이다. 그런 가능성을 생각해 본 것조차 내가 잘못한 것이라고, 나는 믿는다. 어느 이른 아침 경찰의 경계선 뒤에 자유롭게 있는 나를 보고 있다는 생각에, 달리 말하자면, 사형 집행을 보고 난 후에 토할 수도 있는 그 구경꾼의 존재에 대한 생각에, 독이 든 쾌감의 물결이 가슴까지 치밀어 올랐기 때문이다. 하지만 그것은 합리적이지 못했다. 나는 그러한 가정들로 나아가는 잘못을 저질렀기 때문에, 다음 순간, 너무도 끔찍한 추위로 나는 담요 속에서 몸을 웅크려야만 했다. 나는 주체하지 못하고 이빨을 딱딱 부딪쳤다.

하지만, 당연히, 사람이 언제나 이성적인 것은 아니다. 예를 들어, 또 다른 때에 나는 법안을 만들어 보곤 했다. 나는 형벌을 개선했다. 나는 중요한 건 사형수에게 한 번의 기회를 주는 것임을 깨달았다. 천 번에 단지 한 번만으로, 많은 것들이 개선되기에 충분한 것이다. 그리하여, 그것은 내게 섭취하는 것으로 환자(나는 환자라고 생각했다)를 열 번에 아홉 번만 죽이는 어떤 화학적 결합을 찾을 수 있을 것으로 여겼던 것이다. 그가 알고 있는 것, 그것이 조건이었다. 아주 심사숙고하고, 침착하게 그것들을 검토하면서, 나는 확인했었다. 단두대의 날에는 결합이 없다는 것을, 그것에는 절대적으로 누구에게도 기회가 없다는 것을. 한 번으로 모든 게, 요컨대, 환자의 죽음이 결정돼 버렸던 것이다. 그것은 하나의 정리된 경우, 확고한 잘된 조합, 인정된 합의로 재론의 여지가 없었다. 만에 하나, 만약 그 칼날이 빗나간다면, 그 후에, 누군가가 다시 시작했을 것이다. 그것은 성가셔지고, 그 사형수는 그 기계장치가 완벽히 작동하길 소원하게 되는 것이다. 나는 그것이 결함이 있는 쪽이라고 말하는 것이다. 어떤 의미에서 그건 진실이다. 하지만, 또 다른 의미에서, 나는 하나의 좋은 조직이 갖추고 있는 모든 비밀이 거기 있다는 점을 인정해야만 했다. 요컨대, 사형수는 정신적으로 협력할 수밖에 없었다. 모든 일이 흠결 없이 진행되는 것이 그에게도 이득인 것이기에.

나는 또한 지금까지 이런 문제들에 관해 정확하지 않은 생각을 가지고 있었다는 걸 인정해야만 했다. 나는 오랫동안—내가 왜 그랬는지는 모르겠다—단두대로 가기 위해서는 처형대 위로 올라야 한다고, 계단을 밟고 오른다고 믿고 있었다. 나는 그것이 1789년 혁명 때문이라고 믿는데, 사람들이 그 문제에 대해 내게 가르쳐 주거나 이해시켜 준 게 그게 전부였기 때문이라고 말하고 싶은 것이다. 하지만 어느 날 아침, 나는 어느 사형 집행 상황을 다룬 신문에 실렸던 사진 한 장이 기억났다. 실제로, 그 기계장치는 땅 위에 바로 놓여 있었고, 세상에서 가장 단순한 것이었다. 그것은 내가 생각했던 것보다 훨씬 좁았다. 내가 그걸 좀더 일찍 생각하지 못했다는 게 좀 이상했다. 사진 속의 그 기계는 정교하고, 완벽하고 빛이 나서 내게 강한 인상을 남겼었다. 우리는 항상 모르는 것에 대해서는 과장된 생각을 품게 된다. 나는 반대로 모든 것이 단순하다는 것을 인정해야만 했다. 기계장치는 그것을 향해 걸어가는 사람과 같은 높이에 있다. 우리가 어떤 사람을 만나러 걸어가는 것처럼 조우하게 되는 것이다. 그것은 또한 성가신 일이었다. 처형대를 향해 오르는 것은, 바로 하늘로 오르는 것으로, 상상력은 거기에 결부시킬 수도 있었다. 한편으로, 여전히, 그 역학은 모든 것을 짓눌러 버렸다. 우리는 약간의 수치심과 철저한 정확함으로 소박하게 죽임을 당했다.

그 밖에도 내가 줄곧 숙고했던 두 가지 문제가 더 있었다. 새벽과 나 자신의 항소였다. 나는 하지만 따져 보았고 더 이상 생각하지 않으려고 애썼다. 나는 누워서, 하늘을 바라보았고, 거기에 관심을 불러일으키려고 노력했다. 하늘은 초록으로 물들어 갔을 테고 저녁이 되었을 테다. 나는 여전히 내 생각의 방향을 돌리려고 애썼다. 나는 심장 소리를 들었다. 나는 이 소리가 그렇게 긴 시간 나와 함께 동행했음에도 불구하고 멈출 수 있을 거라고 상상할 수 없었다. 나는 실제로 결코 상상해 본 적이 없었다. 나는 그럼에도 이 심장박동이 더 이상 계속되지 않을 어떤 순간을 머릿속에 그려 보려 했다. 하지만 무의미한 일이었다. 새벽 또는 내 항소는 거기 있었다. 나는 마침내 가장 이성적인 것은 나를 강제하지 않는 것이라고 내게 말했다.

새벽에 그들이 온다는 걸, 나는 알고 있었다. 어쨌든, 나는 그 새벽을 기다리며 나의 밤을 보냈다. 나는 놀라게 되는 것을 전혀 좋아하지 않는다. 무슨 일이 내게 벌어졌을 때, 그 자리에 있는 걸 나는 선호한다. 그것이 내가 결국엔 낮 시간에 잠깐 눈을 붙인 뒤, 긴 밤 내내 하늘의 유리창 위로 먼동이 터오는 걸 끈기 있게 기다리게 된 이유였다. 가장 힘든 건, 내가 알고 있는 그들이 보통 움직이는 의심스러운 시간이었다. 자정 후, 나는 기다리며 동정을 살폈다. 결코 내 청각이 그토록 많은 소음을 감지하거나, 그처럼 미세한 소리를 분간해 낸 적은 없었다. 더군다나, 말하자면, 이 모든 기간 동안 결코 발소리를 듣지 못했으니 나는 운이 좋았다고 말할 수 있겠다. 엄마는 종종 말하곤 했었다. 누구나 완전히 불행한 건 결코 아니라고. 나는 감옥 안에서, 하늘이 물들고 새로운 날이 내 감방 안으로 미끄러져 들어오면, 그 말에 동의하곤 했다. 왜냐하면 실제로 내가 발걸음 소리를 들을 수도 있었을 테고, 그러면 내 가슴이 터져버렸을 수도 있었을 테니. 비록 아주 희미하게 발을 끄는 소리에도 나는 문으로 달려갔고, 나무판자에 귀를 대고 미친 듯이 기다리다가 개의 헐떡거림같이 거친 나 자신의 숨소리를 느끼고 오싹해지곤 했지만, 결국 내 가슴은 터지지 않았고 나는 다시 스물네 시간을 얻게 되었던 것이다.

낮에는 줄곧, 항소 생각이었다. 나는 그 생각으로부터 최상의 결론을 얻었다고 믿는다. 나는 효과를 계산해 보고 심사숙고해서 더 나은 효율을 얻었다. 나는 언제나 가장 안 좋은 경우를 가정하곤 했다. 내 항소가 기각되는 것이었다. "그래, 난 그러면 죽는 거지." 다른 사람보다 더 일찍, 그것은 명백하다. 하지만 모든 사람이 삶을 괴로워하며 살아갈 가치가 있는 건 아니라는 것을 알고 있다. 본질적으로, 서른 살이나 예순 살이나 죽는다는 것에는 별 차이가 없었으므로. 어떤 경우에도, 자연스레, 다른 남자와 다른 여자는 삶을 영위할 테고, 수천 년간 그럴 거라는 걸, 나는 모르지 않았다. 요컨대, 그보다 명백한 것은 없었다. 지금이든 혹은 20년 후든, 죽을 것은 언제나 나였다. 그 당시, 내 이성적 사유에서 얼마간 내게 고통을 가한 것은, 앞으로 20년의 삶을 생각할 때 내가 느끼게 되는 끔찍한 비약이었다. 그러나 나는 그것을 단지 내가 여전히 거기에 이르렀을 때 20년 후 갖게 될 내 생각을 상상하는 것으로 억누를 수밖에 없었다. 우리가 죽는 이상, 어떻게건 언제이건, 그건 중요한 게 아니다. 그건 명백한 것이다. 그러므로(그리고 난점은 이 '그러므로'가 추론에서 상징하는 모든 관점을 놓치지 않는 것이다), 그러므로, 나는 내 항소의 기각을 받아들여야만 하는 것이다.

그때, 단지 그때라야만, 나는 권리를 그렇게 말할 수 있을 테고, 얼마간 허가된 종류인 두 번째 가설에 이르기 위해 전념할 수 있을 테다. 내가 감형을 받는 것이다. 그것이 곤란한 건, 어떤 비상식적인 기쁨으로 내 눈을 찌르는 얼마간 격렬한 이 피와 살의 격정을 돌려주는 게 필요했기 때문이다. 그런 이유로, 나는 이 외침을 줄이는 데 전념해야만 했다. 나는 마찬가지로 좀더 그럴듯한 내 체념을 우선 돌려주기 위해, 이 가설에서도 자연스러워야만 했던 것이다. 내가 성공했을 때, 나는 평온의 시간을 얻었다. 그건, 그래도, 고려되어야 했던 것이다.

내가 부속 사제의 접견을 한 번 더 거절한 것은 그러한 때였다. 나는 몸을 뉘고 하늘이 어느 만큼 금빛인 여름 저녁이 다가오는 것을 짐작했다. 나는 내 항th를 내던지기에 이르렀고 내 피가 내 안에서 규칙적으로 순환하는 것을 느낄 수 있었다. 나는 사제의 의무가 필요치 않았다. 아주 오랜만에 다시, 나는 마리를 생각했다. 그녀가 내게 더 이상 편지를 보내오지 않은 것은 오래전이었다. 그날 저녁, 나는 깊이 생각해 보았고 아마 그녀는 사형수의 정부로 지내는 데 지쳤을 거라고 생각했다. 그녀가 아마 병이 났거나 죽었을 거라는 데 또한 생각이 미쳤다. 이건 흔히 있는 일이다. 어떻게 내가 더 이상, 밖에 우리 두 몸을 분리시켜 놓는 무엇이 있는지 알 수 있을 텐가, 우리를 연결시키는 것은 아무것도 없었고 서로를 떠올리게 하는 것도 없는데. 더구나 그때부터, 내게 마리에 대한 기억은 달라졌을 테다. 죽음으로서, 그녀는 내게 더 이상 관심거리가 아니었다. 나는 사람들이 내 죽음 후 나를 잊을 거라는 걸 매우 잘 이해하고 있는 것처럼 그것이 당연하다는 것을 알았다. 그들은 더 이상 나와 아무 관계가 없었다. 나는 그에 관해 생각하는 것조차 힘들었다고 말할 수도 없었다.

부속 사제가 들어온 것은 정확히 그때였다. 그를 보았을 때, 나는 약간 몸서리쳤다. 그는 그것을 알아차리고 두려워하지 말라고 내게 말했다. 나는 그에게 보통 다른 시간에 오지 않았느냐고 말했다. 그는 내게 이건 내 항소와는 아무 상관 없는 순전히 우정 어린 방문이지 그것에 관해서는 아무것도 모른다고 답했다. 그는 내 침상에 앉더니 나더러 자기 가까이 오기를 청했다. 나는 거절했다. 나는 그래도 그에게 매우 온화한 기운을 느꼈다.

그는 잠시 동안 그대로 있었다. 무릎에 팔꿈치를 괴고, 고개를 떨군 채, 자신의 손을 지켜보면서. 그것들은 세련된 근육질이었다. 내게 그것은 두 마리의 날렵한 동물을 연상시켰다. 그는 천천히 한 손을 다른 한 손에 대고 문질렀다. 그러고 나서 그는 머리를 여전히 떨군 채, 내가 느낄 수 있을 만큼 너무나 오랫동안 그렇게 있었고, 잠깐 동안, 나는 그를 잊었다.

그런데 그가 갑자기 머리를 들어 올리더니 나를 똑바로 쳐다보았다. 그가 내게 말했다. "왜, 당신은 내 방문을 거부하는 거죠?" 나는 하느님을 믿지 않는다고 대답했다. 그는 내가 정말 확신하는지를 알고 싶어 했고, 그건 내게 궁금해할 필요도 없는 거라고 나는 말했다. 그건 내게 중요치 않은 문제로 여겨진다고. 그는 그러자 뒤쪽으로 몸을 세워 벽에 기대고는, 두 손을 넓적다리에 펼쳐 놓았다. 거의 내게 말하는 것 같지도 않은 투로, 그는 때때로, 우리는 믿는다고 확신하지만, 그런데, 실제로는 그렇지 않다는 뜻을 견지했다. 나는 어떤 말도 하지 않았다. 그는 나를 쳐다보면서 물었다. "당신은 어떻게 생각하나요?" 나는 그럴 수 있다고 대답했다. 어쨌든, 나는 어쩌면 실제 내 관심사에 대해서는 확신할 수 없었지만, 내 관심사가 아닌 것에 대해서는 완전히 확신할 수 있었다. 그리고 당연히, 그가 내게 말하는 것은 내 관심사가 아니었다.

그는 눈을 돌리고는, 여전히 자세를 바꾸지 않은 채, 내게 물었다. 너무 극단적인 절망으로 생각조차 하고 싶지 않아서 그러는 건 아니냐고. 나는 그에게 내가 절망해서 그러는 게 아니라고 설명했다. 나는 단지 두려웠고, 그것은 당연한 것이었다. "그래서 하느님이 당신을 도우실 겁니다." 그가 말했다. "당신 같은 처지에 있던 내가 아는 모든 사람이 그분께로 돌아갔습니다." 그것은 그들의 권리라는 것을 나는 인정했다. 그것은 또한 그들에게는 그럴 시간이 있었다는 것을 드러내는 것이라는 점도. 나로서는, 누군가 내게 주는 도움을 받고 싶지 않았고 당연히 내게는 내 관심사가 아닌 것에 관심을 가질 그 시간이 부족했던 것이다.

그때, 그의 손이 귀찮다는 제스처를 취했지만, 그는 몸을 바로하고, 사제복의 주름을 정돈했다. 그걸 마치고는 나를 "친구"라고 부르며 말을 시작했다. 그는 내게 그렇게 부르는 것은 내가 죽음을 선고받은 죄인이기 때문은 아니라고 말했다. 그의 견해로 우리 모두는 죽음을 선고받은 죄인이었다. 하지만 나는 그의 말을 가로막고는 그건 같은 게 아니라고. 게다가, 그건 어떤 경우라도, 어떤 위로도 될 수 없다고 말했다. "물론입니다." 그가 인정했다. "하지만 당신이 만약 오늘 죽지 않는다 해도 후에는 죽을 것입니다. 그때도 같은 문제가 제기될 것입니다. 그 끔찍한 시련을 어떻게 맞을 것입니까?" 나는 내가 지금 맞이하고 있는 것처럼 똑같이 맞이할 거라고 대답했다.

　　그는 이 말에 일어나서 눈을 똑바로 뜨고 나를 쳐다보았다. 내가 잘 아는 어떤 게임이었다. 나는 에마뉘엘이나 셀레스트와 자주 그것을 즐겼고, 대개는, 그들이 눈을 돌렸다. 부속 사제 또한 그 게임을 잘 알고 있음을, 나는 즉시 이해했다. 그의 눈빛은 흔들리지 않았다. 그리고 역시 흔들림 없는 목소리로 내게 말했다. "그러니까 전혀 당신은 희망이 없는 것이고 온통 죽는다는 생각만으로 살아가고 있다는 건가요?" "그렇습니다." 나는 대답했다.

　　그래서, 그는 머리를 떨구고는 다시 앉았다. 그는 나를 불쌍히 여긴다고 말했다. 그는 그것은 인간이 참아 내기 불가능한 것이라고 평했다. 나는, 단지 그가 성가셔지기 시작했다는 것을 느꼈다. 나는 내 침상을 돌아 하늘로 난 창 아래로 갔다. 나는 벽에다 어깨를 기댔다. 귀를 기울인 것은 아니었지만, 나는 그가 내게 다시 묻기 시작한 걸 들었다. 그는 불안하고 간절한 목소리로 이야기했다. 나는 그가 동요하고 있다는 것을 깨달았고, 그래서 좀더 귀를 기울였다.

그는 내 항소가 받아들여질 거라고 확신했지만, 나는 제거해야만 할 죄의 무게를 짊어지고 있었다. 그에 따르면, 인간적 정의는 아무것도 아니며 하느님의 정의가 전부라는 것이었다. 나는 내게 유죄를 선고한 것은 전자였다고 지적했다. 그는 내게, 그렇다고 해서, 내 죄가 씻긴 것은 아니라고 대답했다. 나는 그에게 죄가 무엇인지 모르겠다고 말했다. 사람들은 내게 단지 내가 죄인이라는 것만 알려 주었다. 나는 죄를 지었고, 그 값을 치르고 있으니, 더 이상 내게 요구할 수 있는 것은 없었다. 그때, 그가 다시 일어섰고 나는 생각했다. 이토록 좁은 이 감옥에서, 만약 그가 움직이고 싶어 한다면, 선택의 여지가 없을 거라고. 앉거나 일어서야만 했던 것이다.

나는 눈을 바닥에 고정시켰다. 그는 내게로 한 걸음 내딛고는 더 나아갈 엄두가 안 나는 것처럼 멈추었다. 그는 창살 틈으로 하늘을 바라보았다. "당신은 잘못 생각하는 것입니다, 형제님." 그가 말했다. "더 요구할 수도 있습니다. 사람들은 당신에게 아마 더 요구할 겁니다." "또 무엇을 말인가요?" "당신이 보기를 요구할 수도 있습니다." "무엇을 보죠?"

그 신부는 내 감방을 두리번거리더니 갑자기 몹시 지친 듯한 목소리로 대답했다. "이 모든 돌들이 고통스러운 땀을 흘리고 있다는 걸, 나는 압니다. 나는 괴로움 없이 지켜본 적이 결코 없습니다. 그렇지만, 가슴 밑바닥으로부터, 나는 당신들 사이에서 가장 불쌍한 이들이 저것들의 어둠 밖으로 나오는 신성한 얼굴을, 보았었다는 것을 알고 있습니다. 그것이 당신이 보기를 요구받게 될 얼굴입니다."

나는 조금 흥분했다. 내가 이 벽들을 보아 온 게 수개월째라고 나는 말했다. 거기 아무것도 없다는 것을 나보다 더 잘 아는 사람은 세상에 없었다. 아마, 오래전에, 나는 거기서 어떤 얼굴을 찾아보려 했을 것이다. 하지만 그 얼굴은 태양의 빛깔과 욕망의 불꽃을 띠고 있었다. 그건 마리의 것이었다. 나는 그것을 헛되이 찾았었다. 이제, 그것은 끝났다. 그리고 어쨌든, 나는 이 돌 땀에서 나타나는 어떤 것도 본 적이 없었다.

부속 사제는 일종의 슬픔으로 나를 바라보았다. 이제 나는 완전히 벽에 등을 기대고 있었고, 빛이 이마로 스며들었다. 그는 내가 듣지 못한 몇 마디를 하고는 매우 빠르게 나를 안아봐도 되겠느냐고 물었다. "아니요." 나는 대답했다. 그는 돌아서서 벽을 향해 걷더니 손으로 그것을 천천히 쓸었다. "그러니까 당신은 이 땅을 그렇게나 사랑한다는 거군요?" 그는 중얼거렸다. 나는 어떤 대답도 하지 않았다.

그는 다른 곳을 보며 꽤 오랫동안 머물렀다. 그의 존재가 나를 압박했고 성가시게 했다. 나는 그에게 나가 달라고, 나를 내버려 두라고 막 말할 참이었는데, 그가 갑자기 나를 향해 돌아서더니 소리를 질렀다. "아니야, 나는 당신을 믿을 수 없소. 나는 당신이 또 다른 삶을 바라게 될 것이라고 확신해요." 나는 그에게 당연하다고, 하지만 그것은 부자가 되길 원하거나 헤엄을 매우 빨리 칠 수 있다든가 아니면 좀더 잘생긴 입을 가지게 되는 것보다 더 중요한 게 아니라고 답했다. 아무래도 좋은 것이라고. 그러나 그는 내 말을 저지하고는 내가 보는 그 다른 삶은 어떤 것인지를 알고 싶어 했다. 그래서 나는 그에게 소리쳤다. "내가 이것을 회상할 수 있는 어떤 삶이오!" 그리고 곧바로 나는 그에게 나는 충분하다고 말했다. 그는 다시 하느님에 대해 이야기하고 싶어 했지만, 나는 그에게 다가가서는 내게 남은 시간이 별로 없다는 걸 마지막으로 설명하려 시도했다. 나는 하느님 이야기로 그것을 잃고 싶지 않다고. 그는 왜 자기를 "신부"라고 부르지 않고 "선생"이라고 부르는지에 대한 이유로 화제를 돌리려고 애썼다. 그것이 나를 흥분시켰고, 나는 그에게 그는 내 아버지가 아니라고 말했다. 그는 다른 사람들과 함께 있었다고.(신부와 아버지의 철자가 'mon père'로 같기에 할 수 있는

말이다;역자)

"아니요, 형제님." 그는 내 어깨에 손을 얹고는 말했다. "나는 당신과 함께 있었소. 하지만 당신은 마음의 눈이 멀어 보려 하지 않기 때문이오. 나는 당신을 위해 기도할 겁니다."

그때, 왜인지는 모르겠지만, 내 안에서 뭔가가 폭발했다. 나는 목구멍 가득히 소리치기 시작했다. 나는 그에게 욕을 해댔고 기도하지 말라고 말했다. 나는 그의 사제복 칼라를 움켜쥐었다. 나는 내 가슴속에 있는 모든 것을, 환희와 분노의 울부짖음으로 그에게 쏟아부었다. 그는 너무나 확신하고 있는 것 같았다. 그렇지 않은가? 그럼에도 불구하고 그의 확실성은 여자 머리카락 한 올의 가치도 없는 것이었다. 그는 죽은 사람처럼 살고 있기 때문에 살아 있다고조차 확신할 수 없는 것이었다. 나는, 빈손에 공기를 쥐고 있는 듯 여겨진다. 그러나 나는 나 자신에 대해, 모든 것에 대해, 그가 확신하는 것 이상으로, 나의 삶과 다가올 죽음을 확신하고 있었다. 그렇다. 나는 단지 그것밖에 없었다. 그러나 적어도, 나는 그것이 나를 움켜쥐고 있는 것만큼 그 진실을 단단히 움켜쥐고 있었다. 나는 옳았고, 여전히 옳았으며, 항상 옳았다. 나는 이런 식으로 살아왔지만 다른 식으로 살 수도 있었다. 나는 이것을 했고 저것은 하지 않았다. 내가 저 다른 것을 할 때 어떤 것은 하지 않았다. 그래서? 이것은 마치 내가 이 순간과 이 작은 시작을 위해 이 모든 시간을 기다려 왔던 것처럼 나를 정당화시킬 것이다. 아무 것도, 문제될 건 아무것도 없으며 나는 이유를 알고 있다. 그 역시 이유를 알고 있다. 내 미래의 깊은 곳으로부터, 내가 이끌어 온 이 부조리한 삶 내내, 모호한 바람이 아직 오지 않은 수년의 시간을 건너 내게 불어왔고, 그 바람은 자신의 행로 위에서, 내가 살아 있을 때보다 현실적이랄 게 없는 그 시간 동안 사람들이 내게 강요한 모든 것들을 평탄하게 만들었다. 그것이 내게 뭐가 문제인가? 다른 이의 죽음, 어머니의 사랑, 그의 하느님이 내게 문제라고 여긴 것, 우리가 선택한 삶, 우리가 고른 운명, 단지 하나의 운명은 내 스스로 고르는 것이기에, 나와 함께했던 무수한 특권적 사람들이, 그와 같이, 내게 형제라고 말하는 것이. 그러므로 그는 이해했을까? 모든 사람이 특권을 누리고 있다는 것을. 특권을 누리는 사람밖에 없다는 것을. 다른 사람들 역시, 어느 날 사형선고를 받을 것이다. 그 역시, 사형선고를 받을 것이다. 만약, 그가 살인범으로 고발되고 그의 어머니 장례식에서 울지 않았다는 이유로 처형을 당한다 한들 뭐가 문제란 말일까? 살라마노의 개는 그의 아내만큼이나 가치가 있었다. 그 작은 로봇 여자는 마송과 결혼한 파리 여자처럼 또는 내가 결혼해 주기를 원했던 마리처럼 죄인인 것이다. 레몽이 그보다 여러 면에서 훨씬 나은 셀레스트와 똑같이 나의 친구라는 게 뭐가 문제라는 것인가? 이제 마리가 그녀의 입술을 오늘 새로운 뫼르소에게 허락한다 한들 뭐가 문제라는 말인가? 그는 그러므로 이해할까? 이 사형수를, 그리고 내 운명의 밑바닥을…… 나는 이 모든 것들을 토해 내느라 숨이 막혔다. 하지만, 이미, 부속 사제는 내 손아귀에서 벗어났고 간수들이 나를 위협했다. 그는, 그렇지만, 그들을 진정시키고는 침묵 속에서 잠깐 동안 나를 바라봤다. 그의 눈에 눈물이 가득 고였다. 그는 돌아섰고 사라져 갔다.

그가 떠나고, 나는 냉정을 되찾았다. 나는 기진맥진해서 내 침상에 몸을 던졌다. 나는 잠들었던 것 같다. 얼굴 위의 별과 함께 눈이 떠졌기 때문이다. 전원의 소리가 내게까지 올라왔다. 밤의 냄새, 땀과 소금의 냄새가 내 관자놀이를 식혀 주었다. 잠든 이 여름의 굉장한 평화가 밀물처럼 내게로 밀려왔다. 그때, 그 밤의 경계에서 뱃고동이 울부짖었다. 그것들은 이제 나와는 결코 상관없는 세계로의 출발을 알리고 있었다. 아주 오랜만에 다시, 나는 엄마를 생각했다. 그녀가 왜 삶의 끝에서 "약혼자"를 갖게 되었는지, 왜 그녀가 다시 시작하는 게임을 펼쳤는지 이해할 수 있을 것 같았다. 거기, 그곳에서도, 삶이 꺼져 가는 그 양로원 주변에서도, 저녁은 우울한 중단 같은 것이었다. 그렇게 죽음에 인접해서야, 엄마는 자유를 느꼈을 테고 모든 것을 다시 살아 볼 준비를 했음이 틀림없었다. 누구도, 어느 누구도 그녀의 죽음에 울 권리를 가지고 있지 못했다. 그리고 나 역시, 모든 것을 다시 살아 볼 준비가 되었음을 느꼈다. 마치 이 거대한 분노가 내게서 악을 씻어 낸 것처럼, 희망을 비워 내고, 이 밤이 기호와 별들로 채워지기 전에, 나는 처음으로 세상의 부드러운 무관심에 나를 열었다. 그가 나와 너무도 닮았다는 것을, 그리하여 마침내 형제처럼 느껴졌기에, 나는 행복했었고, 여전히 그렇다는 것을 느꼈다. 모든 게 이루어질 수 있도록, 내가 덜 외로움을 느낄 수 있도록, 내게 남겨진 소망은, 내 사형 집행이 있는 그날 거기에 많은 구경꾼들이 있고 그들이 증오의 함성으로 나를 맞아 주었으면 하는 것이다.

〈끝〉

역자노트

〈이방인〉
불·영·한 번역비교

**1**

오늘, 엄마가 돌아가셨다. 아니 어제였는지도 모르겠다. 나는
양로원으로부터 전보 한 통을 받았다. '어머니 사망. 내일 장
례식. 삼가 애도를 표합니다.' 그건 아무 의미가 없었다. 아마
어제였을 것이다. (본문 p.12)

Aujourd'hui, maman est morte. Ou peut-être hier, je ne sais
pas. J'ai reçu un télégramme de l'asile : « Mère décédée.
Enterrement demain. Sentiments distingués. » Cela ne veut
rien dire. C'était peut-être hier. (원서 p.9)

〈이방인〉의 첫 문장, 'Aujourd'hui, maman est morte.'는 그
자체로 너무나 유명한 문장이다. 우선 불어의 maman을 영어
나, 우리말로는 어떻게 할 것이냐의 문제였는데, 영어에서는 초
기에 Mother died today. Or, maybe, yesterday로 했다가 논란
후 maman으로 바꾸었다.

이런 식이었다.

Maman died today. Or yesterday maybe, I don't know. (메튜 워드)

Mother died today. Or, maybe, yesterday. (스튜어트 길버트)

우리나라 역시 처음에는 '어머니'라고 했다가(이휘영 교수 번역), 훗날 김화영 교수에 의해 '엄마'로 바뀌었다.

그 다음은 'morte'에 대한 해석이다. '죽었다'가 나을지, '돌아가셨다'가 나을지. 이 문제는 존칭의 문제가 아니다. 언어습관상의 문제, 즉 관형격의 문제이다. 우리는 보통 "엄마가 돌아가셨다"고 하지 "엄마가 죽었다"고 하지 않는다. 이건 존대라기보다는 그냥 기본적인 언어습관인 것이다. 그럼에도 엄마가 죽었다는 말이 풍기는 시크함으로 인해 이후 지금까지 대표적인 번역으로 읽혀왔다. 그러나 뫼르소라는 캐릭터를 놓고 보면 '돌아가셨다'가 맞다. 그럼에도 물론 이 부분은 오역은 아니다.

그 다음은 쉼표의 문제이다. 우리는 흔히 번역에서 쉼표를 무시하지만, 문장에서의 쉼표는 대단히 중요하며 그로인해 완전히 다른 말이 될 수도 있음에 주의해야 한다. 우리말로 옮기는 중에 딱히 쉼표를 찍지 않더라도 반드시 그 의미는 지켜져야 한다.

한편, 미국의 메튜 워드Matthew Ward는 이 첫문단을 이렇게 번역했다.

> Maman died today. Or yesterday maybe, I don't know. I got a telegram from the home: "Mother deceased. Funeral tomorrow. Faithfully yours." That doesn't mean anything. Maybe it was yesterday. (매튜 워드)

세계적인 첫 문장 Aujourd'hui, maman est morte를 'Maman died today.'로 번역한 것을 볼 수 있다. '오늘' 다음에 오는 쉼표가 사라지면서 문장구조가 바뀐 것. 같은 듯해도 얼마간 차이가 있음을 알 수 있다. 작가가 강조한 '오늘'이라는 시간 개념이 약해져 버린 것이다. 위의 예문처럼 우리 번역도 대부분은 쉼표를 빼고 있다.

> 오늘 엄마가 죽었다. 어쩌면 어제, 모르겠다. 양로원으로부터 전보를 한통 받았다. '모친 사망, 명일 장례식. 근조謹弔. (김화영)

김화영 교수는 'Mère décédée'를 처음부터 '모친 사망'이라고 번역했고, 그것은 지금도 여전하다. '전보문'이라는 점에서 간단히 '모친 사망'이라고 단정히 하는 것도 좋겠지만, 영어 번역에서도 볼 수 있듯, 문제는 카뮈가 처음부터 maman과 대비

시키기 위해 Mère를 썼다는 점에서 그 일관성을 위해서도 '엄마'와 대비되는 '어머니'로 하는 게 옳을 듯하다.

참고로 '근조'로 번역된 'Sentiments distingués.'는 편지의 말미에 붙이는 격식어다. 영역자는 'Faithfully yours.'라 했다. 원래는 '그럼 안녕히 계십시오.'라는 의미. 이런 경우 어쩔 수 없는 의역의 문제가 발생한다. 그러나 나는 이런 것을 '의역'이라고 하는 건 아니다.

## 2

"On n'a qu'une mère."

프랑스어에서 'On'은 다양한 문맥에서 사용되며, 의미가 상황에 따라 다를 수 있다.

우선, 특정 주체를 지정하지 않고 일반적인 사람들을 가리킬 때 사용된다. 영어의 'one', 'you', 'we', 'they'와 비슷한 역할을 하는데, 구어체에서는 'nous'(we)를 대신하여 사용한다.

따라서 여기서는 두 번째의 의미로 쓰인 듯하니, "우리에겐 어머니가 한 분 뿐이다." 불특정 다수라는 인칭 대명사를 빼면 "어머니는 한 분 뿐이다." 쯤으로 번역할 수 있다. 그런데 저 특수성 때문에 번역자들마다, 조금씩 다른 번역이 될 수도 있다. 미국의 메튜 워드는 "You only have one mother."라고 했다. 그런데 영국의 스튜어트 길버트는 "There's no one like a mother."라고 했다.

이제부터 보게 되겠지만, 메튜 워드는 그나마 직역하려 했지만 스튜어트 길버트 번역은 과도하게 의역되어 있다.

### 3

나는 곧바로 엄마를 보길 원했다. 하지만 관리인은 내게 원장을 먼저 만나 봐야 한다고 말했다. (본문 p.13)

J'ai voulu voir maman <u>tout de suite</u>. Mais le concierge m'a dit qu'il fallait que je rencontre le directeur.

단순한 문장인 듯해도 여기엔 중요한 정보가 담겨있다. 훗날 뫼르소는 양로원에 와서 냉혈한처럼 행동했다고 해서 검사에 의해 사형을 구형받는다. 원장은 뫼르소가 어머니를 보고 싶어 하지도 않았다고 증언하기도 했다. 그러나 사실은 그렇지 않았다는 것을 알려주고자 하는 첫 번째 문장이다. 이전 우리 번역서는 그 뉘앙스를 살리지 못하고 있었다. 그래서 'tout de suite'의 의미와 직역에 대해 지적 하자, 사람들은 그게 뭐가 중요하냐고 되물었다. 잘 쓴 작품은 단어 하나 부사구 하나에도 그 나름의 이유가 있다.

영역자들도 이렇게 했다.

I wanted to see Maman <u>right away</u>. But the care taker told
me I had to see the director first. (메튜 워드)

I asked to be allowed to see Mother <u>at once</u>, but the
doorkeeper told me I must see the warden first. (스튜어트 길버트)

## 4

"뫼르소 부인은 3년 전 이곳에 들어왔군요. 당신이 유일한 부
양자였고." (본문 p.14)

« Mme Meursault est entrée ici il y a trois ans. Vous étiez
son seul soutien. »

나는 기회 있을 때마다 영어로는 불어를 제대로 번역할 수
없다는 말을 했다. 그 이유는 존칭어 때문이라고. 다른 인문서
에서는 그닥 중요하지 않을 수 있지만 문학작품에서는 치명적
인 차이다. 예컨대, 위의 말은 원장이 뫼르소에게 처음으로 하
는 말이다. 원장은 상대가 자기보다 나이가 어리지만 당연히
높임말을 쓴다. 그것을 어찌 아나? 불어의 Vous가 존칭을 나

타내는 것이다. 따라서 직역하면, 저와 같이 되는 것이다.

영역자들은 이렇게 번역했다.

"Madame Meursault came to us three years ago. You were her sole support." (메튜 워드)

"Madame Meursault entered the Home three years ago. She had no private means and depended entirely on you." (스튜어트 길버트)

존칭인 Vous를 You로 받았다. 달리 방법이 없는 것이다. 역자가 아마 저것의 뉘앙스를 분명히 인식했다면 최소한 would 등을 사용해 뉘앙스를 살리려 했을 것이다. 그러나 영어를 모국어로 하는 이는 아예 그 개념조차 없는 게 당연하다. 이것이 얼마나 중요한지는 소설이 진행되면서 알게 된다.

그런데 이 뉘앙스를 살릴 수 있는 한글로 번역을 하면서도 우리는 지금껏 그러지 못했다. 당장 가장 많이 읽히는 김화영 교수의 번역조차 여전히 그렇다.

"뫼르소 부인은 지금으로부터 삼 년 전에 이곳에 들어오셨군. 의지할 사람은 자네밖에 없었고" (김화영)

불어의 존칭 Vous를 살리지 않고 반말로 번역하고 있다.


**5**

마지막으로, 어머니께서는 원우들에게 장례는 종교장으로 해주었으면 한다는 바람을 종종 밝히신 모양입니다. 필요한 준비는 모두 해두었지만 알려 드려야 할 것 같아서.(본문 p.15)

Un dernier mot : votre mère a, paraît-il, exprimé souvent à ses compagnons le désir d'être enterrée religieusement. J'ai pris sur moi de faire le nécessaire. Mais je voulais vous en informer.


여기서 어머니가 장례는 종교식으로 해달라고 했다는 저 말은 원장이 거짓말을 하고 있는 것이다. 작가는 이것으로 원장이 마냥 솔직하고 선한 사람은 아니라는 것을 독자들에게 알려주고 있다. 그러나 작가는 이런 것을 직접 표현하지 않는다. 여기서는 뫼르소의 다음 말을 통해 알려주는 것이다. 즉 뉘앙스로.


Maman, sans être athée, n'avait jamais pensé de son vivant à la religion.

엄마는, 무신론자라고까지 할 수는 없었지만, 평생 동안 종교

에 대해 결코 생각해 본 적이 없었다. (본문 p.15)

이 뉘앙스를 섬세하게 번역해주지 못하면 우리말로는 마치 원장이 친절하고 세심한 사람이고 뫼르소가 무심한 사람처럼 읽히게 된다. 더군다나 이것은 2부 재판에서의 증언을 위해 작가가 깔아둔 복선이다.

이것을 다른 역자들은 이렇게 번역했다.

One last thing: it seems your mother often expressed to her friends her desire for a religious burial. I've taken the liberty of making the necessary arrangements. But I wanted to let you know." I thanked him. While not an atheist, Maman had never in her life given a thought to religion. (메튜 워드)

"끝으로 한 가지 말해두자면, 어머님께서는 가끔 동료 원우들에게, 장례는 종교 의식에 따라 치러주었으면 한다고 말씀하셨던 걸로 알고 있네. 필요한 준비는 내가 다 해두었네. 하지만 자네에게 그 점을 알려두고 싶었네." (김화영)

앞서도 말했지만 김화영 교수는 원장의 말투를 반말로 하고 있는데, 잘못된 것이다. 이건 역자 마음대로 해도 되는 게 아니다. 이 작품에서 상대의 말투는 대단히 중요하다. 무엇보다 한 마디 한마디가 뫼르소의 행위와 연결되어 법정 증언으로 이어지기 때문이다.

### 6

관 가까이에, 흰색 가운에 원색 스카프로 머리를 싸맨 아랍인 간호사 한 명이 있었다. (본문 p.16)

Près de la bière, il y avait une infirmière arabe en sarrau blanc, un foulard de couleur vive sur la tête.

이 문장도 단순한 듯해도 사실은 소설 전개에서 빼놓을 수 없는 중요한 문장이다. 그냥 중요한 정도가 아니라 이 소설의 비밀을 풀어주는 키워드 같은 문장이다. 그런데 작가는 모든 문장이 그러하지만, 여기서도 그런 표를 전혀 내지 않고 아주 평이하게 서술하고 있다. 여기에는 그럴 만한 이유가 있는 것인데, 우리 역자는 그 뉘앙스를 이해하지 못해서 전체적으로 엉뚱한 번역을 하고 있고, 영역자는 반대로 그 중요성을 깨닫고 오히려 과도한 의역을 하고 있다.

An Arab woman—a nurse, I supposed—was sitting beside

the bier; she was wearing a blue smock and had a rather gaudy scarf wound round her hair. (메튜 워드)

　아마 영역자는 여기서 '아랍인 여자'를 강조하기 위해 이런 번역을 했을 것이다. 그러나 이런 번역은 오히려 은유와 암시라는 '소설' 문장의 매력을 죽여 버린다. 그와 함께 오리지널 문장의 서술구조 그대로의 번역이 얼마나 중요한가를 보여주는 방증이기도 할 테다.

　어쨌든 여기서의 방점은 간호사가 '아랍인'이라는 데 있다. 이것이 왜 중요한가는 뒤에 뫼르소의 손에 죽게 되는 '아랍인 사내'와 연결되기 때문이다.

### 7

Vous ne voulez pas ?

　불어를 조금이라도 안다면, 이 단순한 문장을 모를 리 없다. "원치 않으세요?" 그런데 우리 번역서를 보니 "안 보시렵니까?"로 되어 있다. 왜 그럴까? 아무것도 아닌 듯해도, 사실은 앞 내용의 뉘앙스를 제대로 이해하지 못했기 때문에 의역을 하지 않으면 불안하기 때문이다. 다시 이 의역으로 인해 뒤에 이어지는 대화들의 섬세한 뉘앙스도 달라지게 될 것은 당연하다. 여기서도 'Non.'(우리말로는 '예'라고 할 수밖에 없는) 이라는 부정의 짧은 대답 뒤의 '이해합니다 Je comprends.'라는 관리인의 말. 뫼르소에게 관리인이 한 저 말을 기억하고 가야 후에 법정에서 하는 그의 증언의 의미를 이해할 수 있게 된다.

À ce moment, le concierge est entré derrière mon dos. Il avait dû courir. Il a bégayé un peu : « On l'a couverte, mais je dois dévisser la bière pour que vous puissiez la voir. » Il s'approchait de la bière quand je l'ai arrêté. Il m'a dit : « Vous ne voulez pas ? » J'ai répondu : « Non. » Il s'est interrompu et j'étais gêné parce que je sentais que je n'aurais pas dû dire cela. Au bout d'un moment, il m'a regardé et il m'a demandé : « Pourquoi ? » mais sans reproche, comme s'il s'informait. J'ai dit : « Je ne sais pas. » Alors, tortillant sa moustache blanche, il a déclaré sans me regarder : « Je comprends. »

그 순간, 관리인이 내 뒤를 따라 들어왔다. 그는 뛰어왔음이 분명했다. 그는 조금 더듬거리며 말했다. " 덮어두었지만, 보실 수 있게 관을 열어드리겠습니다." 그가 관을 향해 가는 중에 나는 멈추도록 했다. 그가 내게 말했다. "원치 않으세요?" 나는 "예."라고 대답했다. 그는 멈추었고, 나는 그렇게까지 말할 필요가 있었을까 싶어져서 난감했다. 잠시 후, 그는 잠시 나를 보고는 "왜요?"라고 물었지만 비난하려는 것은 아니었고, 그저 내게 묻고자 했던 것 같다. 나는 "저도 모르겠네요." 하고 말했다. 그러자, 그는 자신의 흰 콧수염을 비비 꼬면서, 나를 쳐다보지도 않고 "이해합니다." 하고 말했다. (본문 p.16)

해당 부분을 두 영역자는 이렇게 번역했다.

 He said, "You don't want to?" I answered, "No." He was quiet, and I was embarrassed because I felt I shouldn't have said that. He looked at me and then asked, "Why not?" but without criticizing, as if he just wanted to know. I said, "I don't know." He started twirling his moustache, and then without looking at me, again he said, "I understand." (메튜 워드)

"Eh? What's that?" he exclaimed. "You don't want me to ...?" "No," I said.
He put back the screwdriver in his pocket and stared at me. I realized then that I shouldn't have said, "No," and it made

me rather embarrassed. After eying me for some moments
he asked: "Why not?" But he didn't sound reproachful;
he simply wanted to know. "Well, really I couldn't say," I
answered. He began twiddling his white mustache; then,
without looking at me, said gently:

"I understand."(스튜어트 길버트)

두 영역자 사이에도 얼마간 차이가 있지만, "You don't want
to?" "I understand."는 직역하고 있음을 볼 수 있다.

실상 메튜 워드는 최대한 직역하려 하고 있고, 스튜어트 길
버트는 다른 작품처럼 의역하고 있다는 것도 확인할 수 있다.

## 8

'C'est un chancre qu'elle a.' 관리인이 여자 간호사를 가리
키며 하는 말. 여기서 'chancre'가 뭘까? 사전을 보니 여러 의
미가 나온다. 대표적으로 하감下疳, 궤양. 영역자 역시 'She's
got an abscess'라고 하였다. 프랑스 현지인들에겐 이게 어떻게
들릴지 궁금하지만, 나는 맥락상 그렇게 단순하게 한 말로 여
겨지지는 않는다. 말이 많은 관리인이 하는 말이고, 아랍여자
라는 점과 코가 있어야 할 곳이 평평하다는 표현에서 당시에

는 '매독(성병)'을 가리킨 것이 아닐까 싶다. 실상 이 소설로 카뮈는 인종차별 논란에 휩싸이기도 했으니.


**9**

밤이 갑자기 찾아왔다. 매우 빠르게. 어둠이 지붕 위 창으로 la verrière 쌓여 갔다. (본문 p.18)

Le soir était tombé brusquement. Très vite, la nuit s'était épaissie au-dessus de la verrière.


카뮈가 쓴 문학적 표현이다. 이것이 번역에 따라 어떻게 달라질 수 있을까?


Night had fallen suddenly. Darkness had gathered, quickly, above the sky light. (메튜 워드)

Night had fallen very quickly; all of a sudden, it seemed, the sky went black above the skylight. (길버트)


갑자기 저녁이 다 된 것이었다. 삽시간에 유리창 저 위로 어둠이 짙어져 있었다. (김화영)

소설은 사물에 대한 표현 하나로도 읽는 맛을 죽이기도 하고 살리기도 한다. 그것이 문학의 힘이고 문장의 힘이다. 그저 단순히 이야기만 전달하는 것이라면 굳이 위대한 작가가 있을 필요가 없는 것이다. 단순한 지적 같지만, 여기서 verrière는 유리창이 아니라 '지붕으로 낸 창'을 가리킨다.

카뮈는 이 소설에서 이와 같은 '창窓'의 의미로 세 가지를 구분해 사용하고 있다. vitre유리창/ verrière지붕으로 난 창/ lucarne하늘로 난 창. 궁극적으로는 뫼르소가 죽음을 앞두고 마지막으로 바라보는 '하늘로 난 창lucarne'을 말하기 위해 이런 구분을 두고 있는 것이다. 따라서 이 모든 창을 단순히 하나의 유리창으로 번역하는 것은 잘못된 것이다.

### 10

나는 한순간 눈을 떠서, 지팡이를 움켜쥔 손등에 턱을 괴고, 마치 내가 깨어나기를 기다리고 있었던 듯 나를 응시하고 있던 한 사람을 제외한, 노인들이 웅크려 잠들어 있는 것을 보았던 기억이 있다. (본문 p.22)

Je me souviens qu'à un moment j'ai ouvert les yeux et j'ai vu que les vieillards dormaient tassés sur eux-mêmes, à l'exception d'un seul qui, le menton sur le dos de ses mains agrippées à la canne, me regardait fixement comme s'il n'attendait que mon réveil.

이것은 몇 개의 쉼표로 이어진 한 문장이다. 그닥 긴 문장이 아님에도 실상 직역하려면 쉽지 않다. 의미는 어렵지 않지만 서술구조 그대로 번역하기가 쉽지 않다는 의미이다.

그래서였을까? 영국의 번역자는 이렇게 축약해 의역했다.

I can recall only one moment; I had opened my eyes and I saw the old men sleeping hunched up on their chairs, with one exception. (스튜어트 길버트)

미국의 번역자는,

I remember opening my eyes at one point and seeing that all the old people were slumped over asleep, except for one old man, with his chin resting on the back of his hands wrapped around his cane, who was staring at me as if he were just waiting for me to wake up. (매튜 워드)

여기서도 확인할 수 있듯, 매튜 워드는 그나마 직역하려 애쓰고 있다.

그런데 여기서 뫼르소를 쳐다보던 노인은 누구였을까? 작가는 그게 엄마의 애인이었던 페레 노인이라고 암시하고 있다. 또한 그 일은, 뫼르소에게 비몽사몽간에 일어난 일이었음을 한 문장 속에 모호하게 담아내고 있는 것이다.

참고로 우리 번역자는 이렇게 했다(문장이 두 개로 나뉘면서 원래 뉘앙스가 사라져 버린 것을 볼 수 있다).

어느 순간 눈이 떠져서 보니 노인들이 서로 몸을 기댄 채 잠들어 있었던 것이 기억난다. 어떤 한 사람만이 양손으로 지팡이를 그러쥐고 그 손등으로 턱을 괸 채, 마치 내가 깨기만을 기다리고 있었다는 듯이 나를 뚫어지게 바라보고 있었다. (김화영)

## 11

« Voilà déjà le curé de Marengo. Il est en avance. »
"마랭고의 사제님이 벌써 오시네. 일찍 오셨군."

처음 번역서를 냈을 때, 논쟁을 벌였던 여러 문장들이 눈에 띈다.

우선, 천주교 교인들만이 알 용어들, 'mon fils' 이것을 관용적 표현인 '몽 피스'로 발음대로 번역하면 안 된다고 했는데, 그 생각에는 변함이 없다. 원래는 '내 아들'이라는 의미지만 여기서는 천주교인들이 남성 신도들을 부를 때 쓰는 '형제님'이라고 하는 게 좋겠다. 그리고 이어지는 문장 중에 나오는 'suivants'은 '복사服事'라는 우리말이 있지만, 앞에 '제단 소년 enfants de chœur'이라는 말도 같이 쓰여 '복사'로 일괄하는 데는 무리가 있다.

## 12

나는 원장 또한 보았다. 그는 불필요한 동작은 전혀 하지 않고 잔뜩 위엄 있게 걷고 있었다. 이마에 땀방울이 맺혀 있었지만, 그는 그것을 닦으려 하지도 않았다. (본문 p.27)

J'ai regardé aussi le directeur. Il marchait avec beaucoup de dignité, sans un geste inutile. Quelques gouttes de sueur perlaient sur son front, mais il ne les essuyait pas.

번역이 힘든 것은 단어 하나, 쉼표 하나로도 그 사람의 캐릭터를 다르게 만들 수도 있기 때문이다. 소설 문장은 설명이 아니라 은유이기 때문이다. 아무리 주의를 기울여도 부족한 게 문학 문장의 번역이다. 당연히 100% 완벽한 번역은 없다. 그럼에도 남의 번역을 비교해 보는 것은, 가능한 바르게 읽자는 의미에서이다.

I looked at the director, too. He was walking with great dignity, without a single wasted motion. A few beads of sweat were forming on his forehead, but he didn't wipe them off. (메튜 워드)

I also had a look at the warden. He was walking with carefully measured steps, economizing every gesture. Beads of perspiration glistened on his forehead, but he didn't wipe them off. (스튜어트 길버트)


나는 원장도 쳐다보았다. 그는 필요 없는 몸짓을 전혀 하지 않으면서 아주 점잖게 걷고 있었다. (김화영)


## 13

"만약 천천히 가면, 일사병에 걸릴 위험이 있어요. 하지만 너무 빨리 가면, 땀을 흘리게 되고 성당 안에서 오한을 느끼게 될 거예요." (본문 p.29)

« Si on va doucement, on risque une insolation. Mais si on va trop vite, on est en transpiration et dans l'église on attrape un chaud et froid. »

"If you go slowly, you risk getting sunstroke. But if you go too fast, you work up a sweat and then catch a chill inside the church."(메튜 워드)

"If you go too slowly there's the risk of a heatstroke. But, if you go too fast, you perspire, and the cold air in the church gives you a chill."(스튜어트 길버트)


"천천히 가면 일사병에 걸리기 쉽고 너무 빨리 가면 땀을 많이 흘려서 성당 안에 들어가선 오한이 나요."(김화영)


**14**

우리가 옷을 입었을 때, 그녀는 검은 타이를 하고 있는 나를 보고 몹시 놀란 기색이었고, 혹시 상중이냐고 물었다. 나는 엄마가 돌아가셨다고 말했다. 그녀가 언제부터였는지를 알고 싶어 했으므로, 나는 "어제부터."라고 대답했다.(본문 p.33)

Quand nous nous sommes rhabillés, elle a eu l'air très surprise de me voir avec une cravate noire et elle m'a demandé <u>si j'étais en deuil.</u> Je lui ai dit que maman était morte. Comme elle voulait savoir depuis quand, j'ai répondu : <u>« Depuis hier. »</u>

두 영역자는 이렇게 번역했다.

Once we were dressed, she seemed very surprised to see I was wearing a black tie and she asked me if I was in mourning. I told her Maman had died. She wanted to know how long ago, so I said, "Yesterday." (메튜 워드)
When we had dressed, she stared at my black tie and asked if I was in mourning. I explained that my mother had died. "When?" she asked, and I said, "Yesterday." (스튜어트 길버트)

둘은 같은 내용일까? 우리말처럼 조사가 발달해 있지 않은 언어들끼리의 비교라 구분이 쉽지 않다면 이 번역은 어떨까?

우리 둘이 옷을 다 입었을 때, 마리는 내가 검은 넥타이를 맨 것을 보고 매우 놀란 것 같았고 상중이냐고 물었다. 나는 엄마가 죽었다고 대답했다. 언제 상을 당했는지 그녀가 알고 싶어 하기에, 나는 "어제."라고 대답했다. (김화영)

모두는 같은 의미일까? 다르다면, 무엇이 다른 걸까?
우선 여기서 마리는 '언제부터depuis quand' '검은 타이를 매고 있는 것이냐, 애도 중인 것이냐?'고 물었으므로 뫼르소의 대답 역시 그냥 '어제 hier'가 아니라, '어제부터 Depuis hier'라고 한 것이다. 다시 말해 마리가 언제 돌아가신 거냐고 물은 게 아니라, 언제부터 상중이냐고 물은 것이다. 따라서 간단히 '어제'라고 하는 것은 잘못이다. 그렇게 되면 뫼르소의 엄마가 어제 죽은 게 되기 때문이다.

또한 우리 번역만 두고 봤을 때 여기서도 maman était morte는 '엄마가 죽었다.'보다는 상식적으로 '엄마가 돌아가셨다.'가 맞다. 이건 높임말이라기보다는 관형어이다. 이게 별것 아닌 듯해도 사실은 이 역시 그 말을 하는 사람의 인성을 나타내는 언어습관의 문제일 수 있기에 정확히 해줄 필요가 있다. 실제로 사람들의 뫼르소에 대한 오해는 이런 작은 것에서부터 시작되기 때문이다.

## 15

나는 창가에서 담배를 한 대 피우고 싶었지만, 공기가 차가워서 추위를 좀 느꼈다. 창문을 닫고 되돌아오면서, 나는 거울 속에서 남겨진 빵조각을 비추고 있는 알코올램프가 올려진 식탁 모서리를 보았다. 언제나처럼 또 한 번의 일요일이 지나갔고, 엄마는 이제 땅속에 묻혔으며, 나는 다시 직장으로 돌아갈 것이고, 결국, 바뀐 것은 아무것도 없다는 생각이 들었다. (본문 p.37)

J'ai voulu fumer une cigarette à la fenêtre, mais l'air avait fraîchi et j'ai eu un peu froid. J'ai fermé mes fenêtres et en revenant j'ai vu dans la glace un bout de table où ma lampe à alcool voisinait avec des morceaux de pain. J'ai pensé que c'était toujours un dimanche de tiré, que maman était maintenant enterrée, que j'allais reprendre mon travail et que, somme toute, il n'y avait rien de changé.

이 문장이 담고 있는 뉘앙스가 무얼까? 사람들이 냉혈한으로 알고 있는 뫼르소는 무심한 듯해도 사실은 끊임없이 엄마 생각을 하고 있었음을 작가는 이렇게 알려주고 있는 것이다.

다른 번역자들은 이렇게 번역하고 있다.

I wanted to smoke a cigarette at the window, but the air was getting colder and I felt a little chilled. I shut my windows, and as I was coming back I glanced at the mirror and saw a corner of my table with my alcohol lamp next to some pieces of bread. It occurred to me that anyway one more Sunday was over, that Maman was buried now, that I was going back to work, and that, really, nothing had changed.(메튜 워드)

창가에 가서 담배를 한 대 피우려 했으나, 공기가 선선해져서 좀 추웠다. 나는 창문을 닫았고, 방안으로 돌아오다가 거울 속에 알코올램프와 빵 조각이 함께 놓여 있는 테이블 한끝이 비친 것을 보았다. 나는, 언제나 다름없는 일요일이 또 하루 지나갔고, 이제 엄마의 장례가 끝났고, 나는 다시 일을 하러 나갈 것이고, 그러니 결국 달라진 것은 아무것도 없다는 생각을 했다. (김화영)

## 16

점심을 먹기 위해 사무실을 나오기 전, 나는 손을 씻었다. 점심때의, 그 순간이 정말 좋다. 저녁이면, 우리가 사용하는 두루마리 수건이 온종일 사용해서 거의 젖어 있기에 기분이 별로 좋지 않았다. 나는 한번은 사장에게 그 점을 지적하기도 했다. 그는 자기도 유감스럽게 생각한다고 답했지만, 여전히 중요하게 여기는 사안 같지는 않았다. (본문 p.38)

Avant de quitter le bureau pour aller déjeuner, je me suis lavé les mains. À midi, j'aime bien ce moment. Le soir, j'y trouve moins de plaisir parce que la serviette roulante qu'on utilise est tout à fait humide : elle a servi toute la journée. J'en ai fait la remarque un jour à mon patron. Il m'a répondu qu'il trouvait cela regrettable, mais que c'était tout de même un détail sans importance.

단순한 듯해도 이 문장 안에도 중요한 요소가 담겨 있다. 우리는 뫼르소가 세상사에 별 관심이 없는 말없는 반항아처럼 알고 있지만, 그는 필요한 것, 옳지 못하다고 여기는 것에 대해서는 할말을 하는 인물이었음을 알 수 있다.

그 의미를 떠나 나는 무엇보다 카뮈의 이런 문장을 좋아한다. 불필요한 설명이나 수식이 없으면서도 보여줄 것은 다 보여주는… 곧, 이런 단순한 문장조차 원래의 서술구조로 번역해주지 않으면서 '카뮈의 문장' 운운하는 것은 어불성설이다.

Before leaving for lunch I washed my hands. I always enjoyed doing this at midday. In the evening it was less pleasant, as the roller towel, after being used by so many people, was sopping wet. I once brought this to my employer's notice. It was regrettable, he agreed—but, to his mind, a mere detail. (스튜어트 길버트)

점심을 먹으러 사무실을 나오기 전에 나는 손을 씻었다. 정오, 나는 이 시간을 좋아한다. 저녁은, 회전식 수건이 완전히 젖어

있어서 기분이 덜 좋다. 온종일 사용한 것이기 때문이다. 언젠
가 나는 사장에게 그 점을 지적한 적이 있다. 사장은, 자기도
그점을 유감스럽게 생각하지만 그래도 그것은 지엽적인 작은
일이라고 대답했다. (김화영)


## 17

셀레스트는 언제나 "불행한 일이지"라고 말했지만, 실제 속사
정은 누구도 모르는 일이었다. (본문 p.41)

Céleste dit toujours que « c'est <u>malheureux</u> », mais au fond,
personne ne peut savoir.


살라마노와 개의 에피소드를 다룬 문장 중 하나로, 셀레스
트가 뫼르소에게 하는 말이다.

여기서 'malheureux'를 보편적인 의미인 '불행'으로 번역해
주는 일은 아주 중요하다. 이 단어는 실상 중요한 '행복'과 대
비되는 단어로 요소요소에 쓰여지기 때문이다. 한마디로 '소
재어'인데, 이것을 역자 임의로 해석하면 카뮈의 문체는 물론,
〈이방인〉의 주제 자체가 흔들린다. 의미상으로는 저들이 불행
한지 행복한지는 누구도 모른다는 뜻을 담고 있다. 하기에 가
까이 있는 바로 밑의 문장, 레몽이 뫼르소에게 하는 말, 'Si

c'est pas malheureux!(불행한 일이 아니겠소!)'도 같은 의미로 번역해주어야만 하는 것이다.

적어도 이 말로 살라마노와 개의 관계에 대해 셀레스트와 레몽이 똑같이 반응한다는 것을 볼 수 있다. 두 사람은 전혀 다른 성향의 사람이지만 이 일에 대해 똑같이 '불행한 일'로 느끼는 사실. 세상 사람들이 보기에 한 사람은 아주 착한 사람이고 한 사람은 천하에 둘도 없는 악당인데 말이다. 결국 세상 사람들은 겉만 보고 판단해 사람을 평가하는 측면이 있다는 것을 카뮈는 지적하고 있는 것이다. 필경에 뫼르소가 법정에서 교수형을 받아들이며 '셀레스트와 레몽이 뭐가 다르냐?'고 하는 독백은 여기와 연결되어 있다.

그런데 이것을 번역자들은 이렇게 제각각 의역하고 있다.

Céleste always says it's a "crying shame," and something should be done about it; but really one can't be sure.(스튜어트 길버트)

Celeste is always saying, "It's pitiful," but really, who's to say?(메튜 워드)

셀레스트는 늘 "딱하기도 하지." 하고 말하지만 사실 그건 아무도 알 수 없는 일이다.(김화영)

**18**

그는 시비를 걸어온 어떤 자와 싸움을 벌였다고 내게 말했다.

Il m'a dit qu'il avait eu une bagarre avec un type qui lui cherchait des histoires.

여기서 레몽에게 시비를 걸어온 어떤 자un type는 누구일까? 그냥 길 가다 만난 익명의 남자일까? 그게 아니다. 이자가 바로 훗날 뫼르소의 총에 죽게 되는 아랍인 사내인 것이다. 곧 레몽은 이 소설이 끝날 때까지도 진짜 자기 정부의 친오빠로 알았던 바로 그 사내다. 그런데 그 사실을 몰랐던 이는 다만 레몽만이 아니었다는 사실을 우리는 번역서들을 보면 알 수 있다. 앞서 이 책을 번역한 역자 역시 이자의 정체를 알고 있지 못했던 게 아닐까 하는 의심이 드는 것도 바로 번역 때문이다.

우선 이 문장,

그가 내게 말했다. "보다시피 내가 그를 찾았던 게 아니오. 그 자가 <u>나를 보고 싶어했던 거지.</u>" 그것은 사실이었고 나는 그것을 인정했다. (본문 p.43)

Il m'a dit : « Vous voyez que je ne l'ai pas cherché. C'est lui <u>qui m'a manqué.</u> » C'était vrai et je l'ai reconnu.

사실은 레몽을 속인 여자의 기둥서방이었던 이 아랍인 사내는 여자에게서 사정 이야기를 듣고 레몽을 찾아와 시비를 걸었던 것이다. 물론 레몽으로서는 앞서도 만난 바가 있었고, 여자가 자기의 오빠라고 소개했었던 것이다. 그렇기에 레몽은 이 아랍인 사내가 시비를 걸어오는 중에도 자신의 정부(情婦:무어 여자)의 친오빠로 알고 가능한 예의를 갖추었던 것이다. 지금 레몽이 뫼르소에게 하는 긴 설명은 그래서 잘난 체 하는 무용담이 아니라, 남자가 자신을 찾아온 것에 대해 설명해주고자 했던 것이다. 따라서 여기서 manqué는 '보고 싶어하다'의 의미로 쓴 것인데, 소설의 이러한 복선을 이해하지 못했던 번역자는 저 문장을 그대로는 말이 안 되는 것 같자, 이렇게 의역했던 것이다.

그는 다시 말을 이었다. "보다시피, 내가 시비를 건 게 아니었어요. 그 녀석이 <u>함부로 대든 거지</u>." 그건 사실이었고 그래서 나도 그렇다고 인정했다. (김화영)

단어 하나의 오해로 완전히 다른 이야기를 하고 있는 것이다. '의역'은 곧 '오역'이라는 것은 이런 때문이다.

번역자는 번역하면서 어느 문장에서 직역이 안 되면 그것은 앞에서부터 틀려왔을 수 있다는 것을 인식해야 한다. 영역자들은 이렇게 번역했다.

He said he'd been in a fight with some guy who was trying to start trouble.

He said, "So you see, I wasn't the one who started it. He was asking for it." It was true and I agreed. (메튜 워드)

He told me he'd been having a roughhouse with a fellow who'd annoyed him.

"So you see," he said, "it wasn't my fault; he was asking for it, wasn't he?" I nodded, and he added: (스튜어트 길버트)

## 19

« Pour en venir à mon histoire, m'a-t-il dit, je me suis aperçu qu'il y avait de la tromperie. »

"내 이야기로 돌아가자면," 그는 내게 말했다. "나는 거기에 뭔가 야로tromperie가 있다는 걸 깨닫게 된 거요." (본문 p.44)

레몽이 자신의 정부에 대해 뫼르소에게 털어놓는 장면이다. 우리는 흔히 레몽을 여자나 폭행하는 악당으로 알고 있지만,

그건 오해다. 그에게도 진실이 있는 것이다. 아니 오히려 억울한 일을 당한 것은 레몽이다. 그걸 알았기에 뫼르소가 도와주었던 것이고. 이 터무니없는 차이 또한 잘못된 번역에서 생긴 것이다.

번역 초기에 나 역시 이 문장들이 어려웠다. 우선 여기서 'tromperie'에 대한 우리말 번역은 무엇이 적당할까? 나는 '속임수'라고 했었다. 틀린 말은 아닐 것이다. 그러나 이 상황과 레몽이라는 캐릭터의 말투, 그리고 이어지는 말들에 비추어 보았을 때는 그 말로는 담아내지 못하는 어떤 뉘앙스가 있다. 지금은 '야로' 정도가 아닐까 한다. 사전적 의미는 '남에게 드러내지 아니하고 우물쭈물하는 속셈이나 수작을 속되게 이르는 말'. 지금은 이 말만큼 맞춤한 번역이 없을 듯하다.

'To get back to what I was saying," he continued, "I realized that she was cheating on me."(메튜 워드)

"Well," he said, "to go on with my story ... I found out one day that she was letting me down."(스튜어트 길버트)

## 20

'내가 네게 준 행복을 세상이 질투하는 걸 모르는 거냐. 네가

누렸던 게 행복이라는 걸 나중에 알게 될 거다.'(본문 p.45)

« Tu ne vois pas que le monde il est jaloux du bonheur que je te donne. Tu connaîtras plus tard le bonheur que tu avais. »

소설 속 레몽이 얼마나 복잡한 성격의 소유자인가는 누구라도 안다. 그러나 그가 이런 말까지 했던 순진한 면이 있던 사내라는 걸 아는 사람은 드물다. 레몽이 여자에게 마지막으로 해준 말이다. 번역으로 이렇게 달라질 수 있다.

'You don't realize that everybody's jealous of how good you have it with me. Someday you'll know just how good it was.'(메튜 워드)

'You'll be sorry one day, my girl, and wish you'd got me back. All the girls in the street, they're jealous of your luck in having me to keep you.'(스튜어트 길버트)

'세상 사람들은 내가 너한테 주는 행복을 부러워하는데 넌 그걸 몰라. 나중에 가서야 네가 누렸던 행복을 깨닫게 될 테니 두고 봐.'(김화영)

## 21

그는 피가 날 정도로 여자를 때렸다. 이전에는, 여자를 때린 게 아니었다. (본문 p.45)

Il l'avait battue jusqu'au sang. Auparavant, il ne la battait pas.

기존 번역이 잘못되었다고 지적했던 당시에, 가장 문제가 되었던 문장이다.

당시 역자는 레몽이라는 캐릭터를 제대로 파악하지 못해 이 문장을 필요 이상으로 과한 의미를 부여했었다. 레몽을 악마화하기 위해서였을 텐데, 그러다 보니 여기서 Elle를 '그년' '저년'으로 옮겼을 정도였다. 그러나 편견을 버리고 문장을 정확히 번역해 보면 저와 같이 된다. 레몽이 이번엔 여자를 때린 것이 맞지만, 상습적인 게 아니라는 이야기다. 여자가 자신을 속인 걸 알고 화가 나서 처음으로 손찌검을 했다는 의미다. 무엇보다 이전까지는 때린 게 아니라 그들 방식의 '사랑 행위'였던 것이다. 레몽은 그걸 돌려서 이야기 한것이고. 그래서 다음 문장이 이어지는 것이다.

« Je la tapais, mais tendrement pour ainsi dire. Elle criait un peu. Je fermais les volets et ça finissait comme toujours.

Mais maintenant, c'est sérieux . Et pour moi, je l'ai pas assez punie.»

"내가 쳐대기는 했죠la tapais, 하지만 말하자면 민감하게 정을 나눈 겁니다. 그 여자는 조그맣게 소리를 질러댔죠. 내가 덧문을 닫아 버리면 그것은 언제나 그렇듯 끝나는 일이었소. 하지만 이번엔, 심했소. 그래도 나로서는, 그 여자를 충분히 벌하지 못했다고 생각해요." (본문 p.46)

여기서 'la tapais'는 다른 역자들이 생각하는 것처럼 '때렸다'는 의미가 아니다. 과격한 섹스를 했다는 이야기다. 그래서 뒤에 'tendrement'(다정하게, 부드럽게, 민감하게)가 쓰인 것이다. 그런데 이 맥락을 이해하지 못했던 역자들은 이렇게 번역했다.

He'd beaten her till the blood came. Before that he'd never beaten her. "Well, not hard, anyhow; only affectionately-like. She'd howl a bit, and I had to shut the window. Then, of course, it ended as per usual. But this time I'm done with her. Only, to my mind, I ain't punished her enough. See what I mean?" (스튜어트 길버트)

He'd beaten her till she bled. He'd never beaten her before. ''I'd smack her around a little, but nice-like, you might say. She'd scream a little. I'd close the shutters and it always ended the same way. But this time it's for real. And if you ask me, she still hasn't gotten what she has corning.'' (메튜 워드)

그는 무자비하게 여자를 두들겨 패줬다. 그 전에는 여자를 때리지 않았다. "손찌검을 해도, 말하자면 부드럽게 했어요. 그러면 그녀는 약간 소리를 지르곤 했지요. 나는 덧문을 닫았고 그러면 늘 그렇듯 일은 거기서 끝나는 거였어요. 그렇지만 이번엔 심각해요.그런데 나로서는 그녀를 속 시원하게 혼내주지 못했거든요." (김화영)

## 22

j'ai vu que c'était une Mauresque.
나는 그녀가 무어인이라는 것을 알았다. (본문 p.47)

많은 독자들이 의외로 여자가 레몽을 속였다는 것을 알지 못한다. 따라서 뫼르소의 저 독백의 의미도 무심히 지나친다. 카뮈는 여기서 독자들로 하여금, 여자는 '무어인'이고 여자가 자신의 오빠라고 말한 남자는 '아랍인'이니 여자가 거짓말을 하고 있다는 것을 알게 한 것이다.

즉 둘은 실제 남매가 될 수 없었던 것. 다시 말해 여자는 이후 경찰에게 레몽을 가리키며 '저 사람은 '고등어(포주의 은어)'라고 하지만 사실 '포주, 또는 기둥서방'은 이 아랍인 사내였던 셈이다(여자의 육체를 이용해 돈을 챙긴다는 점에서).

무엇보다 중요한 것은 그 사실을 뫼르소만 안다는 점이다. 그리고 그 사실을 죽을 때까지 비밀로 한다는 데 뫼르소라는 인물의 특징이 있다. 현실에서라면 당연히 레몽이나 자신의 변호인에게 말해서 이 사건의 본질을 밝히고, 정상참작을 받으려 했겠지만, 뫼르소는 그냥 죽음을 받아들인다는 점에서 한 인물의 전형이 완성되는 것이다.

다시 말해 저 말, "나는 그녀가 무어인이라는 것을 알았다."는 이 소설의 중요한 주제어 가운데 하나이다.

그리고 중요한 말,


Je ne me suis pas aperçu d'abord qu'il me tutoyait.
나는 처음엔 그가 내게 반말을 하고 있다는 걸 인식하지 못했다. (본문 p.47)


'tutoyait'(말을 놓다, 반말)라는 단어도 이 소설에서 차지하는 비중이 적지 않다. 아니 이 뉘앙스를 제대로 이해하지 못하고서는 뫼르소의 행위나 성격을 절대 이해할 수 없다. 내가 초기에 번역서 〈이방인〉이 잘 읽히지 않고 재미가 없거나 이해하기 힘들다고 느꼈던 것은 이런 부분 때문이다. 이런 오해는 우리보다 훨씬 앞서 번역된 영어 번역서의 영향 탓도 있었을 것으로 짐작되는데, 영역자의 번역을 보면 이 말을 이해하기 쉽다.

I didn't notice at first, but he had stopped calling me "monsieur." (메튜 워드)

At first I hardly noticed that "old boy." (스튜어트 길버트)

현대 영어에는 우리말과 불어처럼 말을 높인다는 개념이 없기 때문에 '튀투아예 tutoyait'를 대체할 단어가 없다. 그렇기에, 영역자들은 나름의 방식으로 의역하고 있는 것이다. 메튜 워드는 '님'이라 칭하는 것을 멈췄다고 하고, 스튜어트 길버트는 'old boy'(친구라는 의미)라고 했다고.

## 23

레몽은 정말 여자에게 폭력을 행사했던 걸까? 아니면 사디스트적 섹스를 했던 건가? 레몽이 정말 폭력을 행사한 것이라면 뫼르소는 왜 그냥 보고만 있었던 걸까?

처음 〈이방인〉 번역서를 냈을 때, 수많은 비토가 쏟아졌었다. 소설문장의 번역은 서술구조 그대로 직역해야 원래 뉘앙스를 살릴 수 있다는 내 주장에 대해 그들 대부분은 자기 번역서를 팔아먹기 위해 사기를 치는 것이라고까지 했다. 그런데 그런 분들 가운데는 오히려 해당 분야의 전문가들이 많았다.

일례로 내가, j'ai eu encore envie d'elle.는 '나는 다시 그녀를 원했다.'라는 뜻이며, 이렇게 정확히 번역해줄 때라야만 원래의 뉘앙스가 산다고 한 것을 두고, 당시 최고의 작가 중 한 사람이었던 장정일 씨가 한겨레 신문 칼럼에 글을 기고하기까지 했다. 그분의 그 글은 사실 당시의 내게는 엄청난 충격을 안겨주었다.

다시 생각나서 찾아보니 그 글은 여전히 인터넷 속에 살아 있었다.


카뮈의 〈이방인〉을 자신이 직접 프랑스어에서 한국어로 번역했다는 번역가이자 새움출판사 대표 이정서는 카뮈 번역으로 명성을 쌓은 김화영의 〈이방인〉에서 무려 58개 항목의 오역을 발견했다고 주장한다. 그러면서 김화영이 "소설을 완전히 왜곡"하고 제 맘대로 "등장하는 인물들 전부를 자기 입맛에 맞게 창작"한 탓에, 원래는 쉬운 대중 소설이 난해하게 되었다고 비방한다.

번역은 출발어와 도착어가 1대1 대응하지 않는다.(《이방인》의 경우 프랑스어가 출발어고 한국어는 도착어다.) 일상생활에서 'I Love You'를 '나는 너를 증오한다'로 알아들으면 오역이겠지만, 문체와 주제, 상황과 인물, 작품의 시대배경이나 아이러니 기법 등이 고려되어야 하는 문학 작품에서는 '사랑해', '나, 너 사랑해', '당신을 사랑하오', '나는 당신을 사랑합니다'보다 더 가짓수 많은 번역이 허용된다. 거기에 번역가의 고민이 있다. 그런데 이정서는 "수학 문제의 답도 하나인 것처럼 번역 문제의 답도 사실은 하나"이며, "'번역상의 진짜 실수'와 '번역가의 다른 언어 선택' 둘 다 '오역'"이라고 주장한다. 《이방인》의 주인공 뫼르소가 마리와 수영을 하는 중에 성욕을 느낀 대목에서 김화영은 "나는 그녀에게 정욕을 느꼈다."(책세상/민음사)로 번역하고, 이기언은 "난 그녀와 이층짓기를 하고 싶어졌다."(문학동네)로 번역했다. 또 형무소의 간수가 죄수의 성욕 처리법을 얘기하는 대목에서 김화영은 "스스로 욕구를 채우"는 수밖에 없다고 번역하고, 이기언은 "결국 자위로 끝내"야 한다고 번역한다. 이정서는 이 두 대목을 "나는 그녀를 원했다.", "스스로 해결책을 찾"아야 한다고 번역했다. 이정서의 황당무계한 논리가 맞다면, 우리는 저 가운데 단 하나의 정답을 찾아야 한다. 김화영의 오역이라고 지적된 사항은 이정서의 자의적인 해석과 생트집이 99퍼센트다. 김화영은 뫼르소를 교도소에서 법정까지 호송한 gendarme를 "간수"로 번역했는데, 이정서는 "간수는 교도소에서 죄수를 감시하고 돌보는 사람"이라면서 "경관"으로 번역해야 한다고 훈시한다. 프랑스의 법제는 잘 알지 못하지만, 우리나라에서는 피의자가 구속되면 그때부터 법무부 관할이다. 교도소에서는 물론이고 법정까지 호송을 하거나 법정에서 죄수를 감독하는 따위는 모두 법무부 산하 간수의 소관이지 안전행정부에 소속된 경관의 일이 아니다. 이기언은 "호송경관"이라는 절충어를 택했는데, 이런 경우의 정답은 간수다. 이정서는 김화영이 단도로 뫼르소를 위협하는 아랍인을 제대로 묘사하지 못했다고 주장한다. 하지만 "단도를 뽑아서 태양빛에 비추며 나에게로 겨누었다"(김화영)와 "칼을 뽑아서 태양 안에 있는 내게 겨누었다"(이정서) 사이에 어떤 차이가 있는가? 정작 문제는 이정서가 이 장면을 확대 해석해서 뫼르소의 정당방어를 주장하고 있으니, 지하의 카뮈로서는 기가 막힐 노릇이다. 뫼르소는 정당방위에 필요한 요건을 하나도 충족시키지 못했다. 뫼르소의 살인에 대하여는 다른 지면에 쓰겠지만, 정당방위 운운하는 이정서의 해석은 그가 〈이방인〉을 전혀 이해하지 못하고 있다는 증거다. 〈한겨레〉 〈경향신문〉 등의 언론과 인터뷰를 하면서 이정서는 자신이 새움출판사 사장 이대식이라는 사실을 숨겼다. 이 때문에 독자는 출판사 사장이 벌인 '노이즈 마케팅'을 순수한 '학술 논쟁'으로 알고 속았다. 출판사는 그 반대라고 억울해하겠지만, 처음부터 그 사실을 밝히려는 마음가짐으로 시작했다면 '노이즈' 자체가 자제되거나 순화되었을 것이다. 그렇지 않았기 때문에, 역풍은 과연 '이정서가 프랑스어를 읽고 해석할 줄은 아느냐?'에까지 이르렀다. 〈한겨레〉 독자로서 출판사의 사과를 바란다.

-장정일 소설가

https://www.hani.co.kr/arti/opinion/readercolumn/633854.html


당연히 당시의 내 번역에도 지적할 거리는 많았을 것이다. 그럼에도 오역을 지적한 역자를 두고 오히려 신문사에 사과를 하라고 쓴 그 글은 적어도 내겐 충격이 아닐 수 없었다. 물론 내게는 번역에 대한 전문가들의 인식이 어떠하다는 것을 알게 된 계기가 되기도 하였다. 그런데 번역에 대한 이러한 인식은 10년이 지난 지금도 크게 달라지지 않은 것 같다. 여전히 이런 글들이 〈이방인〉에 대한 전문가의 권장 글로 읽히고 있는 것을 보면.

## 24

« Tu m'as manqué, tu m'as manqué. Je vais t'apprendre à me manquer. »

위 문장은 뫼르소가 써준 편지를 받고 집에 온 여자에게 레몽이 하는 말을 벽 너머 뫼르소와 마리가 듣게 되는 대목이다.

나는 이것을 "보고 싶었어. 보고 싶었어. 얼마나 보고 싶었는지를 가르쳐주지." 라고 번역했다.

그런데 이것을 예전의 김화영 교수는 '네년이 나를 골려 먹으려고 했겠다. 나를 골려 먹으면 어떻게 되는지 가르쳐주지." 라고 했었다. 어떻게 이런 차이가 가능한 걸까?

우선 이러저러한 사정은 다 버려두고 위의 저 말이 풍기는 뉘앙스가 어떤가? 악랄하고 파렴치하기가 이를 데 없는 것이다. 만약 레몽이 저런 식으로 욕설을 하고 있고, 그걸 듣고 모른 체한 뫼르소라면 둘은 똑같은 사람이 될 것이다. 그게 무슨 소리인지는 모르겠지만, 뫼르소가 특별한 반응을 보이고 있지 않다는 점에서 저 말은 뫼르소 역시 알고 있는 내용이었다는 걸 짐작할 수 있다(실제 레몽은 자신들의 사디스트적 사랑행위에 대해 앞서 이야기했었다).

그런 점에서 선입관을 버리고 다음 문장들을 보면, 벽 너머에서 여자가 소리친 것은, 앞서 뫼르소에게 레몽이 설명한 것처럼 그냥 버릇이었던 것이다. 소리는 요란했지만, 여자의 비명 소리에 사람들이 모여들고 경찰이 와서 문이 열렸을 때, 달려 나온 여자의 상태에서도 짐작할 수 있다. 여자는 다만 달려와 울면서 "저 사람이 나를 때렸어요, 저 사람은 고등어예요"라고 말했을 뿐이다. 그건 그냥 '언사'였을 뿐이다. 카뮈는 매 맞은 여자의 상태에 대해서는 한 마디 언급도 하지 않았다. 바로 이 소설 전체를 관통하고 있는 주제인, 단지 '그랬다'는 '말'이 전부인 것이다. 카뮈가 이 장면에서 보여 주고 싶었던 것은, 레몽의 폭력성이 아니라, 친구(뫼르소) 앞에서 '남자'다운 모습을 보이고 싶어하는 '레몽'의 모습이었을 것이다.

조금 다른 방향으로 살펴보자. 무엇보다 뫼르소는 대단히 이성적인 인물이다. 그런 그의 눈에 레몽의 여러 행위가 '소문'처럼 상식 밖이고 파렴치했다면, 과연 그런 그가 하는 부탁을 들어주고 친구가 될 수 있었을 것이며, 자신의 여자친구를 데리고 그런 폭력적인 친구의 오두막까지 놀러 갈 생각을 할 수 있었을 것인가.

뫼르소는 누구보다 이 모든 상황을 '소문'에 의해서가 아니라 그 중심에서 실체적 진실을 파악하고 있었다. 그렇기에 마리가 그 '소리만 듣고' 끔찍하다며 경찰을 부르라고 했지만 그는 대꾸도 하지 않았던 것이다. 적어도 뫼르소는 레몽이 그렇게 위험한 사람이 아니라는 것과, 보통 사람과 크게 다르지 않은 사람이라는 걸 알고 있었던 것이다(뫼르소 자신처럼).

따라서 Tu m'as manqué, tu m'as manqué. Je vais t'apprendre a me manquer.의 의미는 뒤의 소동과는 아무런 상관없는 말로, 레몽이 여자와 섹스를 하기 위해 달려들면서 하는 말이다. 그런데 상황과 절묘하게 엇박자를 내고 있기에 역자들이 오해했던 것이다.

그렇다면 역자들은 왜 이런 오해를 했을까? 그것은 바로 Tu m'as manqué 라는 독특한 표현 때문이다.

문장 속 'manqué'를 어떻게 보느냐에 따라 완전히 다른 의미의 문장이 된다.

우선 영역자들은 이렇게 번역했다.

"You let me down, you bitch! I'll learn you to let me down!"(스튜어트 길버트)

"You used me, you used me. I'll teach you to use me."(메튜 워드)

역자들은 manqué를 영어의 miss로 보았지만 그 의미를 '놓치다, 부족, 결핍' 등의 부정적 의미로 본 것이다. 그리고 나서 원래 문장의 서술구조를 무시하고 자신이 생각하는 내용의 맥락에 짜맞추어 의역한 것이다.

우리 번역자 역시 예외는 아니다.

"넌 날 무시했어. 넌 날 무시했어. 나를 무시하면 어떻게 되는지 가르쳐주지."(김화영)

그러나 불어의 manqué처럼 영어의 miss에도 '그리워하다' '보고 싶다'는 의미가 있다.

불영사전을 보면 이런 예문이 나온다.

<u>Tu me manques.</u> Depuis son départ, son père lui manque.

<u>;I miss you.</u> He has been missing his father since he left.

<u>보고 싶어.</u> 그는 그의 아버지가 떠난 이후, 그를 그리워했다.

이처럼 manqué/miss를 여기서도 '그리워하다' '보고 싶다'의 의미로 보고 편견없이 영어로 직역하면 어찌 될까? 주관을 배제하기 위해 번역기를 써보았다.

I missed you, I missed you. I'm going to teach you how to miss me.(구글 번역기)

번역기도 오류를 내는 것이다. 즉, 앞에서는 내가 너를 그리워하고, 뒤에서는 너가 나를 그리워했다는 문장, 곧, 비문을 만들어 낸다(물론 번역기가 정확하다는게 아니라, 이런 단순한 경우까지 오류를 일으킨다는 의미다). 이 역시 Tu m'as manqué 불어문장의 특수성 때문으로 보인다. 영역자들도 저 절묘한 상황에 대한 오해까지 더해져 우리 역자처럼 잘못 이해했던 것이다.

다시 내용으로 돌아와서, 카뮈 〈이방인〉의 레몽은, 이처럼, 결코 역자가 옮겨 둔 것처럼 '파렴치범'이나 '양아치'가 아니다. 그는 약간의 허세는 있지만, 자신을 속인 여자를 벌하고 나서 불편한 마음에 친구(뫼르소)를 찾아와 침묵할 줄도 알고, 개를 잃어버린 살라마노 노인을 위로할 줄도 아는 성격의 소유자였던 것이다.

따라서 이후 manqué가 등장하는 다음 문장 역시 이러한 번역이 바탕이 될 때라야만 일관성 있게 옮길 수 있다.


Il m'a dit qu'il fallait que je lui serve de témoin. Moi cela m'était égal, mais je ne savais pas ce que je devais dire. Selon Raymond, il suffisait de déclarer que la fille lui avait manqué. J'ai accepté de lui servir de témoin.

그는 내게 증인이 되어 주었으면 한다고 말했다. 나는 그건 상관없는 일이지만, 무슨 말을 해야 할지 몰랐다. 레몽에 따르면, 그 여자를 그가 보고 싶어 했다고만 진술해 주면 충분하다는 것이었다. 나는 증인이 되어 달라는 그의 뜻을 받아들였다.(본문 p.54)


경찰에게 '그가 여자를 보고싶어했다'고만 했다고 하면 충분하다는 레몽의 말. 뫼르소 입장에서 보기에도 그 말엔 조금도 거짓이 없는 것이다. 그렇기에 받아들인 것이고. 우리는 여기서 뫼르소가 어떤 사람인지를 기억해야 한다. 카뮈는 그를 두고 '거짓말'을 하지 못해서 교수형에 처해진 사람으로 보아달라고 했다. 실제로 이 작품에서 뫼르소는 한마디 거짓말을 하지 않았기에 사람들로부터 오해를 받고 교수형에 처해지는 것이다.

번역자들은 이렇게 번역했다.

Then Raymond said that what he really wanted was for me to act as his witness. I told him I had no objection; only I didn't know what he expected me to say.

"It's quite simple," he replied. "You've only got to tell them that the girl had let me down."

So I agreed to be his witness. (스튜어트 길버트)

He told me that I'd have to act as a witness for him. It didn't matter to me, but I didn't know what I was supposed to say. According to Raymond, all I had to do was to state that the girl had cheated on him. I agreed to act as a witness for him. (메튜 워드)

그는 내게 증인을 서주어야겠다고 말했다. 나야 그건 아무래도 좋지만, 내가 뭐라고 말을 해야 하는 것인지 알 수가 없었다. 레몽말로는, 여자가 그를 무시했다고 말하기만 하면 된다는 것이었다. 나는 그의 증인을 서주기로 했다. (김화영)

영역자나 우리 번역자, 모두 manqué의 의미를 다르게 보고 있는 것이다.

## 25

그는 나를 말없이 바라보았다. 그러고는 내게 "좋은 저녁 되세요." 하고 인사했다. 그가 그의 집 문을 닫았고 나는 그가 방안에서 오가는 소리를 들었다. 그의 침대가 삐걱거렸다. 그리고 벽을 통해 들려온 작고 묘한 소리로, 나는 그가 울고 있다는 것을 깨달았다. 무슨 이유에선지 모르겠지만 나는 엄마를 떠올렸다. 하지만 나는 다음날 아침 일찍 일어나야만 했다. 나는 배가 고프지도 않아서 저녁도 먹지 않고 잠자리에 들었다. (본문 p.57)

Il m'a regardé en silence. Puis il m'a dit : « Bonsoir. » Il a fermé sa porte et je l'ai entendu aller et venir. Son lit a craqué. Et au bizarre petit bruit qui a traversé la cloison, j'ai compris qu'il pleurait. Je ne sais pas pourquoi j'ai pensé à maman. Mais il fallait que je me lève tôt le lendemain. Je n'avais pas faim et je me suis couché sans dîner.

인간의 외로움, 소외에 대해, 자식을 잃은 부모, 부모가 돌아가신 뒤의 자식의 마음을 잔잔하게 표현한 문맥이지만, 이 역시 번역에 따라 달라질 수 있다. 세상은, '번역은 제2의 창작으로 번역자에 따라 달라질 수 있다'고 하지만, 나는 달리 생각한다. 번역자는 어쨌든 할 수 있는 최대한 작가의 의도를 전달하려 애써야 한다. 그 시작이 오리지널 문장의 서술구조를 지켜내는 것은 당연한 일일 테고….

He stared at me in silence for a moment, then said, "Good evening." After that I heard him pacing up and down his room for quite a while. Then his bed creaked.
Through the wall there came to me a little wheezing sound, and I guessed that he was weeping. For some reason, I don't know what, I began thinking of Mother. But I had to get up early next day; so, as I wasn't feeling hungry, I did without supper, and went straight to bed.(스튜어트 길버트)

He looked at me in silence. Then he said, "Good night."
He shut his door and I heard him pacing back and forth.
His bed creaked. And from the peculiar little noise coming
through the partition, I realized he was crying. For some
reason I thought of Maman. But I had to get up early the
next morning. I wasn't hungry, and I went to bed without
any dinner. (메튜 워드)


## 26

그런 다음 우리는 걸었고 큰길을 따라 시내를 가로질러 갔다.
여자들이 아름다웠고 나는 마리에게 알아차렸는지를 물었다.
그녀는 그렇다며 나를 이해한다고 말했다. (본문 p.61)


Puis nous avons marché et traversé la ville par ses grandes
rues. Les femmes étaient belles et j'ai demandé à Marie
si elle le remarquait. Elle m'a dit que oui et qu'elle me
comprenait.


　레몽의 폭행 사건 이후, 아무 말 없이 떠났던 마리가 뫼르소
를 찾아와 결혼하자고 말한다. 그러고 나서 둘은 산책을 나선

다. 그리고 거리의 여자(사창가의 여자)를 본 뒤 뫼르소가 마리에게 사정을 '알아차렸느냐'고 묻는다. 나는 초기에 저 의미를 정확히 이해하지 못했다. 그런데 그건 나만이 아니었다. 모든 역자들이 그랬다. 사실은 전부 의역을 하고 있었기 때문이다. 그렇다면 여기서 뫼르소는 마리에게 도대체 무엇을 알아차렸느냐고 물은 것이고, 마리는 '그렇다'며, 이해한다고까지 한 것일까?

바로 레몽과 여자와의 관계, 레몽의 행위, 그리고 그것을 모른 체한 뫼르소를 이해한다는 의미인 것이다.

그런데 이것을 다른 번역자들이 모르고 있다는 것을 어떻게 확인할 수 있을까? 그분들의 번역을 보면 알 수 있다.

그러고 나서 우리는 대로들을 따라 걸어서 시내를 통과했다. 여자들이 아름다웠다. 나는 마리에게 그 점을 눈여겨보았느냐고 물었다. 마리는 그렇다고 하면서 내 기분을 이해할 수 있다고 말했다. (김화영)

뫼르소가 마리에게 '여자들이 아름다운 걸 눈여겨보았느냐'고 묻고 '기분을 이해한다'고 했다는 것인데, 이게 무슨 소리일까? 뜬금없이 뫼르소가 여자들이 아름다운 걸 눈여겨보았느냐고 여자에게 묻는다고? 그리고 결혼하자고 하는 여자가 이해한다고 했다고? 무엇보다 원래 문장이 아니다.

영역자들이라고 다르지 않다.

Then we went for a walk all the way across the town by the main streets. The women were good-lookers, and I asked Marie if she, too, noticed this. She said, "Yes," and that she saw what I meant. (스튜어트 길버트)

Then we went for a walk through the main streets to the other end of town. The women were beautiful and I asked Marie if she'd noticed. She said yes and that she understood what I meant. (매튜 워드)

**27**

그는 엄마가 자기 개를 매우 좋아했다고 말했다. 엄마에 대해 말하면서, 그는 엄마를 "댁의 가엾은 어머니"라고 불렀다. 그는 엄마가 돌아가시고 나서 내가 매우 불행했을 걸로 짐작된다고 말했고, 나는 답하지 않았다. (본문 p.64)

Il m'a dit que <u>maman</u> aimait beaucoup son chien. En parlant d'elle, il l'appelait « <u>votre pauvre mère</u> ». Il a émis la supposition que je devais être bien malheureux depuis que maman était morte et je n'ai rien répondu.

모든 문장이 그렇지만 뫼르소와 살라마노 영감이 나누는 대화는 별것 아닌 것 같아도 대단히 중요한 요소들을 담고 있다. 하기에 정확한 번역이 요구된다. 그렇지 못하면 뉘앙스가 달라지고 의미가 달라지기 때문이다.

우선 mère(어머니)와 maman(엄마)의 확실한 구분이 필요하고, 이 작품의 소재어 malheureux(불행), était morte(돌아가시다)에 대한 일관된 번역도 요한다.

왜냐하면, 여기서 카뮈는 눈에 보이는 것과 보이지 않는 것 사이의 차이와 상대를 이해하는 것과 이해하지 못하는 것 사이의 차이는, 죽고 사는 것만큼 크다는 메시지를 저 '대화'들을 통해 전하고자 하기 때문이다.

무슨 소리인가 하면 세상 사람들은 눈에 보이는 것만 두고, 뫼르소를 교수대로 보내는 게 사회의 정의를 세우는 것으로 착각하지만, 여기서 대화를 나누어 본 살라마노 영감은 법정에서 '그를 이해해야 한다'고 세상에 호소하는 것이고, 그럼에도 불구하고 뫼르소는 결국 단두대로 보내진다는 점에서, 부조리한 사회의 한 단면을 보여주고 있기 때문이다.

영역자들은 이렇게 번역했다.

He told me that Maman was very fond of his dog. He called
her "your poor mother." He said he supposed I must be very
sad since Maman died, and I didn't say anything. (메튜 워드)

He thanked me, and mentioned that my mother had been
very fond of his dog. He referred to her as "your poor
mother," and was afraid I must be feeling her death terribly.

(스튜어트 길버트)


## 28

그의 말투는 느렸고, 나는 그가 말을 완성할 때마다 "그리고
더해서 말하자면"이라고 덧붙이는 습관을 가지고 있다는 것
을 깨달았는데, 심지어, 실상, 구절에 의미가 더해지지 않을 때
조차도 그랬다. (본문 p.69)

Lui parlait lentement et j'ai remarqué qu'il avait l'habitude
de compléter tout ce qu'il avançait par un « et je dirai plus »,
même quand, au fond, il n'ajoutait rien au sens de sa phrase.


마송이라는 인물에 대해 설명하는 이 문장은 대단히 중요
하다. 카뮈는 마송의 말버릇에 대해 굳이 'et je dirai plus'라고

하고 있다. 번역을 해보니, 이런 강조(혹은 인용) 표시 속의 말일 수록 정말 정확한 직역이 필요한 거 같다. 저것이 만약 강조표시 없이 그냥 쓰였다면 간단한 부사구로 의미만 전달되게 의역해도 되겠지만, 이런 표기는 반드시 뒤와 연결되어 중요한 요소로 작용하기 때문이다. 여기서도 그냥, '덧붙여 말하자면' '뿐만 아니라' 등 간단히 번역하고 갈 수도 있겠지만, '그리고et'라는 접속사 하나조차 정확히 살린 것은 그런 의미에서이다. 이것이 대단히 중요한 복선이라는 것은 뒤의 법정 증언에서 나타난다. 이 부사구의 직역이 왜 중요한지는 그때 설명키로 한다.

영역자들은 이렇게 하고 있다.


He was rather slow of speech and had, I noticed, a habit of saying "and what's more" between his phrases—even when the second added nothing really to the first. (스튜어트 길버트)


He spoke slowly, and I noticed that he had a habit of finishing everything he said with "and I'd even say," when really it didn't add anything to the meaning of his sentence.

(메튜 워드)

**29**

우리가 돌아오는데, 마송이 우리를 부르고 있었다. 나는 몹시 배가 고프다고 말했고 그는 대뜸 그의 아내에게 자신은 내가 마음에 든다고 공공연히 말했다. (본문 p.71)

Quand nous sommes revenus, Masson nous appelait déjà. J'ai dit que j'avais très faim et il a <u>déclaré</u> <u>tout de suite</u> à sa femme que je lui plaisais.


보다시피 떼어놓고 보면 친구끼리 휴가를 온, 또 친구의 친구를 따라온 보통 사람들의 평범하고도 즐거운 일상이다. 그런 가운데 마송이 아내에게 대뜸 뫼르소가 마음에 든다고 한 표현은 아주 중요하다. 카뮈는 여기서, 우리가 오해하듯 뫼르소가 이상한 사람이 아니라 그냥 조금 차이가 있을 뿐 우리와 다르지 않은 보통 사람이라는 점을 말하고자 했던 것이다.

마송의 아내에 대한 배려나 이후 마리의 가벼운 술주정도 그런 분위기를 위해 끌어온 장치다. 그렇기에 이들은 '8월을 함께 해변에서 지낼 것'에 대해 의논하기까지 하는 것이다. 그런데 이 문맥이 잘못 번역되면 마치 마리가 이상한 행동을 하는 사람처럼 읽히게 되고, 레몽과 마송이 무슨 음모를 꾸미거나, 뒷골목 폭력배들처럼 보이게도 만든다. 내가 처음 〈이방인〉을 읽었을 때 실제 그랬다. 지금 보니 적어도 그때와는 많이 달라져 있다.

영역서들은 이렇게 되어 있다.

When we got back, Masson was already calling us. I said I was starving and then out of the blue he announced to his wife that he liked me. (메튜 워드)

When we got back, Masson was on the steps of his bungalow, shouting to us to come. I told him I was ravenously hungry, and he promptly turned to his wife and said he'd taken quite a fancy to me. (스튜어트 길버트)

부사구(tout de suite) 하나, 동사(déclaré) 하나로도 뉘앙스에 큰 차이를 가져올 수 있는 게 번역인데, 같은 문장을 두고도 세계적인 번역가들이 이렇게 다르게 번역하고 있는 것이다.

## 30

우리는 〈이방인〉에 대해 쓰여진 숱한 해설을 볼 수 있다. 글이 아니라 당장 유튜브에 '이방인'만 검색해도 정말 다양한 해설 영상들이 헤아릴 수 없이 많게 검색된다. 그러나 그렇듯 다양한 리뷰, 해설들이 존재하지만 누구도 뫼르소의 '정당방위'에 대해서는 이야기하지 않는다. 그런 해설을 내가 보지 못한 것일까? 그럴 수도 있겠지만, 그렇지 않은 것이, 번역 초기, 당연한 듯이 뫼르소의 행위는 정당방위에 해당한다고 밝혔을 때, 많은 독자들이(전문가들을 포함해서) 말도 안 되는 소리라고 비웃었었다. 그런데 뫼르소의 정당방위론은 내가 처음으로 한 소리가 아니라는 것은 나중에 알았다. 프랑스 현지에서는 오히려 당연한 것이었기에 특별히 부각되지 않았던 것뿐이고 오히려 미국에서는 관련 논문들이 숱하게 나와 있었던 것이다.

아무튼 뫼르소의 살해 행위가 왜 정당방위인가는 이 장면부터 이해하고 가야 한다.


"그들은 우리에게서 눈을 떼지 않은 채 칼로 위협하며, 천천히 뒷걸음쳐 갔다. 충분히 멀어졌다고 생각되었을 즈음 그들은 매우 빠르게 달아났고, 그사이 우리는 햇볕 아래 못 박힌 듯 서 있었으며, 레몽은 피가 뚝뚝 떨어지는 팔을 움켜쥐고 있었다." (본문 p.74)

Ils ont reculé lentement, sans cesser de nous regarder et de nous tenir en respect avec le couteau. Quand ils ont vu qu'ils avaient assez de champ, ils se sont enfuis très vite, pendant que nous restions cloués sous le soleil et que

Raymond tenait serré son bras dégouttant de sang.


아랍인 사내는 힘으로 안 되자 흉기를 사용했던 것이고, 실제 칼을 맞은 레몽은, 단순히 팔만 찔린 게 아니라 입에서 피거품이 날 만큼 심각한 상처를 입었던 것이다. 거의 살인미수에 해당한다. 그런데 그런 위급 상황에서도 레몽은 총을 사용하지 않았다. 많은 사람들이 간과하고 있는 것이 있는데, 이때 레몽은 이미 뒷주머니에 총을 가지고 있었다는 사실이다. 만약 그가 지금 독자들이 생각하는 것처럼 '양아치'에 불과했다면 그는 아마 이때 총을 뽑았을 것이다. 그런 점에서 작가는 이후 뫼르소가 총을 달라고 하지 않았더라도 레몽이 실제 총을 사용하지는 않았을 것이라는 점을 절묘하게 복선으로 깔아두고 있었던 것이다.

아무튼 이후 뫼르소의 행위가 정당방위였다는 사실은 바로 이 장면과 연결시킬 때라야만 이해할 수 있게 된다. 이후 뫼르소에게 칼을 겨눈 아랍인 사내는 다만 겁만 주려던 것이 아니라, 지금처럼 언제든 찌를 수 있는 자라는 것과, 이 경험이 있기에 뫼르소는 생명의 위협을 느끼고 방아쇠를 당겼던 것이다.

또한 그럼에도 재판 중에 이 장면이 전혀 언급되지 않는 것이기에 정당방위 따위가 운운되지 않는 것인데 바로 이 또한 소설의 절묘한 복선인 것이다. 이 소설이 뛰어난 것은 이렇듯

한 문장 한 문장이 톱니가 맞듯 한 치의 오차 없이 맞추어 쓰여졌기 때문이다.

이처럼 우리는 어쩌면 〈이방인〉을 정반대로 이해하고 있는 것인지도 모른다. 번역으로 인해 맥락에도 안 맞게 얼크러진 상황은 '실존주의'라는 이름으로 포장해 버리면서.


## 31

마송이 즉시 일요일이면 언덕에 와서 시간을 보내는 의사가 있다고 말했다. 레몽은 곧바로 가기를 원했다. (본문 p.74)

 Masson a dit immédiatement qu'il y avait un docteur qui passait ses dimanches sur le plateau. Raymond a voulu y aller tout de suite.


불어의 'tout de suite'는 우리말 '즉시, 곧, 지체 없이…' 등등의 의미를 가진 흔히 쓰는 부사어다. 그럼에도 문장에 따라 어떻게 옮기느냐에 따라 뉘앙스 차이가 크게 날 수 있는 말이기도 하다. 같은 사람이 쓴 같은 단어임에도 다양한 뉘앙스가 가능한 것, 번역이 어려운 것은 아마 이런 것 때문일 테다.

위의 문장은 비슷한 의미의 부사가 앞뒤로 함께 쓰여서 더할 텐데, 여기서의 tout de suite는 앞서 문장에서 썼던 '즉시'라

는 의미보다 '곧바로/곧장'의 의미가 더 적확한 것이다. 그것은
바로 뒤에 이어지는 내용들 때문이다.

즉 단어에 여러 뜻이 있으니 이래도 되고 저래도 되는 것이
아니라, 그 문장에 맞는 의미는 단 하나인 것이다.

여기서의 tout de suite로 작가는 레몽이라는 캐릭터를 강화
시키고 있는 것이다. 무슨 소리인가 하면, 바로 뒤에, 곧장 의
사에게 가지 않고, 응급조치를 취하기 위해 집으로 갔다는 것,
그리고 여자들의 걱정 이야기가 나오기 때문이다. 앞서 말끝
마다 '남자답게'라는 말을 덧붙이는 레몽이라는 사내는 여기
서 자신이 칼에 베여 상처를 입은 것을 여자들에게 보이고 싶
지 않았던 것. 이 사소해 보이는 뉘앙스들이 사실은 바로 문학
을 문학답게 만드는 것이다.

다른 역자들은 이렇게 의역했다.

Masson immediately said there was a doctor who spent his
Sundays up on the plateau. Raymond wanted to go see him
right away. (메튜 워드)

Masson remarked that there was a doctor who always spent
his Sundays here, and Raymond said: "Good. Let's go to
him at once." (스튜어트 길버트)

"마송은 곧, 일요일마다 언덕 위 별장에 와서 지내는 의사가 있다고 말했다. 레몽은 당장 의사에게 가려고 했다." (김화영)

## 32

그러고는, 미동도 하지 않는 몸뚱이에 네 발을 더 쏘아댔고 탄환은 흔적도 없이 박혀 버렸다. (그리고) 그것은 내가 불행의 문을 두드리는 네 번의 짧은 노크와도 같은 것이었다. (본문 p.81)

Alors, j'ai tiré encore quatre fois sur un corps inerte où les balles s'enfonçaient sans qu'il y parût. Et c'était comme quatre coups brefs que je frappais sur la porte du malheur. (알베르 카뮈)

번역을 하면서 끊임없이 고민하게 되는 문제가 있다. 바로 접속사다. 자칫하면 문장을 촌스럽게 만들기 때문인데, 그럼에도 그걸 마음대로 빼면 역시 뉘앙스가 달라질 수 있기 때문이다. 초기에는 서로 다른 언어이니 번역이니까 그럴 수 있다는 생각이 더 컸지만, 시간이 지날수록 오히려 그래서 더 주의하게 된다.

접속사 문제는 웬만한 작가라면 그 중요성을 알고 있다. 카뮈는 실제 〈역병〉(La peste/ 우리가 알고 있는 〈페스트〉라는 번역은 잘못이다) 속에서 등장인물을 통해 이런 말을 한다.

"잘 생각해보세요. 선생님. 엄밀히 말하면, '그러나'와 '그리고' 중에 선택하는 것은 아주 쉽습니다. '그리고'와 '그러고는' 중에 선택하는 것은 그 자체로 좀 어렵습니다. '그러고는'과 '그러고나서'로는 어려움이 더 커집니다. 하지만, 확실히 가장 어려운 것은 '그리고'를 넣어야 할지 말아야 할지를 결정하는 데 있을 겁니다. "     _ 카뮈 〈역병La peste〉 새움출판사 이정서 역. 146쪽.

작품 속 문장의 접속사 하나도 작가의 이런 고민 끝에 만들어지는 것이다. 그것을 어찌 번역가라고 마음대로 빼고 더할 수 있을까? 물론 그럼에도 끝까지 고민스러운 문장도 있다.

내게는 〈이방인〉 속 1부 마지막인 저 위 문장의 접속사 Et가 그런 경우였다.

Then I fired four more times at the motionless body where the bullets lodged without leaving a trace. <u>And </u>it was like knocking four quick times on the door of unhappiness. (메튜 워드)

But I fired four shots more into the inert body, on which

they left no visible trace. And each successive shot was another loud, fateful rap on the door of my undoing. (스튜어트 길버트)

그래서 나는 그 움직이지 않는 몸에 다시 네 방을 쏘았다. 총알들은 깊이 들어가 박혀 보이지 않았다. 그것은 마치, 내가 불행의 문을 두드리는 네 번의 짧은 노크 소리와도 같았다. (김화영)

앞서는 고민 끝에 '그리고 Et'를 넣지 않았지만, 〈역병〉 속에서 카뮈가 한 저 말을 본 이후인 지금은 당연히 살릴 수밖에 없게 되었다.

한편, 저항이 없는 몸뚱이에 쏘아댄 네 발의 총알, '그것은 불행의 문을 두드리는 네 번의 짧은 노크 같은 것이었다'는 마지막 문장. 〈이방인〉을 읽고 여기서 전율하지 않을 사람은 거의 없을 것이다. 그런데 보다시피 뫼르소가 총을 쏜 가장 큰 이유는 '눈을 찌르는' 칼날 때문이다. 그 번쩍이는 칼을 든 사람은 앞에서 친구(레몽)를 잔인하게 찔렀던 바로 그 위험한 사내다. 그럴 수밖에 없었던 상황, 바로 정당방위인 것이다.

당시까지 우리 독자들은 '뫼르소가 아랍인을 왜 쏘았을까?'라는 질문에 '태양 때문'이라고 답하고 있었다. 그건 정말이지 터무니없는 대답이었던 셈이다.

정당방위로서의 첫 발, 그리고 '약간의 틈'을 두고 발사되는 네 발의 총알. 그 네 발을 계속해서 쏘아 대는 뫼르소를 이해 시키기 위해 카뮈는 저 앞, 엄마의 죽음을 알리는 전보를 받는 순간부터 지금까지 뫼르소의 심경을 치밀하게 그려 보여 온 것이다. 정당방위로서의 한 발과, 위장된 도덕·종교·권위·폭력으로부터 벗어나고자 하는 자유를 향한 무의식적인 발사.

이 다섯 발의 총성을 과연 '이상한 자'의 일탈이었다고, 단지 태양 때문이었다고 할 수 있을까?

우리가 읽은 〈이방인〉이 결코 카뮈의 〈이방인〉이 아니라고 했던 이유가 거기에 있었다.

## 33

처음에, 나는 진지하게 받아들이지 않았다. 그는 커튼이 드리운 방에서 나를 맞았는데, 그의 책상 위에는 나를 앉도록 한 의자를 비추고 있는 등 하나가 놓여 있었고, 그 자신은 어둠 속에 남아 있었다. 나는 이미 이 비슷한 묘사를 책에서 읽었던 지라, 이 모든 것이 내겐 하나의 게임처럼 보였다. 대화가 끝난 후, 반대로, 내가 그를 바라보았고, 나는 큰 키에 깊고 푸른 눈, 긴 회색 수염에 숱 많은 머리칼이 거의 백발에 가까운 섬세한 이목구비를 가진 남자를 보았다. (본문 p.85)

Au début, je ne l'ai pas pris au sérieux . Il m'a reçu dans une pièce tendue de rideaux, il avait sur son bureau une seule lampe qui éclairait le fauteuil où il m'a fait asseoir pendant que lui-même restait dans l'ombre. J'avais déjà lu une description semblable dans des livres et tout cela m'a paru un jeu. Après notre conversation, <u>au contraire</u>, je

l'ai regardé et j'ai vu un homme aux traits fins, aux yeux
bleus enfoncés, grand, avec une longue moustache grise et
d'abondants cheveux presque blancs.


번역에 대해 내가 얼마나 무지했는가 하면, 나는 당연히 누
구라도 처음 한 번역을 거의 고치지 않을 거라고 생각했다. 처
음부터 당연히 바르게 한다고 했을 테니. 그런데 정작 번역을
해보니 그게 아니었다. 얼마간 시간이 흘러 다시 보면, 어느 문
장은 정말 내가 한 게 맞나 싶을 만큼 다른 경우가 허다했다.
그제서야 나는 어느 역자건 문장들이 경우에 따라 다르게 보
일 수도 있다는 사실을 깨닫게 되었다. 이전의 나는 위 문장도
전혀 다르게 보였다. 그런데 그렇게 틀리게 번역을 한다 해도
이야기가 이어지는 데는 지장이 없었다. 아마 그렇기에 무엇이
잘못되었는지도 모르고 지났을 것이다. 무엇보다 이런 실수는
쉼표로 이어진 긴 문장의 번역에서 흔히 발생한다. 우리는 원
문을 우리말 문장으로 옮기면서 쉼표를 그닥 크게 신경 쓰지
않는 경향이 있다.

마지막 문장만 다시 보면, 이전에 나는 "대화가 끝난 후, 반
대로, 내가 그를 바라보았고, 나는 큰 키에 깊고 푸른 눈, 긴 회
색 수염에 숱 많은 머리칼이 거의 백발에 가까운 섬세한 이목
구비를 가진 남자를 보았다." 속에서의 부사구 'au contraire'

를 무심히 보고, 전체 문장을 의역했었다. 지금 보니 저것은 저자 나름 강조를 위해 쉼표 속에 넣어 두었던 것이다. 무슨 소리인가 하면, 앞에서는 그가 나를 어둠 속에 서서 살폈지만, 이제는 내가 '반대로' 그를 살피게 된 상황이라고 강조해 표현하고 싶었던 것이리라. 그러므로 쉼표는 필수적인 것이다.

한편 영역자들은 이렇게 번역했다.

After our conversation, though, I looked at him and saw a tall, fine-featured man with deep-set blue eyes, a long gray moustache, and lots of thick, almost white hair. (메튜 워드)

After our conversation, however, I had a good look at him. He was a tall man with clean-cut features, deep-set blue eyes, a big gray mustache, and abundant, almost snow-white hair, and he gave me the impression of being highly intelligent and, on the whole, likable enough. (스튜어트 길버트)

두 영역자 역시 원문의 쉼표는 살리고 있다. 그러나 내 영어가 짧은 것인지 'au contraire'의 뉘앙스까지 살리고 있는 것 같아 보이지는 않는다. 내게 저것은 맥락상 'on the contrary'의 의미로 보이기 때문이다.

## 34

그는 매우 합리적인 사람 같았고, 얼마간 입술을 씰룩이는 신경성 틱에도 불구하고, 대체로, 호감이 갔다. 나가는 길에, 나는 심지어 그에게 손을 내밀 뻔했지만, 제때에 내가 사람을 죽였다는 것을 기억했다. (본문 p.85)

Il m'a paru très raisonnable et, somme toute, sympathique, malgré quelques tics nerveux qui lui tiraient la bouche. En sortant, j'allais même lui tendre la main, mais je me suis souvenu à temps que j'avais tué un homme. (원서 p.98)

이 장면은 실제로는, '매우 이성적이고, 전체적으로 친절한' 그의 가식(?)(이 예심 판사의 본색은 뒤에 가서 드러난다)에, '심지어' 악수를 청할 뻔할 정도로 호감을 느끼는 뫼르소의 순진함을 보여주려는 장면이다. 다른 번역들을 보면 번역에 따라 뉘앙스가 달라질 수 있음을 알 수 있다.

He struck me as being very reasonable and, overall, quite pleasant, despite a nervous tic which made his mouth twitch now and then. On my way out I was even going to shake his hand, but just in time, I remembered that I had killed a man.

(메튜 워드)

There was only one thing that put one off: his mouth had now and then a rather ugly twist; but it seemed to be only a sort of nervous tic. When leaving, I very nearly held out my hand and said, "Good-by"; just in time I remembered that I'd killed a man.(길버트)

그는 분별력이 있어 보였고, 입술을 쫑긋거리는 신경질적인 버릇이 있기는 해도 그런대로 호감형으로 보였다. 방을 나설 때 나는 그에게 손을 내밀려고까지 했지만 내가 사람을 죽였다는 사실을 제때에 상기했다.(김화영)

## 35

그는 침대 위에 앉더니 내 사생활에 관한 약간의 조사가 있었다고 설명했다. 어머니가 최근 양로원에서 돌아가신 것을 알았다. 그러고 나서 마랭고에서 조사를 수행했다. 예심판사가 엄마의 장례식 날 "내가 냉담해 보였다"는 것을 알게 되었다. "이해하십시오" 변호사는 말했다. "이것을 당신에게 물어야만 하는 나도 조금 곤혹스럽습니다. 그러나 이것은 매우 중요한 일입니다. 만약 내가 대응할 어떤 것도 찾아낼 수 없다면, 그것은 검찰 측의 강한 논거가 될 겁니다." 그는 내가 자신을 도

외주길 원했다. 그는 내가 그날 슬펐었느냐고 물었다. 그 질문은 나를 크게 놀라게 했고, 만약 나도 그렇게 물어야 했다면 몹시 곤혹스러웠을 것 같았다. 나는 그렇지만 자문하는 습관을 거의 잊어버려서 말하기 어렵다고 대답했다. <u>의심의 여지없이, 나는 엄마를 좋아했지만, 그건 아무 의미가 없는 것이다. 모든 건전한 존재들은 어느 정도는 자신의 사랑하는 이들의 죽음을 바란다.</u> 여기서 변호사는 내 말을 끊었고 몹시 불안해하는 듯 보였다. <u>그는 내게 법정에서든 예심판사 실에서든 그런 말은 하지 않겠다고 약속하도록 만들었다.</u> <sup>(본문 p.86)</sup>

Il s'est assis sur le lit et m'a expliqué qu'on avait pris des renseignements sur ma vie privée. On avait su que ma mère était morte récemment à l'asile. On avait alors fait une enquête à Marengo. Les instructeurs avaient appris que « j'avais fait preuve d'insensibilité » le jour de l'enterrement de maman. « Vous comprenez, m'a dit mon avocat, cela me gêne un peu de vous demander cela. Mais c'est très important. Et ce sera un gros argument pour l'accusation, si je ne trouve rien à répondre. » Il voulait que je l'aide. Il m'a demandé si j'avais eu de la peine ce jour-là. Cette question m'a beaucoup étonné et il me semblait que j'aurais été très gêné si j'avais eu à la poser. J'ai répondu cependant que j'avais un peu perdu l'habitude de m'interroger et qu'il m'était difficile de le renseigner. <u>Sans doute, j'aimais bien maman, mais cela ne voulait rien dire. Tous les êtres sains avaient plus ou moins souhaité la mort de ceux qu'ils aimaient. Ici, l'avocat m'a coupé et a paru très agité. Il m'a fait promettre de ne pas dire cela à l'audience, ni chez le magistrat instructeur.</u>

변호사가 뫼르소를 어떻게 생각하고 변론을 시작하는가를 알게 하기 위해 쓰여진 문장이다.

여기서는 다시 카뮈가 이 소설을 통해 보여주고자 하는 '말'에 대한 메시지를 읽을 수 있다. '관선' 변호사는 자신의 피의자인 뫼르소를 이해하려하기보다, 세상의 보편적 틀 속에 그를 가두고 자신의 말로 설득해 가려는 것이고, 한 마디도 거짓말을 못하는 뫼르소는 또 자기 식으로 그 질문에 답하고 있는 것인데, 결국 변호사는, 저 양로원의 원장처럼 뫼르소에 대해 선입관을 갖게 되는 것이다. 한 문장 한 문장이 아주 중요한 뉘앙스를 갖는다. 좀 긴 문장이지만 인용하는 것은 그런 의미에서이다. 한 문장 한 문장이 섬세하게 번역되지 않으면 암시로 가득한 이 문장들이 지루하고 평범한 문장들이 될 수 있기 때문이다.

영역자는 이렇게 번역했다.

He sat down on the bed and explained to me that there had been some investigations into my private life. It had been learned that my mother had died recently at the horne. Inquiries had then been made in Marengo. The investigators had learned that I had "shown in sensitivity" the day of Marnan's funeral. "You understand," my lawyer said, "it's a little embarrassing for me to have to ask you this. But it's very important. And it will be a strong argument for the prosecution if I can't come up with some answers." He wanted me to help him. He asked if I had felt any sadness that day. The question caught me by surprise and it seemed to me that I would have been very embarrassed if I'd had to ask it. Nevertheless I answered that I had pretty much lost the habit of analyzing myself and that it was hard for me to tell him what he wanted to know. I probably did love Maman, but that didn't mean anything. At one time or another all normal people have wished their loved ones were dead. Here the lawyer interrupted me and he seemed very upset. He made me promise I wouldn't say

L'Étranger

<u>that at my hearing or in front of the examining magistrate.</u>

(메튜 워드)

뫼르소가 아랍인 사내를 죽이고 체포되어 온 뒤, 국선 변호사와 나누는 이 대화는 소설의 결말을 암시한다. 또한 거짓말을 할 줄 모르는 뫼르소라는 인물의 정체성을 드러내고, 그럼에도 그가 다른 보통 사람들과 크게 다르지 않다는 것을 드러낸다. 오히려 이상한 것은 변호사를 비롯, 그의 말을 잘 이해하지 못하는 사람들이 세상에 너무 많고 정상으로 대접받는다는 데 있음을 카뮈는 보여주고 있다. 작가는 어쩌면 말과 글의 섬세한 차이들을 이 장면을 통해 설명하고 싶었을 것이다. 그런데 그런 섬세한 뉘앙스들이 역시 번역으로 인해 왜곡되기 쉽다. 그래서 번역이 어려운 것이다.

위 대목 가운데 마지막 부분만 비교해 보자. 원래 문장의 쉼표까지 살려 정확히 번역하면 이런 뉘앙스다.

의심의 여지없이Sans doute, 나는 엄마를 좋아했지만, 그건 아무 의미가 없는 것이다. 모든 건전한 존재들은 어느 정도는 자신의 사랑하는 이들의 죽음을 바란다. 여기서 변호사는 내 말을 끊었고 몹시 불안해하는agité 듯 보였다. 그는 내게 법정에서든 예심판사 실에서든 그런 말은 하지 않겠다고 약속하도록

만들었다. (본문 p.86)

이것을 우리 번역자는 이렇게 했다.

아마도 나는 엄마를 사랑했겠지만 그러나 그런 것은 아무 의
미도 없는 거였다. 정상적인 사람들은 사랑하는 사람들의 죽
음을 많게건 적게건 바랐던 적이 있는 법이다. 그 말에 변호사
는 내 말을 가로막았고 매우 흥분한 것 같아 보였다. (김화영)

비슷한 듯해도 사실은 많이 다른 것이다. 밑의 번역은 'Sans
doute'를 우리말 '아마도'라는 가정으로 하고 뒤의 문장을 시
작하는 것이지만, 사실은 우리말 '의심의 여지없이' 즉 '확실히'
의 의미이다. 가정과 단정은 완전히 다른 것이다. 그러다 보니
뒤의 문장도 가정이 되는 것이고, "모든 건전한 존재들은 어느
정도는 자신의 사랑하는 이들의 죽음을 바란다."는 저 철학적
구절이 "정상적인 사람들은 사랑하는 사람들의 죽음을 많게
건 적게건 바랐던 적이 있는 법이다."라는 애매모호한 낮은 수
준의 문장이 된 것이다.

다른 한 영역자는 이렇게 했다.

I could truthfully say I'd been quite fond of Mother— but

really that didn't mean much. All normal people, I added
as on afterthought, had more or less desired the death of
those they loved, at some time or another. Here the lawyer
interrupted me, looking greatly perturbed. (스튜어트 길버트)

## 36

그는 그날 내가 내 자연스러운 감정을 억눌렀던 거라고 말해
도 되겠는지를 물었다. 나는 그에게 말했다. "안 됩니다, 그건
사실이 아니니까요." 그는 나를 이상하게 바라보았다. 마치 내
게 조금 혐오감을 느낀 것처럼. (본문 p.87)

Il m'a demandé s'il pouvait dire que ce jour-là j'avais
dominé mes sentiments naturels. Je lui ai dit : « Non, parce
que c'est faux. » Il m'a regardé d'une façon bizarre, comme
si je lui inspirais un peu de dégoût. (원서 pp.100-101)

여기서 '내가 자연스러운 감정을 억제했다고 말해도 되겠느
냐'고 할 때 주체는 누구일까? 면밀히 문장을 보지 않으면 오
해하기 쉬운데, 여기서는 변호사가 공판 중에 '피고(뫼르소)가
그날 냉담해 보였던 것은 슬픔을 누르느라, 감정을 억제했던
때문이다'라고 말(변호)해도 되겠느냐고 묻고 있는 것이다. 뫼

르소가 아니라 자기(변호사)가 그렇게 말해도 되겠느냐고.

그런데 당연히 그러라고 해야 할 피의자가 터무니없이 '그건 사실이 아니니 그렇게 말하면 안 된다'고 하니 변호사는 황당해진 것이다. 거짓말을 할 줄 모르는 뫼르소다운 답변이었던 것인데, 역시 첫 만남에 그런 뫼르소의 개성을 알 수 없는 변호사는 여기서 그를 '미친놈이 아닌가?' 하고 혐오스러워하기까지 하는 것이다.

그런데 이것을 잘못 읽거나 단순화시키려 하면 이렇게 된다.


그는, 그날 내가 자연스러운 감정을 억제했다고 말할 수 있느냐고 물었다. "아뇨, 그건 사실이 아니니까요." 하고 나는 대답했다. 그는 내가 좀 밉살스럽다는 듯이, 이상스러운 눈길로 나를 바라보았다. (김화영)


 He asked me if he could say that that day I had held back my natural feelings. I said, "No, because it's not true." He gave me a strange look, as if he found me slightly disgusting. (메튜 워드)

## 37

그는 화난 표정으로 떠났다. 나는 그를 붙잡고 싶었고, 그의 공감을 원한다고, 더 잘 방어해 달라는 게 아니라, 하지만, 만약 그렇더라도, 꾸밈없이 naturellement, 해주길 원한다고 설명하고 싶었다. 무엇보다, 나는 그를 불편하게 만들었다는 것을 알았다. 그는 나를 이해하지 못했고 내게 얼마간 화가 나 있었다. 나는 그에게 나는 다른 모든 사람들과 같다고, 절대적으로 다른 모든 사람들과 똑같다고 말하고 싶었다. 그러나 그 모든 것들이, 사실상, 크게 쓸모 있는 게 아니었기에 나는 무기력해져서 포기해 버렸다. (본문 p.87)

Il est parti avec un air fâché. J'aurais voulu le retenir, lui expliquer que je désirais sa sympathie, non pour être mieux défendu, mais, si je puis dire, naturellement. Surtout, je voyais que je le mettais mal à l'aise. Il ne me comprenait pas et il m'en voulait un peu. J'avais le désir de lui affirmer que j'étais comme tout le monde, absolument comme tout le monde. Mais tout cela, au fond, n'avait pas grande utilité et j'y ai renoncé par paresse. (원서 p.101)

이제 여기서 비로소 뫼르소는 자신의 대화 방식이 문제가 있다는 것을 처음으로 인식하고, 상대에게 그게 아니라는 것을 설명하고 싶어진 것이다. 이대로 가다가는 파국을 맞게 되리라는 것을 본능적으로 느끼고, 상대에게 어떤 식으로든 설명을 더 해야 할 필요성을 느끼기 시작했다는 말이다. 그게 아니라고 분명하게 말하며, '나는 다른 사람들과 같다, 결코 다른 사람들과 다르지 않다'고 강변하고 싶었던 것이다. 만약 이때 뫼르소가 그를 잡고 자신의 생각대로, 사실은 그게 아니라고 설명했다면, 어찌되었을까? 곧 뫼르소라는 인물이 사실은 거짓말을 싫어할 뿐이지, 다른 사람들과 크게 다르지 않다는 것을 보여주는 대목이다. 무엇보다 중요한 것은 이 소설의 가장 중요한 요소인 '거짓말하지 못하는 뫼르소'의 모습이 번역자들에 의해 이렇게 바뀌어 버리는 것이다.

그는 화가 난 얼굴로 나가버렸다. 나는 그를 좀 더 붙잡아두고서, 그의 호감을 사고 싶다고, 나를 더 잘 변호해주기를 바라서가 아니라 말하자면 그냥 마음이 그래서 그러고 싶다고 설명하고 싶었다. 무엇보다도 내가 그를 불편하게 만들고 있다는 게 눈에 빤히 보였다. 그는 나를 이해하지 못했고 원망하고 있었다. 나는 내가 다른 사람들과 다를 바 없다고, 조금도 다를 바 없다고 그에게 분명히 말해주고 싶었다. 그러나 그 모든 게 다 결국은 별 소용없는 짓이었다. 나는 귀찮아서 그러는 걸 포기하고 말았다. (김화영)

He left, looking angry. I wished I could have made him stay, to explain that I wanted things between us to be good, not so that he'd defend me better but, if I can put it this way, good in a natural way. Mostly, I could tell, I made him feel uncomfortable. He didn't under stand me, and he was sort of holding it against me. I felt the urge to reassure him that I was like everybody else, just like everybody else. But really there wasn't much point, and I gave up the idea out of laziness. (메튜 워드)

## 38

의역의 문제를 설명하기 위해서는 이 단순한 한 문장으로도 충분할 듯하다.

« Est-ce que vous le connaissez, celui-là? »

아마 영어로는,

"Do you know this one?" 쯤이 될 것이다.

이를 어찌 번역할 수 있을까? 앞뒤 맥락이 없다면 아마 누구도 정확히 번역하기 힘들 것이다.

우선 'celui-là'가 무엇을 가리키는지 알 수 없다. 그냥 단순한 물건이라면 '이걸 아느냐?'고 할 수 있다. 그런데 불어나 영

어에서 저것은 사람을 가리킬 수도 있다. '이 사람을 아느냐?'

기초적인 문법 강의를 하려는 게 아니다. 사실은 저 하나를 어찌 번역하느냐로 작품의 분위기가 완전히 달라질 수 있기 때문이다.

여기서 저것은 십자가에 못 박힌 예수상을 매단 목걸이를 가리킨다. 그리고 독실한 기독교 신자가 상대에게 그 형상을 가리키며 묻는 장면이다. 그런 정보를 알고 있다면, 누구라도 저것을 '이것을 아냐?'고 함부로 옮길 수는 없다. 적어도 '이분을 아느냐?' 쯤을 고민하게 된다.

그런데 그게 다가 아니다. 그 말을 하는 주체가 누구이고 상대가 누구인지, 지금 저 말을 하는 상황이 어떤지를 모르면, 저것을 존대로 할지 반말로 할지도 알 수 없다. 불어에서 vous 는 복수형이거나 '존칭'을 의미한다. 영어로는 똑같이 'you'이므로 구분이 불가하다.

여기서는 예심판사가 뫼르소 개인에게 하는 말이니, 존칭이다. 따라서 저 문장의 정확한 우리말 번역은 '당신은 이분을 아십니까?' 쯤이 된다.

그런데 듣고 보면 간단하지만 사실은 이게 또한 간단치 않다. 먼저 저것이 과연 단순한 십자가상 목걸이인지 예수의 고난상 목걸이인지를 정확히 알기도 어렵거니와, 설사 예수상을 가리킨다고 해도 그냥 " '이걸' 아느냐?"고 물을 수도 있기 때문이다.

우선 저것이 포함된 해당 문장은 이렇다.


그는 crucifix 하나를 꺼내서는 내게로 걸어오면서 흔들어댔
다. 그러고는 완전히 달라진, 거의 떨리는 목소리로, 소리쳤다.
"당신은 이분을 아십니까?" (본문 p.90)

Il en a tiré un crucifix d'argent qu'il a brandi en revenant
vers moi. Et d'une voix toute changée, presque tremblante,
il s'est écrié : « Est-ce que vous le connaissez, celui-là? »


그렇기에 여기서 'crucifix'를 어찌 번역하느냐에 따라 이 문
장의 번역은 크게 달라지게 된다. 문제는 그렇다면 번역자/독
자는 끝까지 'crucifix'가 어떤 형상인지 정확히 알 수 없는 채
지나가야 하는 걸까? 절대 그렇지 않은 것이 작가는 반드시 그
것을 알 수 있게 어디에서라도 표현해 두는 것이다.


그런데 그는 이미 책상 너머에서 내 두 눈 아래로 '예수le
Christ'를 내밀며 비상식적인 방식으로 소리쳤다. (본문 p.91)

Mais à travers la table, il avançait déjà le Christ sous mes
yeux et s'écriait d'une façon déraisonnable.

나는 당신처럼 무정한 영혼을 본 적이 없소. 내 앞에 온 범죄자들은 이 고난의 형상(cette image de la douleur)을 보면 언제나 눈물을 흘렸지. (본문 p.92)

Je n'ai jamais vu d'âme aussi endurcie que la vôtre. Les criminels qui sont venus devant moi ont toujours pleuré devant cette image de la douleur.

번역이 정말 힘든 게, 이래 놓고 보면, 오히려 틀리기가 힘든 것인데, 나 역시 이전 번역까지 'crucifix'를 '십자고상十字苦像'이라고만 하고 '이것을 아십니까?'라고 번역했었다. 사실 번역자는 자신이 오역을 하고도 지적을 받기 전에는 잘 알지 못한다. 자신은 언제나 옳게 직역했다고 믿고 있기 때문이다.

He seemed to be very tired. He didn't say anything for a minute while the typewriter, which hadn't let up the whole time, was still tapping out the last few sentences. Then he looked at me closely and with a little sadness in his face. In a low voice he said, "I have never seen a soul as hardened as yours. The criminals who have come before me have always wept at the sight of this image of suffering." (메튜 워드)

## 39

"나는 크리스천이다. 나는 이분께 당신 죄를 사해 달라고 빌고 있다. 당신을 위해 이분이 고통 받았다는 걸 어떻게 믿지 않을 수가 있단 말이냐!" 나는 그가 내게 반말을 하고 있다는 것을 알아챘지만, 이제는 지긋지긋했다. (본문 p.92)

« Moi, je suis chrétien. Je demande pardon de tes fautes à celui-là. Comment peux-tu ne pas croire qu'il a souffert pour toi? » J'ai bien remarqué qu'il me tutoyait, mais j'en avais assez.

〈이방인〉을 제대로 이해하려면 반드시 짚고 가야 할 중요한 대목이다. 우리 식으로 보면 광신도인 '검사'가 피의자에게 종교를 강요하고 있는 셈이다. 거짓말을 할 줄 모르는 뫼르소는 있는 그대로 자신을 표현하는 것이고.

무엇보다 여기서 중요한 건 검사가 '반말'을 하고 있다는 점이다. 작가는 사실 이 한 단어로 지금 분위기를 대변하는 것이고. 그렇다면 '반말' 개념이 없는 영어에서는 이 부분을 어찌 번역했을까? 이것을 비교해 보면 왜 불문학을 영어로는 제대로 직역할 수 없는지를 이해하게 된다.

"I, anyhow, am a Christian. And I pray Him to forgive you

for your sins. My poor young man, how can you not believe that He suffered for your sake?" I noticed that his manner seemed genuinely solicitous when he said, "My poor young man"—but I was beginning to have enough of it. (스튜어트 길버트)

"I am a Christian. I ask Him to forgive you your sins. How can you not believe that He suffered for you?" I was struck by how sincere he seemed, but I had had enough. (메튜 워드)

아마 누군가에겐 정반대의 의미로 읽히기도 할 것이다. 이 상황에서 '예비판사'가 '성실하게sincere' 보이기까지 한다고 쓰고 있으니 말이다.

더군다나 이 '튀뚜아예tutoyait'는 이 소설에서 요소요소에서 아주 중요한 의미로 쓰인다. 그것을 전부 지금처럼 불가피하게 의역해 옮겼다고 생각해 보라. 과연 영미인들에게 이 대목의 뉘앙스는 어찌 전달되는 걸까, 궁금하지 않을 수 없다.

## 40

그 후로도 나는 예심판사를 자주 만났다. 단, 매번 내 변호사가 동행했다. 내 앞선 진술의 어떤 점들을 명확히 하는 것으

로 제한되었다. 그렇지 않으면 판사는 내 변호사와 기소에 대해 논의했다. (본문 p.93)

Par la suite j'ai souvent revu le juge d'instruction. Seulement, j'étais accompagné de mon avocat à chaque fois. On se bornait à me faire préciser certains points de mes déclarations précédentes. Ou bien encore le juge discutait les charges avec mon avocat. (원서 p.108)

외국어의 경우 같은 철자의 단어가 정반대의 의미로 쓰이는 것도 흔히 볼 수 있다. 그중에 밑줄 친 'charges'라는 단어도 그럴 것이다. '비용(수임료)'과 '기소'라는 뜻을 가진 저 단어를 옮기면서 역자가 어느 쪽을 택하느냐로 문장의 의미가 완전히 달라지는 것이다. 잘 생길 것 같지 않은 실수지만 실제 처음 〈이방인〉을 읽을 당시도 저것은 '비용'으로 번역되어 있었다. 당연히 여기서는 '기소'로 쓰였다. 그런 실수를 벌이지 않기 위해서는 이 작품의 주요인물인 예심수사판사le juge d'instruction에 대한 이해가 선행되어야 할 것이다.

프랑스에서 예심 판사는 보통 우리가 생각하는 판사와는 다르다. 프랑스에서 예심 판사는 형사재판에 들어가기에 앞서 조사를 위한 심문을 담당하는 판사를 가리킨다. 사전적 의미를 찾아보면, '예심 판사는 사건을 재판에 회부할 것인가를 결정하며, 면소판결免訴判決, non-lieu을 할 수 있다. 재판에 회부하기에 충분한 증거가 있다고 판단한 경우에는, 다소 중대한 경죄輕罪 또는 경미한 중죄重罪에 관한 사건을 형사재판에 회부할 수 있다. 반면에 중대한 중죄는 우선 항소법원抗訴法院, Cour d'Appel의 판사에게 기소하고, 예비 심문을 한다'고 되어 있다. 〈이방인〉을 바르게 읽기 위해서는 알아두고 가야 할 상식이다.

After that, I saw a lot of the magistrate, except that my lawyer was with me each time. But it was just a matter of clarifying certain things in my previous statements. Or else the magistrate would discuss the charges with my lawyer.

(메튜 워드)

**41**

내 편에는, 십여 명의 수감자가 있었는데, 그들 대부분이 아랍인이었다. 마리는 무어 여자들에 Mauresques 둘러싸여 두 방문객 사이에 있었는데, 한 사람은 검은 옷차림의, 입을 꼭 다물고 있는 작고 늙은 여자였고, 한 사람은 과한 몸짓을 섞어 매우 큰 목소리로 말하는 머리칼을 드러낸 뚱뚱한 여자였다.(본문 p.95)

De mon côté, il y avait une dizaine de détenus, des Arabes pour la plupart. Marie était entourée de Mauresques et se trouvait entre deux visiteuses : une petite vieille aux lèvres serrées, habillée de noir, et une grosse femme en cheveux qui parlait très fort avec beaucoup de gestes.

대부분의 아랍인 수감자들과 가족들은 서로를 마주 보며 쪼그리고 앉아 있었다. 그들은 소리치지 않았다. 그 소란에도 불구하고, 그들은 매우 나직한 목소리로도 서로의 말을 알아들을 수 있었다. 더 낮은 곳에서 시작되는, 그들의 들리지 않는 웅얼거림은, 그들의 머리 위에서 교차하는 대화로서 말들을 받쳐 주는 일종의 저음부를 형성하고 있었다. 이 모든 것을, 나는 마리를 향해 가는 한순간에 알아차렸다.(본문 p.97)

La plupart des prisonniers arabes ainsi que leurs familles s'étaient accroupis en vis-à-vis. Ceux-là ne criaient pas. Malgré le tumulte, ils parvenaient à s'entendre en parlant très bas. Leur murmure sourd, parti de plus bas, formait comme une basse continue aux conversations qui s'entrecroisaient au-dessus de leurs têtes. Tout cela, je l'ai remarqué très vite en m'avançant vers Marie.

구치소 면회 장면을 그린 장면이다. 번역 초기 내가 레몽의 여자는 무어인이고 뫼르소가 죽인 사내는 아랍인이므로 둘은 친 남매가 될 수 없다고 하자, 많은 이들이 아랍인과 무어인은 같은 말인데, 카뮈가 동어반복을 하기 싫어해서 쓴 것이라는 주장을 펼쳤었다. 지금도 그렇게 생각하고 있는지 모르겠지만, 여기서도 카뮈는 두 민족을 완전히 달리하고 있음을 알 수 있다.

아무튼 이 장면은 〈이방인〉의 배경이 되는 알제의 당시 시대 상황을 읽을 수 있는 대목이다. 대부분의 범죄자는 아랍인들이라는 것과 그 배우자는 무어 여자들이라는 점, 그리고 당시 그 사회는 바로 아랍인과 무어인들이 '저변(저층부)'을 이루고 있었다는 점, 작가는 그 사실을 이런 표현으로 나타냈던 것이다. 물론, 레몽의 여자와 아랍인 사내의 관계를 암시하면서.

영역자들은 이렇게 번역했다.

On my side of the room there were about ten prisoners, most of them Arabs. Marie was surrounded by Moorish women and found herself between two visitors: a little, thin lipped old woman dressed in black and a fat, bareheaded woman who was talking at the top of her voice and making lots of gestures.

I noticed there was a guard sitting at the far end of the passage between the two grates. Most of the Arab prisoners and their families had squatted down facing each other. They weren't shouting. Despite the commotion, they were managing to make themselves heard by talking in very low voices. Their subdued murmuring, coming from lower down, formed a kind of bass accompaniment to the conversations crossing above their heads. I took all this in very quickly as I made my way toward Marie. (메튜 워드)

## 42

아침 7시 30분에, 그들은 나를 데리러 왔고 나는 호송차에 실려 법원으로 갔다. 두 명의 경관이 나를 어둠이 느껴지는 작은 방 안으로 들여보냈다. 우리는 문 가까이 앉아서 기다렸는데, 문 너머로 말소리와 부르는 소리, 바닥에 끌리는 의자 소리, 그리고 콘서트 후에 춤을 추기 위해 홀을 정리하는 이웃 축제를 연상시키는 온갖 소란스러운 소리가 들렸다. 경관들은 내게 출정을 기다려야 한다고 말했는데, 그들 중 한 명이 담배를 권했지만 나는 거절했다. 잠시 후에 그가 내게 "긴장 되느냐"고 물었다. 나는 아니라고, 대답했다. 그리고 심지어 어떤 점에서, 재판을 지켜보는 것이 흥미롭다. 인생에서 이런 기회는 한 번도 없었다, 고. "그렇군," 다른 경관이 말했다. "하지만 끝내는 피곤해지지." (본문 p.107)

À sept heures et demie du matin, on est venu me chercher et la voiture cellulaire m'a conduit au Palais de justice. Les deux gendarmes m'ont fait entrer dans une petite pièce qui sentait l'ombre. Nous avons attendu, assis près d'une porte derrière laquelle on entendait des voix, des appels, des bruits de chaises et tout un remue-ménage qui m'a fait penser à ces fêtes de quartier où, après le concert, on range la salle pour pouvoir danser. Les gendarmes m'ont dit qu'il fallait attendre la cour et l'un d'eux m'a offert une cigarette que j'ai refusée. Il m'a demandé peu après « si j'avais le trac ». J'ai répondu que non. Et même, dans un sens, cela m'intéressait de voir un procès. Je n'en avais jamais eu l'occasion dans ma vie : « Oui, a dit le second gendarme, mais cela finit par fatiguer. » (원서 pp.125-126)

여기서 gendarmes를 우리말로 어떻게 볼 것이냐의 문제로 논쟁이 벌어진 적 있었다. 역자의 착각이었는지 출판사 편집자의 실수였는지 이를 '간수'로 번역해 두었기 때문인데, 문제는 그것을 두고 이름 있는 평론가가 그 실수를 지적한 나를 오히려 비난하는 일이 벌어지기도 했다. 참고로 우리말 간수는 교도소에서 죄수를 감시하고 돌보는 사람이고, 죄수를 법정으로 호송하는 것은 '헌병' 혹은 '경관'이다. 간수는 gardien(ne)이다. 영역자는 경찰policemen로 번역했다.

They came for me at seven-thirty in the morning and I was driven to the courthouse in the prison van. The two policemen took me into a small room that smelled of darkness. We waited, seated near a door through which we could hear voices, shouts, chairs being dragged across the floor, and a lot of commotion which made me think of those neighborhood fetes when the hall is cleared for dancing after the concert. The policemen told me we had to wait for the judges and one of them offered me a cigarette, which I turned down. Shortly after that he asked me if I had the "jitters." I said no and that, in a way, I was even interested in seeing a trial. I'd never had the chance before. "Yeah," said the other policeman, "but it gets a little boring after a while."(메튜 워드)

## 43

그는 내게 반쯤 등을 돌리고 있었는데, 나를 바라보는 법 없이, 재판장님이 허락한다면, 내가 아랍인을 죽일 의도를 가지고 혼자서 샘으로 돌아갔던 건지를 알고 싶다고 표명했다. "아닙니다." 하고 나는 말했다. "그런데, 왜 그는 무기를 가지고 있었고, 왜 바로 그 장소로 되돌아간 걸까요." 나는 그것은 우연이었다고 말했다. 그러자 검사가 불량한 어투로 말했다. "지금으로서는 이게 전부입니다." 그 이후의 모든 일들이 조금은 혼란스러웠는데, 적어도 내게는 그랬다. 하지만 잠시 협의가 있은 후에, 재판장은 오후까지 휴정한 뒤 증인 신문을 갖겠다고 선언했다. (본문 p.113)

Celui-ci me tournait à demi le dos et, sans me regarder, il a déclaré qu'avec l'autorisation du président, il aimerait savoir si j'étais retourné vers la source tout seul avec l'intention de tuer l'Arabe. « Non », ai-je dit. « Alors, pourquoi était-il armé et pourquoi revenir vers cet endroit précisément? » J'ai dit que c'était le hasard. Et le procureur a noté avec un accent mauvais : « Ce sera tout pour le moment. » Tout ensuite a été un peu confus, du moins pour moi. Mais après quelques conciliabules, le président a déclaré que l'audience était levée et renvoyée à l'après-midi pour l'audition des témoins.

서술구조 그대로의 번역이 왜 중요한가 하면, 문장에서 가장 중요한 동사의 의미가 달라질 수 있기 때문이기도 하다. 여기서는 dire와 déclaré를 구분해 문맥에 맞게 해주는 게 중요하다. 둘 다 '말하다'라고 해도 문장은 되지만, 작가가 원래 쓴 의미가 축소되기 때문이다.

무슨 소리인가 하면, 우리 번역자는 이렇게 번역했다.

검사는 절반쯤 나에게 등을 돌리고 있었는데, 그는 나를 보지 않은 채, 재판장이 허락한다면 내가 아랍인을 살해할 의도로 혼자서 샘으로 되돌아갔는지 어떤지 알고 싶다고 말했다. "아닙니다." 하고 나는 말했다. "그렇다면 피고인은 왜 무기를 지니고 있었으며, 왜 다름 아닌 바로 바로 그 장소로 되돌아간 것입니까?" 나는 우연이었다고 대답했다. 그러자 검사는 심술 섞인 어조로, "지금은 이 정도로 하겠습니다." 하고 말했다. 그러고 나서는 모든 것이 좀 혼란스러웠다. 적어도 나에게는 그랬다. 그러나 잠시 밀담을 나눈 뒤 재판장은 폐정을 선언하면서 증인신문을 오후로 넘기겠다고 말했다. (김화영)

번역문만 보면 깔끔한 번역 같다. 그러나 원래의 서술구조,

즉 동사를 신경 쓰지 않고 단순화하다 보니 소설적 긴장감이 떨어지는 것이다. 이러다 보면 뉘앙스의 문제뿐 아니라 원래 문장이 왜곡될 수 있다. 여기서도 우선 지금 검사는 뫼르소에게 직접 묻는 것이 아니다. 사실은 재판장과 배심원들을 향해 하는 것이고, 뫼르소가 거기에 끼어들어 시키지도 않았는데 '말하는' 것이다. 그걸 이해하지 못한 역자는 다음 문장,

> « Alors, pourquoi était-il armé et pourquoi revenir vers cet
> endroit précisément? »

속의 il을 '피고인'으로 의역할 수밖에 없게 된 것이다(독자들이 못 알아 볼까봐 우려한 의역이다). "그렇다면 피고인은 왜 무기를 지니고 있었으며, 왜 다름 아닌 바로 그 장소로 되돌아간 것입니까?"

뒤의 déclaré도 단순히 '말했다'로 번역하다 보니, 앞의 "après quelques conciliabules(잠깐 합의 후/ 몇 번의 논의 끝에)" 가 "밀담을 나눈 뒤"라는 번역이 되어 버린 것이다. 재판부가 자기들끼리 합의하는 것을 두고 누구도 '밀담을 나눈다'고 보지는 않는다.

영역자는 이렇게 했다.

The Prosecutor, who had his back half turned to me, said, without looking in my direction, that, subject to His

Honor's approval, he would like to know if I'd gone back to the stream with the intention of killing the Arab. I said, "No." In that case, why had I taken a revolver with me, and why go back precisely to that spot? I said it was a matter of pure chance. The Prosecutor then observed in a nasty tone: "Very good. That will be all for the present." I couldn't quite follow what came next. Anyhow, after some palavering among the bench, the Prosecutor, and my counsel, the presiding judge announced that the court would now rise; there was an adjournment till the afternoon, when evidence would be taken.

**44**

나는 내 얼굴을 덮고 있는 땀을 닦았고 양로원 원장을 부르는 소리가 들려왔을 때야, 그 장소와 내 자신에 대한 의식을 거의 회복할 수 있었다. 사람들은 그에게 엄마가 나에 대해 불평을 했는지를 물었고, 그는 그렇다고, 하지만 재원자들이 자신들의 가까운 사람들에 대해 불평을 늘어놓는 것은 얼마간 강박관념 같은 것이라고 말했다. 재판장은 그에게 그녀가 자신을 양로원에 보낸 일로 나를 비난했는지를 명확히 하라고 했고 원장은 다시 그렇다고 대답했다. 그러나 이번에는 어떤 말도 덧붙이지 않았다. 또 다른 질문에, 그는 장례가 치러진 그날 내 냉정함에 놀랐었다고 답변했다. 그에게 냉정함이 의미하는 바가 뭐냐고 물어졌다. 원장은 그러자 자신의 신발 끝을 내려다보다가는, 내가 엄마를 보고 싶어하지 않았고, 한 번도 울지 않았으며 장례식이 끝난 후에 엄마의 무덤에서 묵념도 하지 않고 바로 떠났다고 말했다. 한 가지 더 그를 놀라게 한 게 있는데, 장례 일로 부른 장의사 한 명이 내가 엄마의 나이를 알지 못하더라고 했다는 것이다. 일순간 침묵이 흘렀고 재판장이 그에게 지금까지 말한 그 사람이 내가 정말 맞느냐고 물었다. (본문 p.114)

J'ai essuyé la sueur qui couvrait mon visage et je n'ai repris un peu conscience du lieu et de moi-même que lorsque j'ai entendu appeler le directeur de l'asile. On lui a demandé si maman se plaignait de moi et il a dit que oui mais que c'était un peu la manie de ses pensionnaires de se plaindre de leurs proches. Le président lui a fait préciser si elle me reprochait de l'avoir mise à l'asile et le directeur a dit encore oui. Mais cette fois, il n'a rien ajouté. À une autre question, il a répondu qu'il avait été surpris de mon calme le jour de l'enterrement. On lui a demandé ce qu'il entendait par calme. Le directeur a regardé alors le bout de ses souliers et il a dit que je n'avais pas voulu voir maman, je n'avais pas pleuré une seule fois et j'étais parti aussitôt après l'enterrement sans me recueillir sur sa tombe. Une chose encore l'avait surpris : un employé des pompes funèbres lui avait dit que je ne savais pas l'âge de maman. Il y a eu un moment de silence et le président lui a demandé si c'était bien de moi qu'il avait parlé. (원서 p.135)

양로원 원장의 눈에 비친 뫼르소의 모습을 그린 장면이다. 좀 길지만 다시 인용한 것은 이 문맥이 담고 있는 중요한 의미 때문이다.

우선 여기서도 원장은 뫼르소가 죽은 엄마를 보고 싶어하지 않았다고 진술하지만, 사실은 그렇지 않았던 걸 보여주는 게 앞서 말한 그 문장이다.(나는 곧바로 엄마를 보길 원했다. 하지만 관리인은 내게 원장을 먼저 만나 봐야 한다고 말했다).

뫼르소는 양로원에 가는 즉시 엄마를 보고 싶어했던 것이다. 뫼르소가 엄마를 늦게 본 것은 오히려 원장 때문인데, 그 사실을 알 수 없는 원장은 정 반대의 증언을 하고 있는 것이다.

뫼르소에게 불리한 증언을 하는 사람들도 사실은 그가 미워서가 아니었고, 무엇보다 거짓말을 한 것은 아니라는 점을 밝히고 싶어서이다. 사실 그들도 자신들이 보고 느낀 사실 그대로를 증언한 것이다. 같은 사안을 두고 어찌 보느냐에 따라 180도 달라질 수 있다는 것을 보여주고 있는 셈인데, 번역 역시 그러할 테다.

그나마 직역에 가까운 영역자의 번역도 그 뉘앙스를 제대로 살리고 있는 것 같지는 않다.

I wiped away the sweat covering my face, and I had barely become aware of where I was and what I was doing when I heard the director of the home being called. He was asked whether Maman ever complained about me, and he said yes but that some of it was just a way the residents all had of complaining about their relatives. The judge had him clarify whether she used to reproach me for having put her in the horne, and the director again said yes. But this time he didn't add any thing else. To another question he replied that he had been surprised by my calm the day of the funeral. He was asked what he meant by "calm." The director then looked down at the tips of his shoes and said that I hadn't wanted to see Marnan, that I hadn't cried once, and that I had left right after the funeral without paying my last respects at her grave. (메튜 워드)


## 45

누군가 그에게 다시 내 범죄에 대해 어떻게 생각하느냐고 물었다. 그는 그때 그의 손을 증언대 위에 올렸고 사람들은 그가 준비한 어떤 것을 볼 수 있었다. 그가 말했다. "내가 보기에, 이건 불행입니다. 불행은, 모든 사람들이 그게 뭔지 알고 있습니다. 그것은 우리를 무방비 상태로 이끕니다. 그렇습니다! 내가 보기에 그건 불행입니다." 그는 계속하려 했지만, 재판장이 그에게 잘 알겠다고 감사하다고 말했다. 그래서 셀레스트는 잠깐 멈추어야 했다. 하지만 그는 다시 더 말하고 싶다고 강하게 말했다. 그에게 간단히 하라는 요청이 있었다. 그는 다시 이것은 불행이라고 되풀이했다. 그러자 재판장이 그에게 말했다. "네, 그것은 잘 알겠습니다. 그렇지만 우리가 그런 종류의 불행을 판정하기 위해 있는 것입니다. 수고하셨습니다."

(본문 p.119)

On lui a demandé encore ce qu'il pensait de mon crime. Il a mis alors ses mains sur la barre et l'on voyait qu'il avait préparé quelque chose. Il a dit : « Pour moi, c'est un malheur. Un malheur, tout le monde sait ce que c'est.

Ça vous laisse sans défense. Eh bien! pour moi c'est un malheur. » Il allait continuer, mais le président lui a dit que c'était bien et qu'on le remerciait. Alors Céleste est resté un peu interdit. Mais il a déclaré qu'il voulait encore parler. On lui a demandé d'être bref. Il a encore répété que c'était un malheur. Et le président lui a dit : « Oui, c'est entendu. Mais nous sommes là pour juger les malheurs de ce genre. Nous vous remercions. » (원서 p.140)

이 소설에서 'malheur'는 우리말 '불행'이라는 한 단어로 통일되어야 한다고 앞서 설명한 바 있다. 앞서 언급되는 malheur 는 바로 여기서 모아지게 된다. 이것을 다르게 번역하면 작가 가 전달하고자 하는 메시지가 제대로 전달될 수 없게 되는 것 이다.

영역자는 해당 부분을 이렇게 번역했다.

He was again asked what he thought about my crime. He put his hands on the edge of the box, and you could tell he had something prepared. He said, "The way I see it, it's bad luck. Everybody knows what bad luck is. It leaves you defenseless. And there it is! The way I see it, it's <u>bad luck</u>."

He was about to go on, but the judge told him that that
would be all and thanked him. Celeste was a little taken
aback. But he stated that he had more to say. He was asked
to be brief. He again repeated that it was <u>bad luck</u>. And the
judge said, "Yes, fine. But we are here to judge just this sort
of <u>bad luck</u>. Thank you."(메튜 워드)


앞서, 살라마노의 개 이야기를 할 때는 'malheur'를 'pitiful'
로 번역했던 역자가 여기에서는 'bad luck(불운)'이라고 하고 있
다. 틀린 번역이지만 그나마 이곳에서라도 일관성을 갖춘 것은
잘한 것으로 보인다.


## 46

뒤이어, 사람들은 마송이 나는 정직한 사람이며 "그리고 더
해서 말하자면, 올곧은 사람이다."라고 표명하는 것을 간신히
들었을 뿐이었다. 다시 사람들은 살라마노가 내가 그의 개를
좋아했다는 것을 회상하는 것과 내 어머니와 나에 대해 말해
지는 어떤 질문에, 나는 엄마와 더 이상 나눌 말이 아무것도
없었다는 것과 그것이 내가 그녀를 양로원에 보낸 이유라고
답하는 것을 간신히 들었을 뿐이었다. "이해하셔야 합니다."

살라마노는 말했다. "이해하셔야 합니다." 하지만 사람들은 이해하는 것 같지 않았다. 누군가 그를 데리고 나갔다. (본문 p.122)

C'est à peine si, ensuite, on a écouté Masson qui a déclaré que j'étais un honnête homme « et qu'il dirait plus, j'étais un brave homme ». C'est à peine encore si on a écouté Salamano quand il a rappelé que j'avais été bon pour son chien et quand il a répondu à une question sur ma mère et sur moi en disant que je n'avais plus rien à dire à maman et que je l'avais mise pour cette raison à l'asile. « Il faut comprendre, disait Salamano, il faut comprendre. » Mais personne ne paraissait comprendre. On l'a emmené. (원서 p.143)


잘된 소설은 모든 것을 다 말하지 않는다. 독자로 하여금 스스로 느끼게 하는 것이다. 좋은 작가는 그런 구성과 문장을 위해 기꺼이 고뇌한다. 모든 걸 직접적으로 말하는 것은 중학생 수준의 작문에서나 통하는 일이다. 직역이 중요한 것은 그래서이기도 하다. 그런 경우, 혹 독자라면 모르고 지나갈 수도 있겠지만 제2의 저자라고도 할 수 있는 역자라면 적어도 원저자의 의도를 충분히 이해한 바탕 위에서 의역을 해도 해야 한다.

위는 마송과 살라마노의 증언 장면이다. 짧지만 역시 여러 가지 의미를 내포하고 있는 문장이다. 레몽의 친구이면서도 그와는 완전히 다른 성향의 마송. 긴 대화를 통해 뫼르소가 엄마를 양로원에 보낼 수밖에 없었던 실제 사유를 누구보다 잘 알고 있던 살라마노 영감. 이들의 증언이 이렇게 짧게 처리된 것은 그 증언의 중요성이 떨어져서가 결코 아니다. 카뮈는 저 중요한 증언들이 실제로는 앞서의 현란하고 위장된 말들에 의해 묻혀 버렸다는 정황까지도 저렇듯 짧은 문장을 통해 보여주고자 했던 것이다.

그런 중에도 굳이 마송의 말버릇, "et qu'il dirait plus,"를 끌어온 것은 역시, 원래는 길게 느껴질 말이 오갔음에도 사람들에게는 주목받지 못했다는 것을 암시하고 있다. 하기에 저 표현 역시 단어 그대로 정확히 늘려서 직역해주는 게 필요한 것이다.

살라마노 영감이 하는 말, comprendre도 우리말 '이해하다'로 일관성 있게 번역되어야 한다는 말도 여기와 연결되어 있는 것이다.

Hardly anyone listened after that when Masson testified that I was an honest man "and I'd even say a decent one." Hardly anyone listened to Salamano either, when he recalled how I had been good to his dog and when he answered a question about my mother and me by saying that I had run out of things to say to Maman and that was why I'd put her in the home. "You must understand," Salamano kept saying, "you must under stand." But no one seemed to understand. He was ushered out.(메튜 워드)

**47**

그에게 희생자와의 관계를 명확히 밝히라는 점이 주어졌다. 레몽은 기회를 틈타 자신이 피살자의 여동생에게 모욕을 준 이후부터 마지막까지 미워한 것은 바로 자신이었다고 말했다.(본문 p.122)

On lui a fait préciser ses relations avec la victime. Raymond en a profité pour dire que c'était lui que cette dernière haïssait depuis qu'il avait giflé sa sœur.

우리는 오랫동안 뫼르소가 죽인 아랍인이 레몽의 여자의 친오빠인 줄 알고 있었다. 이전 번역에서 그 점을 지적했던 것인데 내 주장은 받아들여지지 않았다. 그리고 이만큼의 시간이 지난 지금, 다시 여러 번역서들이 나오고 잘못 번역되었다고 지적했던 그분의 번역서도 개정판이 나왔으므로 지금은 바로 잡혔을 것이다. 다만 눈에 들어오는 독자 리뷰들을 보면 그에 대한 오해가 완전히 걷힌 것 같지는 않다.

그러한 오해는 바로 이 문장 때문이기도 한데, 여기만 떼어 놓고 보면 레몽이 때린 여자는 바로 죽은 아랍인 사내의 동생인 것이다. 그러나 그렇지 않다는 것을 카뮈는 여러 경로로 밝히고 있다. 직접적으로가 아니라 소설적으로. 그중 가장 중요한 차이가 '무어인'과 '아랍인'으로 둘은 친남매가 될 수 없다는 사실이다.

그런데 이 문장이 중요한 것은 그 사실조차 뫼르소는 알고 있지만, 레몽은 끝까지 모르고 있다는 사실을 보여주고 있다는 점이다. 그 사실을 당연히 재판장이나 검사, 뫼르소 자신의 변호사까지 누구도 모르는 채로 소설은 끝난다. 여기에 이 소설의 또 다른 위대한 점이 있는 것이다.

He was directed to state precisely what his relations with the victim were. Raymond took this opportunity to say that he was the one the victim hated ever since he had hit the guy's sister. (메튜 워드)

## 48

그는 그러고 나서 자리에 앉았다. 하지만 인내심이 한계에 이른 내 변호사가, 두 팔을 높이 쳐들며 소리쳤고, 그로 인해 옷 소매가 아래로 처지면서 풀 먹인 셔츠의 주름이 드러났다. "요컨대, 그가 기소된 것은 어머니를 땅에 묻어서입니까, 아니면 한 사내를 죽여서입니까?" 방청객들이 웃음을 터뜨렸다. 그러나 검사가 다시 몸을 일으켜 세우더니, 그의 법복을 바로잡고는, 이 두 개의 다른 사실 사이에는 하나의 깊고, 비장하며, 필수불가결한 관계가 있다는 것을 느끼지 못하겠다면 정직한 변호인은 솔직해질 필요가 있다고 말했다. "그렇습니다." 그자는 힘주어 소리쳤다. "<u>저는 범죄자의 가슴으로 어머니를 땅에 묻은 이 사람을 고발합니다</u>" 이 선언은 방청객들에게 중대한 효과를 불러일으킨 듯 보였다. 내 변호사는 어깨를 으쓱하고는 이마를 덮은 땀을 훔쳤다. 그러나 그 자신이 동요한 듯했고, 나는 상황이 내게 좋게 흐르고 있지 않다는 것을 깨달았다. (본문 p.123)

Il s'est assis alors. Mais mon avocat, à bout de patience, s'est écrié en levant les bras, de sorte que ses manches en retombant ont découvert les plis d'une chemise amidonnée : « Enfin, est-il accusé d'avoir enterré sa mère ou d'avoir tué un homme ? » Le public a ri. Mais le procureur s'est redressé encore, s'est drapé dans sa robe et a déclaré qu'il fallait avoir l'ingénuité de l'honorable défenseur pour ne pas sentir qu'il y avait entre ces deux ordres de faits une relation profonde, pathétique, essentielle. <u>« Oui, s'est-il écrié avec force, j'accuse cet homme d'avoir enterré une mère avec un cœur de criminel. »</u> Cette déclaration a paru faire un effet considérable sur le public. Mon avocat a haussé les épaules et essuyé la sueur qui couvrait son front. Mais lui-même paraissait ébranlé et j'ai compris que les choses n'allaient pas bien pour moi.

번역이 어려운 것은 같은 단어라 해도 어찌 번역하느냐에 따라 그 느낌이 완전히 달라질 수 있기 때문이다. 검사와 변호사의 논고와 변론, 둘이 벌이는 다툼은 이 소설의 백미이기도 하다. d'avoir enterré를 '장례를 치르다'라고 하든, '땅에 묻다'라고 하든, '매장하다'라고 하든, 번역자 개인의 선택이겠지만, 어떤 어휘를 선택하느냐로 분위기가 달라진다. 그건 영역 역시 마찬가지다.

He then sat down. But my lawyer had lost his patience, and, raising his hands so high that his sleeves fell, revealing the creases of a starched shirt, he shouted, "Come now, is my client on trial for burying his mother or for killing a man?"

The spectators laughed. But the prosecutor rose to his feet again, adjusted his robe, and declared that only someone with the naivete of his esteemed colleague could fail to appreciate that between these two sets of facts there existed a profound, fundamental, and tragic relationship. "Indeed," he loudly exclaimed, <u>"I accuse this man of burying his mother With crime in his heart!"</u> This pronouncement seemed to have a strong effect on the people in the courtroom. My lawyer shrugged his shoulders and wiped the sweat from his brow. But he looked shaken himself, and I realized that things weren't going well for me.(메튜 워드)

No sooner had he sat down than my lawyer, out of all patience, raised his arms so high that his sleeves fell back, showing the full length of his starched shirt cuffs.

"Is my client on trial for having buried his mother, or for killing a man?" he asked.

There were some titters in court. But then the Prosecutor sprang to his feet and, draping his gown round him, said he was amazed at his friend's ingenuousness in failing to see that between these two elements of the case there was a vital link. They hung together psychologically, if he might put it so. "In short," he concluded, speaking with great vehemence, "I accuse the prisoner of behaving at his mother's funeral in a way that showed he was already a criminal at heart."

These words seemed to take much effect on the jury and public. My lawyer merely shrugged his shoulders and wiped the sweat from his forehead. But obviously he was rattled, and I had a feeling things weren't going well for me.(스튜어트 길버트)


### 49

L'audience a été levée.

공판은 속행되었다.


이 짧은 문장이 번역서마다 틀리다. '속행續行'이라는 법률 용어 때문인 듯하다. 해당 우리 번역서는 바로잡혔지만, 역자 의 부재로 수정될 수 없는 영역서는 이렇게 되어 있다.


The trial was adjourned.(메튜 워드)

Soon after this incident the court rose. (스튜어트 길버트)

## 50

심지어 피고석에서일지라도, 자신에 대해 말하는 것을 듣는 일은 언제나 흥미로운 일이다. 검사와 변호사 간의 진술과 변론이 오가는 동안, 나에 관한 많은 이야기를 했는데 아마 내 범죄에 대해서보다 나 자체에 대해 더 많은 말이 오갔다고 할 수 있다. 게다가 그 진술들은, 정말 그렇게 차이가 있었던 것일까? 변호사는 팔을 들어 올리며 죄를 시인하고 변론했지만, 변호를 했다. 검사는 손을 내밀며 죄의식을 고발했지만, 변호는 없었다. 그럼에도 한 가지 사실은 분명하다. 내 선입관에도 불구하고 나는 가끔 발언하고 싶었고 내 변호사는 그때마다 내게 말했다. "아무 말 마세요. 당신 입장에서는 그게 낫습니다." 어떻게 보면, 사람들은 나를 제외하고 그 사건을 다루는 것처럼 보였다. 모든 일이 나의 발언 없이 진행되었다. 누구도 내게 의견을 구하지 않은 채 내 운명이 정해지고 있었다. 때때로 나는 모두의 말을 중단시키고 말하고 싶었다. "그렇지만, 피고가 누구란 말입니까? 피고의 존재가 중요한 겁니다. 나도 할 말이 있습니다." 하지만 깊이 생각해 보자, 나는 아무 할 말이 없었다. 더구나, 나는 사람들의 관심을 끄는 데서 얻는 흥미가 오

L'Étranger

래가지 않을 거라는 걸 알아야만 했다. 예컨대, 검사의 진술은 나를 매우 빨리 지치게 만들었다. 내게 강한 인상을 주거나 내 흥미를 일깨운 것은 몸짓 또는 전체적으로 장황한 가운데 떨어져 나온, 단지 일부분에 불과했다. (본문 p.126)

우리는 뫼르소가 마치 아무런 저항 없이 그냥 죽음을 받아들인 것처럼 알고 있기도 하지만, 그렇지 않다. 뫼르소도 나름 억울함을 호소하고 살기 위해 저항하고 있었던 것을 여러 곳에서 볼 수 있다. 위 대목은 그 가운데 하나이다.

그런데 왜 이런 현상이 빚어진 것일까? 역시 번역 때문이다. 일부만 보자.

게다가 그 진술들은, 정말 그렇게 차이가 있었던 것일까? 변호사는 팔을 들어 올리며 죄를 시인하고 변론했지만, 변호를 했다. 검사는 손을 내밀며 죄의식을 고발했지만, 변호는 없었다. 그럼에도 한 가지 사실은 분명하다. (법정에서 시키지도 않았는데 피고가 먼저 말하면 안 된다)는 고정관념(선입관préoccupations)에도 불구하고 나는 가끔 발언하고 싶었고 내 변호사는 그때마다 내게 말했다. "아무 말 마세요. 당신 입장에서는 그게 낫습니다."

Étaient-elles si différentes, d'ailleurs, ces plaidoiries?

L'avocat levait les bras et plaidait coupable, mais avec excuses. Le procureur tendait ses mains et dénonçait la culpabilité, mais sans excuses. Une chose pourtant me nait vaguement. Malgré mes préoccupations, j'étais parfois tenté d'intervenir et mon avocat me disait alors : « Taisez-vous, cela vaut mieux pour votre affaire. »

여기서는 'préoccupations'의 의미를 어찌 보는가로 느낌이 많이 달라진다.

게다가 양쪽의 논고와 변론에 큰 차이가 있었던가? 변호사는 두 팔을 쳐들고 유죄를 고발하되 변명을 붙였다. 검사는 양손을 앞으로 뻗치며 유죄를 고발하되 변명의 여지를 주지 않았다. 그러나 나로서는 어딘가 좀 걸리는 것이 하나 있었다. 나대로의 걱정거리들이 있음에도 불구하고, 때로는 나도 한마디 참견을 하고 싶었다. (김화영)

préoccupations를 '나대로의 걱정거리'로 의역했는데, 이 불가피한 의역을 '법정에서 시키지도 않았는데 피고가 먼저 말하면 안 된다'는 고정관념(선입관préoccupations)으로 하면 어떨까?

메튜 워드의 번역은 이렇다.

Even in the prisoner's dock it's always interesting to hear people talk about you. And during the summations by the prosecutor and my lawyer, there was a lot said about me, maybe more about me than about my crime. But were their two speeches so different after all? My lawyer raised his arms and pleaded guilty, but with an explana tion. The prosecutor waved his hands and proclaimed my guilt, but without an explanation. One thing bothered me a little, though. Despite everything that was on my mind, I felt like intervening every now and then, but my lawyer kept telling me, "Just keep quiet-it won't do your case any good." In a way, they seemed to be arguing the case as if it had nothing to do with me. Everything was happening without my participation. My fate was being decided without anyone so much as asking my opinion. There were times when I felt like breaking in on all of them and saying, "Wait a minute! Who's the accused here? Being the accused counts for something. And I have something to say!" But on second thought, I didn't have anything to say. Besides, I have to admit that what ever interest you can get people to take in you doesn't last very long. For example, I got bored very quickly with the prosecutor's speech. Only bits and pieces- a gesture or a long but isolated tirade-caught my attention or aroused my interest.

**51**

나는 귀를 기울이고 있었으므로, 내가 똑똑하다고 평가된다는 사실을 들을 수 있었다. 하지만 나는 보통 사람의 장점이 어떻게 피고에게는 결정적 부담이 될 수 있는지를 잘 이해하기 힘들었다. 적어도 그건 나를 놀라게 만들었고, 그래서 다음과 같은 말이 들리기 전까지 나는 더 이상 검사의 말에 귀를 기울이지 않았다. "그가 후회하는 기색이라도 비친 적이 있습니까? 전혀 아닙니다, 여러분. 이 사람은 예심 중에도 가증스러운 범죄로 동요한 적이 단 한 번도 없었습니다." 그때, 그는 내게로 몸을 돌려 손가락으로 나를 가리키며, 계속해서 공격을 해댔는데, 나는 사실 왜 그러는지를 잘 이해할 수 없었다. 물론, 나는 그가 옳다는 것을 인정하지 않을 수 없었다. 나는 내 행동을 크게 후회하지 않았던 것이다. 하지만 그렇게 큰 증오심은 나를 놀래켰다. 나는 진심으로, 거의 애정을 담아, 실제로 나는 무언가를 후회해 본 적이 결코 없다고, 그에게 설명해 주려 애써 보고 싶었다. 나는 항상 앞으로 일어날 일, 오늘 또는 내일에 사로잡혀 있었다. 그러나 물론 당연히, 내가 처한 그 위치에서 나는 누구에게도 그런 식으로 말할 수는 없었다. 나는 내 다정함이나, 선의를 내보일 자격이 없었던 것이다. 그리고 나는 다시 귀를 기울이려고 애썼는데, 왜냐하면 검사가 나의 영혼에 대해 말하기 시작했기 때문이다. (본문 p.128)

Moi j'écoutais et j'entendais qu'on me jugeait intelligent. Mais je ne comprenais pas bien comment les qualités d'un homme ordinaire pouvaient devenir des charges écrasantes contre un coupable. Du moins, c'était cela qui me frappait et je n'ai plus écouté le procureur jusqu'au moment où je l'ai entendu dire : « A-t-il seulement exprimé des regrets ? Jamais, messieurs. Pas une seule fois au cours de l'instruction cet homme n'a paru ému de son abominable forfait. » À ce moment, il s'est tourné vers moi et m'a désigné du doigt en continuant à m'accabler sans qu'en réalité je comprenne bien pourquoi. Sans doute, je ne pouvais pas m'empêcher de reconnaître qu'il avait raison. Je ne regrettais pas beaucoup mon acte. Mais tant d'acharnement m'étonnait. J'aurais voulu essayer de lui expliquer cordialement, presque avec affection, que je n'avais jamais pu regretter vraiment quelque chose. J'étais toujours pris par ce qui allait arriver, par aujourd'hui ou par demain. Mais naturellement, dans l'état où l'on m'avait mis, je ne pouvais parler à personne sur ce ton. Je n'avais pas le droit de me montrer affectueux, d'avoir de la bonne volonté. Et j'ai essayé d'écouter encore parce que le procureur s'est mis à parler de mon âme. (원서 pp.152-153)

재판을 받는 뫼르소의 감정과 태도를 잘 드러낸 대목인데, 역시 번역서마다 조금씩 다른 번역을 하고 있어 참고삼아 좀 길게 인용했다.

I was listening, and I could hear that I was being judged intelligent. But I couldn't quite understand how an ordinary man's good qualities could become crushing accusations against a guilty man. At least that was what struck me, and I stopped listening to the prosecutor until I heard him say, "Has he so much as expressed any remorse? Never, gentlemen. Not once during the preliminary hearings did this man show emotion over his heinous offense." At that point, he turned in my direction, pointed his finger at me, and went on attacking me without my ever really understanding why. Of course, I couldn't help admitting that he was right. I didn't feel much remorse for what I'd done. But I was surprised by how relentless he was. I would have liked to have tried explaining to him cordially, almost affectionately, that I had never been able to truly feel remorse for anything. My mind was always on what was coming next, today or tomorrow. But naturally, given the position I'd been put in, I couldn't talk to anyone in that way. I didn't have the right to show any feeling or goodwill. And I tried to listen again, because the prosecutor started talking about my soul. (메튜 워드)

## 52

"저는 여러분께 이 사람의 머리를 요구합니다." 그가 말했다. "가벼운 마음으로 여러분께 요구합니다. 왜냐하면 앞서 제 오랜 경력 동안 사형선고를 요청해야 하는 일이 있었지만, 결코 오늘만큼, 괴물뿐이 읽히지 않는 이 사람의 얼굴 앞에서 느끼는 공포로 절대적이고 성스러운 명령이라는 자각과 함께, 이 고통스러운 의무가 마땅하고, 형평에 맞으며, 명백하다고 느낀

적이 없었기 때문입니다." <sub>(본문 p.131)</sub>

« Je vous demande la tête de cet homme, a-t-il dit, et c'est le cœur léger que je vous la demande. Car s'il m'est arrivé au cours de ma déjà longue carrière de réclamer des peines capitales, jamais autant qu'aujourd'hui, je n'ai senti ce pénible devoir compensé, balancé, éclairé par la conscience d'un commandement impérieux et sacré et par l'horreur que je ressens devant un visage d'homme où je ne lis rien que de monstrueux. »

"I ask you for this man's head," he said, "and I do so with a heart at ease. For if in the course of what has been a long career I have had occasion to call for the death penalty, never as strongly as today have I felt this painful duty made easier, lighter, clearer by the certain knowledge of a sacred imperative and by the horror I feel when I look into a man's face and all I see is a monster." <sub>(메튜 워드)</sub>

**53**

검사가 다시 앉았을 때, 제법 긴 침묵이 흘렀다. 나는, 더위와

놀라움으로 몽롱한 상태였다. 재판장이 살짝 헛기침을 하고
는 매우 낮은 목소리로, 내게 혹시 덧붙여 할 말이 없느냐고
물었다. 나는 자리에서 일어났고 내가 말을 하고 싶었던 듯이,
더구나 조금 무작정, 그 아랍인을 죽일 의도가 없었다고, 말했
다. 재판장은 그것도 하나의 주장이라며, 지금까지 그는 내 변
론의 방법을 잘 파악하지 못했으므로, 내 변호사의 말을 듣기
전에 내가 내 행동을 일으킨 동기를 분명하게 밝히면 만족스
럽겠다고 답했다. 나는 불쑥, 말이 조금 섞이고 나도 터무니없
다는 것을 알았지만, 그것은 태양 때문이었다고 말했다. 법정
에 웃음이 일었다. 내 변호사가 어깨를 으쓱했고, 잠시 후 곧
바로, 그에게 발언권이 주어졌다. 하지만 그는 시간도 늦었으
며 또 몇 시간이 걸릴 수 있으니, 공판을 오후까지 연기해 줄
것을 요청한다고 표명했다. 법정은 거기에 동의했다.(본문 p.131)

Quand le procureur s'est rassis, il y a eu un moment
de silence assez long. Moi, j'étais étourdi de chaleur et
d'étonnement. Le président a toussé un peu et sur un ton
très bas, il m'a demandé si je n'avais rien à ajouter. Je me
suis levé et comme j'avais envie de parler, j'ai dit, un peu
au hasard d'ailleurs, que je n'avais pas eu l'intention de tuer
l'Arabe. Le président a répondu que c'était une affirmation,
que jusqu'ici il saisissait mal mon système de défense et

qu'il serait heureux, avant d'entendre mon avocat, de me
faire préciser les motifs qui avaient inspiré mon acte. J'ai
dit rapidement, en mêlant un peu les mots et en me rendant
compte de mon ridicule, que c'était à cause du soleil. Il y a
eu des rires dans la salle. Mon avocat a haussé les épaules
et tout de suite après, on lui a donné la parole. Mais il a
déclaré qu'il était tard, qu'il en avait pour plusieurs heures
et qu'il demandait le renvoi à l'après-midi. La cour y a
consenti.(원서 pp.155-156)

처음 〈이방인〉을 읽었을 때, 내게는 소설에 등장하는 인물
들 전부가 이상해 보였다. 합리적인 사유를 하는 사람이 하나
도 없고, 모두 뫼르소를 죽이지 못해 안달난 사람들처럼 보였
기 때문이다. 당연히 검사나 재판장 역시도. 그러나 그것이 번
역 때문이었다는 걸 나중에 알았다.

무엇보다, 뫼르소가 태양 때문에 아랍인 사내를 죽였다는
사실에 대해. 그런 우연성만으로 살인을 하고 후회나 뉘우침
도 없는 이가 주인공이라면 그건 그냥 '엽기 소설'에 지나지 않
았을 것이다.

그런 해석을 가능케한 가장 중요한 대목이 이 부분이다.

마침내 뫼르소에게 스스로 변론할 수 있는 기회가 주어진

그때, 뫼르소 스스로 그렇게 말한 것은 그 시점이 너무도 절묘했기 때문이다. 바로 검사가 배심원들에게 자신의 '머리를 요구한(사형을 구형한)' 직후였던 것이다. 자신을 교수형에 처해 달라고 하는 검사의 논고를 들은 직후 제정신일 수 있는 사람은 아마 없을 것이다. 뫼르소는 '놀라움'으로 어지러운 상태인데, 재판장(그 역시 예상치 못한 검사의 도발에 뫼르소만큼 당황했다)이 '덧붙여 할 말이 있느냐'고 물어온 상황. 뫼르소는 충격을 받아 어지러운 가운데 일어서서 '거의 되는 대로' '아랍인을 죽일 의도가 없었다'고, '말이 조금 섞이고 나도 터무니없다는 것을 알았지만, 그것은 태양 때문이었다'고 말했던 것이다.

자기도 터무니없는 줄 알면서도, 하고 싶은 말을 그렇게 시작할 수밖에 없는 상황. 그 한마디에 법정에 웃음이 일고, 그 순간 변호사는 당황해서, 이제 막 말을 시작하려는 피고인(뫼르소)을 돕는답시고 재판장에게 발언을 요청했던 것이다. 우리는 여기서 카뮈가 셀레스트의 입을 통해 한 말을 상기해 볼 수도 있다. "모든 사람들이 불행이 어떤 것이라는 것은 잘 알고 있습니다. 그것은 막을 수 없는 것입니다. 그렇습니다! 제 생각에 그것은 불행입니다."

그렇듯, 카뮈는 절묘하게 뫼르소의 '불행'과 함께 재판장, 검사, 변호사, 피고인을 모두 그 나름의 위치에서 최선을 다하는 모습으로 형상화해 냄으로써 소설적 개연성을 확보하고 있는 것이다. 모든 인물이 비합리적인 사람들이 아니라.

정리하면, 지금까지 〈이방인〉을 읽은 대부분의 독자들은 뫼르소가 살인을 한 이유가 단순히 '태양 때문이었다'고 인식하고 있다. 사실 그것은 잘못된 번역이 만들어 낸 조작된 이미지다. '그것은 태양 때문이었다'고 하는 저 말이 담긴 문장의 방점은 '태양 때문'이 아니라, '두서없이' '터무니없는 줄 알면서도'에 찍히는 것이다. 앞서도 정리한 바대로(역자노트 30항 참조) 뫼르소가 총을 쏜 것은 '햇빛에 반사되어 눈을 찌르는 위협적인 칼날' 때문으로 정당방위에 해당하는 것이다.

영역자, 메튜 워드는 이렇게 했다.


When the prosecutor returned to his seat, there was a rather long silence. My head was spinning with heat and astonishment. The presiding judge cleared his throat and in a very low voice asked me if I had anything to add. I stood up, and since I did wish to speak, I said, almost at random, in fact, that I never intended to kill the Arab. The judge replied by saying that at least that was an assertion, that until then he hadn't quite grasped the nature of my defense, and that before hearing from my lawyer he would be happy to have me state precisely the motives for my act. Fumbling

L'Étranger

a little with my words and realizing how ridiculous I sounded, I blurted out that it was because of the sun. People laughed. My lawyer threw up his hands, and immediately after that he was given the floor. But he stated that it was late and that he would need several hours. He requested that the trial be reconvened in the afternoon. The court granted his motion.

## 54

그는 말했다. "저 또한, 이 사람의 영혼을 들여다보았습니다. 하지만, 탁월한 검찰청의 대리인과는 반대로, 저는 무언가를 발견했고, 저는 거기서 펼쳐진 책을 보듯 읽었다고 말할 수 있을 것 같습니다." 그는 거기서 내가 정직한 사람이며, 한 사람의 합법적인 봉급생활자로, 지치는 법 없이, 고용된 회사에 충실한, 모두에게 사랑받으면서 다른 사람들의 재난을 동정하는 사람이라는 것을 읽었다. 그에게 있어서, 나는 그가 할 수 있는 한 오래 그의 어머니를 부양했던 도덕적인 아들이었다. 종국에 나는 내 재력으로는 늙은 여인이 얻고자 하지만 줄 수 없었던 안락함을 양로원이 제공해 주길 희망했던 것이다. "저는 놀랐습니다, 여러분." 그는 덧붙였다. "이 양로원을 둘러싸고 그렇듯 커다란 소음이 오간다는 것에 대해 말입니다. 결국, 만약 이러한 시설들의 유용성과 중요성을 증명하는 것이 필요하다는 것이라면, 그것은 그들에게 보조금을 주는 정부 그 자체에 대해 말해져야만 할 거라는 것입니다." 다만, 그는 장례식에 관해서는 언급하지 않았고, 나는 그 점이 그의 변론에서 부족한 부분이라고 생각했다. (본문 p.132)

« Moi aussi, a-t-il dit, je me suis penché sur cette âme, mais, contrairement à l'éminent représentant du ministère public, j'ai trouvé quelque chose et je puis dire que j'y ai lu à livre ouvert. » Il y avait lu que j'étais un honnête homme, un travailleur régulier, infatigable, fidèle à la maison qui l'employ ait, aimé de tous et compatissant aux misères d'autrui. Pour lui, j'étais un fils modèle qui avait soutenu sa mère aussi longtemps qu'il l'avait pu. Finalement j'avais espéré qu'une maison de retraite donnerait à la vieille femme le confort que mes moyens ne me permettaient pas de lui procurer. « Je m'étonne, messieurs, a-t-il ajouté, qu'on ait mené si grand bruit autour de cet asile. Car enfin, s'il fallait donner une preuve de l'utilité et de la grandeur de ces institutions, il faudrait bien dire que c'est l'État lui-même qui les subventionne. » Seulement, il n'a pas parlé de l'enterrement et j'ai senti que cela manquait dans sa plaidoirie.


나는 직접 번역을 해보기 전까진 뫼르소의 변호사에 대해서도 오해했다. 도대체 변호사라는 게 피고를 위해 하는 역할은 없고, 그 변론도 유치하기 짝이 없었기 때문이다. 그러나 사실은 그렇지 않았다. 뫼르소도 말하고 있듯이 검사에 비해 능력은 떨어졌지만, 그래도 최선을 다했고, 나름의 능력도 갖추고 있었던 것이다. 아마 그가 뫼르소를 조금이라도 더 이해하려 했다면 이야기도 달라졌을 것이다. 예컨대 뫼르소가 왜 장례식에서 냉담해 보였는지, 그가 왜 아랍인 사내를 쏠 수밖에 없었는지를 이해하고 변호했다면 말이다.

그런데 그렇지 못했다는 것이 문제가 아니라, 당연히 이해하지 못했을 거라는 점을 설득력 있게 그리고 있다는 것이 이 소설을 위대하게 만드는 지점이다. 곧 개연성의 문제인 것이다.

양로원에 대한 시각도 다시 번역을 하면서 비로소 깨닫게 된 부분이다.

영역자는 이렇게 번역했다.


"I, too," he said, "have peered into this man's soul, but unlike the esteemed representative of the government prosecutor's office, I did see something there, and I can assure you that I read it like an open book." What he read was that I was an honest man, a steadily employed, tireless worker, loyal to the firm that employed him, well liked, and sympathetic to the misfortunes of others. To him, I was a model son who had supported his mother as long as he could. In the end I had hoped that a horne for the aged would give the old woman the comfort that with my limited means I could not provide for her. "Gentlemen," he added, "I am amazed that so much has been made of this horne. For after all, if it were necessary to prove the usefulness and importance of such institutions, all one would have to say is that it is the state itself which subsidizes them." The only thing is, he didn't say anything about the funeral, and I thought that that was a glaring omission in his summation. But all the long speeches, all the interminable days and hours that people had spent talking about my soul, had left me with the impression of a colorless swirling river that was making me dizzy. (메튜 워드)

## 55

나는 변호인이 외치는 소리를 겨우 들었는데, 요컨대, 배심원들은 잠깐 길을 잃었던 성실한 일꾼을 죽음으로 보내는 걸 원치 않을 것이며, 이미 나는 내 죄에 대한 가장 확실한 형벌로서 영원한 양심의 가책을 지고 있으니 정상참작을 요청한다는 것이었다. (본문 p.133)

C'est à peine si j'ai entendu mon avocat s'écrier, pour finir, que les jurés ne voudraient pas envoyer à la mort un travailleur honnête perdu par une minute d'égarement et demander les circonstances atténuantes pour un crime dont je traînais déjà, comme le plus sûr de mes châtiments, le remords éternel.


이 문장은 변호인의 마지막 변론이다. 변호인은 지금 나름 최선을 다해 배심원들에게 호소하고 있는 것이다. 나(뫼르소)는 이미 영원한 양심의 가책이라는 형벌에 끌려가고 있으니만큼 정상을 참작해 달라고. 그때 뫼르소는 그 모든 것들이 부질없어 보여서 어서 재판이 끝나기만을 기다리며 다른 생각을 하고 있다가 변호인의 마지막 논고를 '간신히' 듣게 된 것이다. 나름 이런 간곡한 변론이 있었기에 이윽고, 동료 변호사들이 '훌륭했다', '수고했다'며 악수를 청해 오는 것이고. 이 대목 역시 어찌 번역을 하느냐에 따라 많은 차이가 생긴다.

I barely even heard when my lawyer, wrapping up, exclaimed that the jury surely would not send an honest, hard working man to his death because he had lost control of himself for one moment, and then he asked them to find extenuating circumstances for a crime for which I was already suffering the most agonizing of punishments eternal remorse.

그는 끝으로, 배심원 여러분들께서는 일시적으로 잘못 생각하여 길을 잃었을 뿐인 성실한 일꾼을 죽음의 자리로 보내지 않을 것이라면서, 내가 이미 가장 확실한 벌로써 영원한 뉘우침의 짐을 끌고 가게 만든 범죄에 대해 정상 참작을 요구했다. (김화영)

**56**

세 번째로, 나는 부속 사제의 접견을 거절했다. 나는 그에게 할 말이 없었고, 말하고 싶지도 않거니와, 곧 그를 충분히 보게 될 터였다. 지금 당장의 내 관심사는, 그 역학mécanique에서

벗어나는 것, 그 필연적인 것에서 헤어날 길이 있는지를 알아

보는 것이다.(본문 p.137)

Pour la troisième fois, j'ai refusé de recevoir l'aumônier.

Je n'ai rien à lui dire, je n'ai pas envie de parler, je le verrai

bien assez tôt. Ce qui m'intéresse en ce moment, c'est

d'échapper à la mécanique, de savoir si l'inévitable peut

avoir une issue.

이 문장에서 mécanique를 어떻게 해석해야 할까? 찾아보니
김화영 교수의 최근 번역본은 이렇게 되어 있었다.

세 번째로 나는 교도소 부속 사제의 면회를 거절했다. 그에게
말할 것도 없고 이야기하기도 하기 싫었다. 나는 그를 곧 만나
게 될 것이다. 지금 나의 관심사는 기계 장치로부터 벗어나는
것, 피할 수 없는 그 일에서도 빠져나갈 구멍이 있을 수 있는
지 알아보는 것이다.(김화영)

저것을 여전히 '기계 장치'라고 번역하고 있는 것이다. 개정
판을 내면서 많은 부분이 수정되었지만 이것은 그대로 유지되
어 있었다.

영역자들은 이렇게 번역했다.

For the third time I've refused to see the chaplain. I don't
have anything to say to him; I don't feel like talking, and
I'll be seeing him soon enough as it is. All I care about right
now is escaping the machinery of justice, seeing if there's
any way out of the inevitable. (메튜 워드)


I have just refused, for the third time, to see the prison
chaplain. I have nothing to say to him, don't feel like
talking—and shall be seeing him quite soon enough,
anyway. The only thing that interests me now is the
problem of circumventing the machine, learning if the
inevitable admits a loophole. (스튜어트 길버트)


보다시피 영역자들도 저것을 적어도 '기계장치'의 의미로는
하지 않는다. 그렇다는 것은 바로 뒤 페이지에 '기계장치'로서
의 의미로서 machine이 쓰이고 있기 때문이기도 하다. 그런데
왜 우리 번역자는 이것을 고집하는 것일까? 이 정도는 번역이
니까 가능한 것일까? 그러나 이는 번역자 임의로 선택할 수 있
는 문제가 아니다. 단어 하나하나가 다른 모든 문장과 연결되
어 있기 때문이다.

En réalité, la machine était posée à même le sol, le plus
simplement du monde.

실제로, 그 기계장치는machine 땅 위에 바로 놓여 있었고, 세상
에서 가장 단순한 것이었다.(본문 p.141)

이렇듯 비슷한 의미의 단어들이 같이 쓰이면서 철학적 함의
를 담고 있는 다음의 문맥은 실상 번역하기가 간단치 않다. 아
마 문장이 담고 있는 은유 때문일 테다.

나는 또한 지금까지 이런 문제들에 관해 정확하지 않은 생각
을 가지고 있었다는 걸 인정해야만 했다. 나는 오랫동안—내
가 왜 그랬는지는 모르겠다—단두대로 가기 위해서는 처형대
위로 올라야 한다고, 계단을 밟고 오른다고 믿고 있었다. 나
는 그것이 1789년 혁명 때문이라고 믿는데, 나는 사람들이 그
문제에 대해 내게 가르쳐 주거나 이해시켜 준 게 그게 전부였
기 때문이라고 말하고 싶은 것이다. 하지만 어느 날 아침, 나
는 어느 사형 집행 상황을 다룬 신문에 실렸던 사진 한 장이
기억났다. 실제로, 그 기계장치는machine 땅 위에 바로 놓여 있
었고, 세상에서 가장 단순한 것이었다. 그것은 내가 생각했던
것보다 훨씬 좁았다. 내가 그걸 좀더 일찍 생각하지 못했다는
게 좀 이상했다. 사진 속의 그 기계는 정교하고, 완벽하고 빛

이 나서 내게 강한 인상을 남겼었다. 우리는 항상 모르는 것에 대해서는 과장된 생각을 품게 된다. 나는 반대로 모든 것이 단순하다는 것을 인정해야만 했다. 기계장치는machine 그것을 향해 걸어가는 사람과 같은 높이에 있다. 우리가 어떤 사람을 만나러 걸어가는 것처럼 조우하게 되는 것이다. 그것은 또한 성가신 일이었다. 처형대를l'ascension 향해 오르는 것은, 바로 하늘로 오르는 것으로, 상상력은 거기에 결부시킬 수도 있었다. 한편으로, 여전히, 그 역학mécanique은 모든 것을 짓눌러 버렸다. 우리는 약간의 수치심과 철저한 정확함으로 소박하게 죽임을 당했다. (본문 p.142)

J'étais obligé de constater aussi que jusqu'ici j'avais eu sur ces questions des idées qui n'étaient pas justes. J'ai cru longtemps — et je ne sais pas pourquoi — que pour aller à la guillotine, il fallait monter sur un échafaud, gravir des marches. Je crois que c'était à cause de la Révolution de 1 789, je veux dire à cause de tout ce qu'on m'avait appris ou fait voir sur ces questions. Mais un matin, je me suis souvenu d'une photographie publiée par les journaux à l'occasion d'une exécution retentissante. En réalité, la machine était posée à même le sol, le plus simplement du monde. Elle était beaucoup plus étroite que je ne le pensais. C'était assez drôle que je ne m'en fusse pas avisé plus tôt. Cette machine sur le cliché m'avait frappé par son aspect d'ouvrage de précision, fini et étincelant. On se fait toujours des idées exagérées de ce qu'on ne connaît pas. Je devais constater au contraire que tout était simple : la machine est au même niveau que l'homme qui marche vers elle. Il la rejoint comme on marche à la rencontre d'une personne. Cela aussi était ennuyeux . La montée vers l'échafaud, l'ascension en plein ciel, l'imagination pouvait s'y raccrocher. T andis que, là encore, la mécanique écrasait tout : on était tué discrètement, avec un peu de honte et beaucoup de précision.

영역자는 이렇게 번역했다.

I was also made to see that until that moment I'd had mistaken ideas about these things. For a long time I believed- and I don't know why that to get to the guillotine you had to climb stairs onto a scaffold. I think it was because of the French Revolution! mean, because of everything I'd been taught or shown about it. But one morning I remembered seeing a photograph that appeared in the papers at the time of a much-talked-about execution. In reality, the machine was set up right on the ground, as simple as you please. It was much narrower than I'd thought. It was funny I'd never noticed that before. I'd been struck by this picture because the guillotine looked like such a precision in strument, perfect and gleaming. You always get exaggerated notions of things you don't know anything about. I was made to see that contrary to what I thought, everything was very simple: the guillotine is on the same level as the man approaching it. He walks up to it the way you walk up to another person. That bothered me too. Mounting the scaffold, going right up into the sky, was something the imagination could hold on to. Whereas, once again, the machine destroyed everything: you were killed discreetly, with a little shame and with great precision. (메튜 워드)


**57**

내가 부속 사제의 접견을 한 번 더 거절한 것은 그러한 때였다. 나는 몸을 뉘고 하늘이 어느만큼 금빛인 여름 저녁이 다가

오는 것을 짐작했다. 나는 내 항고를 내던지기에 이르렀고 피가 내 안에서 규칙적으로 순환하는 것을 느낄 수 있었다. 나는 사제의 의무가 필요치 않았다. 아주 오랜만에 다시, 나는 마리를 생각했다. 그녀가 내게 더 이상 편지를 보내오지 않은 것은 오래전이었다. 그날 저녁, 나는 깊이 생각해 보았고 아마 그녀는 사형수의 정부로 지내는 데 지쳤을 거라고 생각했다. 그녀가 아마 병이 났거나 죽었을 거라는 데 또한 생각이 미쳤다. 이건 흔히 있는 일이다. 어떻게 내가 더 이상, 밖에 우리 두 몸을 분리시켜 놓는 무엇이 있는지 알 수 있을 텐가. 우리를 연결시키는 것은 아무것도 없었고 서로를 떠올리게 하는 것도 없는데. 더구나 그때부터, 내게 마리에 대한 기억은 달라졌을 테다. 죽음으로써, 그녀는 내게 더 이상 관심거리가 아니었다. 나는 사람들이 내 죽음 후 나를 잊을 거라는 걸 매우 잘 이해하고 있는 것처럼 그것이 당연하다는 것을 알았다. 그들은 더 이상 나와 아무 관계가 없었다. 나는 그에 관해 생각하는 것조차 힘들었다고 말할 수도 없었다. (본문 p.145)

C'est à un semblable moment que j'ai refusé une fois de plus de recevoir l'aumônier. J'étais étendu et je devinais l'approche du soir d'été à une certaine blondeur du ciel. Je venais de rejeter mon pourvoi et je pouvais sentir les ondes de mon sang circuler régulièrement en moi. Je n'avais pas besoin devoir l'aumônier. Pour la première fois depuis bien longtemps, j'ai pensé à Marie. Il y avait de longs jours qu'elle ne m'écrivait plus. Ce soir-là, j'ai réfléchi et je me suis dit qu'elle s'était peut-être fatiguée d'être la maîtresse d'un condamné à mort. L'idée m'est venue aussi qu'elle était peut-être malade ou morte. C'était dans l'ordre des choses. Comment l'aurais-je su puisqu'en dehors de nos deux corps maintenant séparés, rien ne nous liait et ne nous rappelait l'un à l'autre. À partir de ce moment, d'ailleurs, le souvenir de Marie m'aurait été indifférent. Morte, elle ne m'intéressait plus. Je trouvais cela normal comme je comprenais très bien que les gens m'oublient après ma mort. Ils n'avaient plus rien à faire avec moi. Je ne pouvais même pas dire que cela était dur à penser.

영역은 이렇다.

It was at one such moment that I once again refused to see the chaplain. I was lying down, and I could tell from the golden glow in the sky that evening was coming on. I had just denied my appeal and I could feel the steady pulse of my blood circulating inside me. I didn't need to see the chaplain. For the first time in a long time I thought about Marie. The days had been long since she'd stopped writing. That evening I thought about it and told myself that maybe she had gotten tired of being the girlfriend of a condemned man. It also occurred to me that maybe she was sick, or dead. These things happen. How was I to know, since apart from our two bodies, now separated, there wasn't anything to keep us together or even to remind us of each other? Anyway, after that, remembering Marie meant nothing to me. I wasn't interested in her dead. That seemed perfectly normal to me, since I understood very well that people would forget me when I was dead. They wouldn't have anything more to do with me. I wasn't even able to tell myself that it was hard to think those things. (메튜 워드)


왜 같은 문장을 두고 하는 번역인데 책마다 이렇게 큰 차이가 나는 것일까? 그 이유를 어렴풋이 짐작은 했지만 명료히 확신할 수 있었던 것은 공교롭게 다른 영미소설을 번역해 보고 나서였다. 작가가 쓴 서술구조 그대로의 번역, 즉 '직역'이 아닌 역자 임의로 하는 '의역'은 다만 우리만의 문제가 아니었던 것이다. 오히려 영어는 단순화된 언어의 특성상 '직역'은 절대 불가능하기에 '번역은 불가피하게 직역과 의역이 적절히 조화를 이루어야 한다'고 선언하고 있기까지 하지만, 우리말은 그렇지 않은 것이다.

당연히 이 책 〈이방인〉을 번역할 당시는 나 역시 그 점을 명료히 인식하지 못했다. 따라서 그때의 내 번역 역시 오히려 의역에 가까웠을 것이다. 다시 보니 유독 눈에 띄는 오역 부분이었기에 수정해 두었다.

## 58

그때, 그의 손이 귀찮다는 제스처를 취했지만, 그는 몸을 바로하고, 사제복의 주름을 정돈했다. 그걸 마치고는 나를 "친구mon ami"라고 부르며 말을 시작했다. 그는 내게 그렇게 부르는 것은 내가 죽음을 선고받은 죄인이기 때문은 아니라고 말했다. 그의 견해로 우리 모두는 죽음을 선고받은 죄인이었다. 하지만 나는 그의 말을 가로막고는 그건 같은 게 아니라고, 게다가, 그건 어떤 경우라도, 어떤 위로도 될 수 없다고 말했다. "물론입니다." 그가 인정했다. "하지만 당신이 만약 오늘 죽지 않는다 해도 후에는 죽을 것입니다. 그때도 같은 문제가 제기될 것입니다. 그 끔찍한 시련을 어떻게 맞을 것입니까?" 나는 내가 지금 맞이하고 있는 것처럼 똑같이 맞이할 거라고 대답

했다. (본문 p.148)

À ce moment, ses mains ont eu un geste d'agacement, mais il s'est redressé et a arrangé les plis de sa robe. Quand il a eu fini, il s'est adressé à moi en m'appelant « mon ami » : s'il me parlait ainsi ce n'était pas parce que j'étais condamné à mort ; à son avis, nous étions tous condamnés à mort. Mais je l'ai interrompu en lui disant que ce n'était pas la même chose et que, d'ailleurs, ce ne pouvait être, en aucun cas, une consolation. « Certes, a-t-il approuvé. Mais vous mourrez plus tard si vous ne mourez pas aujourd'hui. La même question se posera alors. Comment aborderez-vous cette terrible épreuve? » J'ai répondu que je l'aborderais exactement comme je l'abordais en ce moment.

작가는 여기서 "mon ami"에 큰따옴표를 했다. 강조의 의미로 보인다. 친구의 의미인데, 굳이 이렇게 한데에는 뒤에 나오는 "mon fils"와 "mon père 신부님/ 내 아버지" 때문일 것이다.

"nous étions tous condamnés à mort."에서 condamnés à mort를 앞서는 '사형수'라 번역했다. 틀렸다고도 할 수 없지만 여기서는 뒤의 종교적 의미를 위해 '죽음을 선고받은 죄인'으로 풀어 쓰는 게 뉘앙스 상 적당할 듯하다.

영역자의 번역도 그렇게 풀어썼다.

At that point he threw up his hands in annoyance but then sat forward and smoothed out the folds of his cassock. When he had finished he started in again, addressing me as "my friend." If he was talking to me this way, it wasn't because I was condemned to die; the way he saw it, we were all condemned to die. But I interrupted him by saying that it wasn't the same thing and that be sides, it wouldn't be a consolation anyway. "Certainly," he agreed. "But if you don't die today, you'll die tomorrow, or the next day. And then the same question will arise. How will you face that terrifying ordeal?" I said I would face it exactly as I was facing it now. (메튜 워드)

**59**

그는 내 항소가 받아들여질 거라고 확신했지만, 나는 제거해야만 할 죄의 무게를 짊어지고 있었다. 그에 따르면, 인간적 정의는 아무것도 아니며 하느님의 정의가 전부라는 것이었다. 나는 내게 유죄를 선고한 것은 전자였다고 지적했다. 그는 내게, 그렇다고 해서, 내 죄가 씻긴 것은 아니라고 대답했다. 나는 그에게 죄가 무엇인지 모르겠다고 말했다. 사람들은 내게 단지 내가 죄인이라는 것만 알려 주었다. 나는 죄를 지었고, 그 값을 치르고 있으니, 더 이상 내게 요구할 수 있는 것은 없었다. (본문 p.149)

Il me disait sa certitude que mon pourvoi serait accepté, mais je portais le poids d'un péché dont il fallait me débarrasser. Selon lui, la justice des hommes n'était rien et la justice de Dieu tout. J'ai remarqué que c'était la première qui m'avait condamné. Il m'a répondu qu'elle n'avait pas, pour autant, lavé mon péché. Je lui ai dit que je ne savais pas ce qu'était un péché. On m'avait seulement appris que j'étais un coupable. J'étais coupable, je pay ais, on ne pouvait rien me demander de plus.


이 작품에는 Dieu가 많이 나온다. 단순히 '신'이라고 해도 되겠지만, 이 작품에서는 '하나님'과 '하느님' 두 가지로 구분해 번역했다.

카뮈는 앞에서는 개신교도의 입을 통해 Dieu를 말하고, 뒤에서는 보다시피 천주교 신부의 입으로 Dieu을 언급하는데, 우리말로는 엄연히 종교적 입장에서 '하나님'과 '하느님'을 구분해 쓰고 있기 때문이다.

영역자는 이렇게 했다.

He was expressing his certainty that my appeal would be granted, but I was carrying the burden of a sin from which I had to free myself. According to him, human justice was nothing and divine justice was everything. I pointed out that it was the former that had condemned me. His response was that it hadn't washed away my sin for all that. I told him I didn't know what a sin was. All they had told me was that I was guilty. I was guilty, I was paying for it, and nothing more could be asked of me. (메튜 워드)

## 60

나는 눈을 바닥에 고정시켰다. 그는 내게로 한 걸음 내딛고는 더 나아갈 엄두가 안 나는 것처럼 멈추었다. 그는 창살 틈으로 하늘을 바라보았다. "당신은 잘못 생각하는 것입니다. 형제님 mon fils." 그가 말했다. "더 요구할 수도 있습니다. 사람들은 당신에게 아마 더 요구할 겁니다." "또 무엇을 말인가요?" "당신이 보기를 요구할 수도 있습니다." "무엇을 보죠?"

그 신부는 내 감방을 두리번거리더니 갑자기 몹시 지친 듯한 목소리로 대답했다. "이 모든 돌들이 고통스러운 땀을 흘리고 있다는 걸, 나는 압니다. 나는 괴로움 없이 지켜본 적이 결코 없습니다. 그렇지만, 가슴 밑바닥으로부터, 나는 당신들 사이에서 가장 불쌍한 이들이 저것들의 어둠 밖으로 나오는 신성한 얼굴을 un visage divin, 보았었다는 것을 알고 있습니다. 그것이 당신이 보기를 요구받게 될 얼굴입니다."

나는 조금 흥분했다. 내가 이 벽들을 보아 온 게 수개월째라고 나는 말했다. 거기 아무것도 없다는 것을 나보다 더 잘 아는 사람은 세상에 없었다. 아마, 오래전에, 나는 거기서 어떤 얼굴을 찾아보려 했을 것이다. 하지만 그 얼굴은 태양의 빛깔과 욕망의 불꽃을 띠고 있었다. 그건 마리의 것이었다. 나는 그것을 헛되이 찾았었다. 이제, 그것은 끝났다. 그리고 어쨌든, 나는 이 땀을 흘리고 있다는 돌에서 나타나는 어떤 것도 본 적이 없었다. (본문 p.150)

J'avais les yeux fixés au sol. Il a fait un pas vers moi et s'est arrêté, comme s'il n'osait avancer. Il regardait le ciel à travers les barreaux. « Vous vous trompez, mon fils, m'a-t-il dit, on pourrait vous demander plus. On vous le demandera peut-être. — Et quoi donc ? — On pourrait vous demander de voir. — Voir quoi »

Le prêtre a regardé tout autour de lui et il a répondu d'une voix que j'ai trouvée soudain très lasse : « Toutes ces pierres suent la douleur, je le sais. Je ne les ai jamais regardées sans angoisse. Mais, du fond du cœur, je sais que les plus misérables d'entre vous ont vu sortir de leur obscurité un visage divin. C'est ce visage qu'on vous demande de voir. » Je me suis un peu animé. J'ai dit qu'il y avait des mois que je regardais ces murailles. Il n'y avait rien ni personne que je connusse mieux au monde. Peut-être, il y a bien longtemps, y avais-je cherché un visage. Mais ce visage avait la couleur du soleil et la flamme du désir : c'était celui de Marie. Je l'avais cherché en vain. Maintenant, c'était fini. Et dans tous les cas, je n'avais rien vu surgir de cette sueur de pierre.

모든 문장이 일대일 대응하는 것이 가능하지만, 불가피하게 의역이 필요한 것은 이런 경우일 테다.

Et dans tous les cas, je n'avais rien vu surgir de cette sueur de pierre.

그리고 어쨌든, 나는 그 땀 흘리는 돌에서 나타나는 어떤 것도

본 적이 없었다.(본문 p.150)

그러나 이것을 이렇게 번역하는 것도 의역이라고 할 수 있을지는 잘 모르겠다.

어쨌든 나는 그 돌의 땀에서 솟아오르는 것은 아무것도 보지 못했다고 말했다. (김화영)

영역자는 이렇게 번역했다.

I was staring at the ground. He took a step toward me and stopped, as if he didn't dare come any closer. He looked at the sky through the bars. "You're wrong, my son," he said. "More could be asked of you. And it may be asked." "And what's that?" "You could be asked to see." "See what?'
The priest gazed around my cell and answered in a voice that sounded very weary to me. "Every stone here sweats with suffering, I know that. I have never looked at them without a feeling of anguish. But deep in my heart I know that the most wretched among you have seen a divine face emerge from their darkness. That is the face you are asked

to see."

This perked me up a little. I said I had been looking at the stones in these walls for months. There wasn't anything or anyone in the world I knew better. Maybe at one time, way back, I had searched for a face in them. But the face I was looking for was as bright as the sun and the flame of desire-and it belonged to Marie. I had searched for it in vain. Now it was all over. And in any case, I'd never seen anything emerge from any sweating stones.<sup>(메튜 워드)</sup>

## 61

그는 다시 하느님에 대해 이야기하고 싶어했지만, 나는 그에게 다가가서는 내게 남은 시간이 별로 없다는 걸 마지막으로 설명하려 시도했다. 나는 하느님 이야기로 그것을 잃고 싶지 않다고. 그는 왜 자기를 "신부mon père"로 부르지 않고 "선생 monsieur"이라 부르는지에 대한 이유로 화제를 돌리려고 애썼다. 그것이 나를 흥분시켰고, 나는 그에게 그는 내 아버지mon père가 아니라고 말했다. 그는 다른 사람들과 함께 있었다고.

"아니요, 형제님mon fils." 그는 내 어깨에 손을 얹고는 말했다. "나는 당신과 함께 있었소. 하지만 당신은 마음의 눈이 멀어

보려 하지 않기 때문이오. 나는 당신을 위해 기도할 겁니다."(본
문 p.151)

Il voulait encore me parler de Dieu, mais je me suis avancé
vers lui et j'ai tenté de lui expliquer une dernière fois qu'il
me restait peu de temps. Je ne voulais pas le perdre avec
Dieu. Il a essay é de changer de sujet en me demandant
pourquoi je l'appelais « monsieur » et non pas « mon père
». Cela m'a énervé et je lui ai répondu qu'il n'était pas mon
père : il était avec les autres.

« Non, mon fils, a-t-il dit en mettant la main sur mon épaule.
Je suis avec vous. Mais vous ne pouvez pas le savoir parce
que vous avez un cœur aveugle. Je prierai pour vous. »


다소 복잡해 보이는 이 문장은, 종교인과 일반인이 사용하
는 언어가 혼재되어 사용하고 있기 때문이다. 특히 "mon père"
의 경우는 천주교의 신부와 실제의 아버지 둘 다를 가리킨다.
따라서 앞의 mon père는 신부가 왜 자신을 신부라고 부르지
않느냐고 묻는 것이고, 뒤는 뫼르소가 의도적으로 신부에게
당신은 생래적인 내 mon 아버지père가 아니라고 답하는 말이
다. 'mon fils' 역시 보통 '내 아들'의 의미와 더불어 천주교인들
게는 '형제님'의 의미로 쓰이는 것이다. 뫼르소는 이것을 두고

언어 유희를 벌이며 리얼리티를 확보했던 것이고.

영어로는 이렇게 구분했다.


He wanted to talk to me about God again, but I went up to him and made one last attempt to explain to him that I had only a little time left and I didn't want to waste it on God. He tried to change the subject by asking me why I was calling him "monsieur" and not "father." That got me mad, and I told him he wasn't my father; he wasn't even on my side.

"Yes, my son," he said, putting his hand on my shoulder, "I am on your side. But you have no way of knowing it, because your heart is blind. I shall pray for you." (메튜 워드)


영어로는 father가 신부를 가리키기에 이런 번역이 된 것이다. 밑의 'my son' 역시 그런 것이고. 이 차이를 영역자가 알고 번역한 것인지는 알 수 없다. 또한 영미인들이 이것을 어찌 이해하고 있는지도.

가장 잘된 번역으로 알려진 우리 번역서는 이렇게 수정되어 있었다.

그는 화제를 바꾸려고, 왜 자기를 '아버지'라고 부르지 않고 '선생님'이라고 부르느냐고 물었다. 그 말에 나는 짜증이 나서, 당신은 나의 아버지가 아니고 다른 사람들 편이라고 대답했다.

"아니지요, 몽피스!" 그는 나의 어깨 위에 손을 올려놓으며 말했다. (김화영 p.174)

## 62

그때, 그 밤의 경계에서 뱃고동이 울부짖었다. 그것들은 이제 나와는 결코 상관없는 세계로의 출발을 알리고 있었다. 오랜만에 다시, 나는 엄마를 생각했다. 그녀가 왜 삶의 끝에서 "약혼자"를 갖게 되었는지, 왜 그녀가 다시 시작하는 게임을 펼쳤는지 이해할 수 있을 것 같았다. 거기, 그곳에서도, 삶이 꺼져 가는 그 양로원 주변에서도, 저녁은 우울한 중단 같은 것이었다. 그렇게 죽음에 인접해서야, 엄마는 자유를 느꼈을 테고 모든 것을 다시 살아 볼 준비를 했음이 틀림없었다. 누구도, 어느 누구도 그녀의 죽음에 울 권리를 가지고 있지 못했다. 그리고 나 역시, 모든 것을 다시 살아 볼 준비가 되었음을 느꼈다. 마치 이 거대한 분노가 내게서 악을 씻어 낸 것처럼, 희망을 비워 내고, 이 밤이 기호와 별들로 채워지기 전에, 나는 처음으로 세상의 부드러운 무관심에 나를 열었다. 그가 나와 너무도 닮았다는 것을, 그리하여 마침내 형제처럼 느껴졌기에, 나는 행복했었고, 여전히 그렇다는 것을 느꼈다. 모든 게 이루어질 수 있도록, 내가 덜 외로움을 느낄 수 있도록, 내게 남겨진 소망은, 내 사형 집행이 있는 그날 거기에 많은 구경꾼들이 있고 그들이 증오의 함성으로 나를 맞아 주었으면 하는 것이다.(본문 pp.154-155)

À ce moment, et à la limite de la nuit, des sirènes ont hurlé. Elles annonçaient des départs pour un monde qui maintenant m'était à jamais indifférent. Pour la première fois depuis bien longtemps, j'ai pensé à maman. Il m'a semblé que je comprenais pourquoi à la fin d'une vie elle avait pris un « fiancé », pourquoi elle avait joué à recommencer. Là-bas, là-bas aussi, autour de cet asile où des vies s'éteignaient, le soir était comme une trêve mélancolique. Si près de la mort, maman devait s'y sentir libérée et prête à tout revivre. Personne, personne n'avait le droit de pleurer sur elle. Et moi aussi, je me suis senti prêt à tout revivre. Comme si cette grande colère m'avait purgé du mal, vidé d'espoir, devant cette nuit chargée de signes et d'étoiles, je m'ouvrais pour la première fois à la tendre indifférence du monde. De l'éprouver si pareil à moi, si fraternel enfin, j'ai senti que j'avais été heureux, et que je l'étais encore. Pour que tout soit consommé, pour que je me sente moins seul, il me restait à souhaiter qu'il y ait beaucoup de spectateurs le jour de mon exécution et qu'ils m'accueillent avec des cris de haine. (메튜 워드)

사실 어떤 해설이나 비평보다 원래 문장 구조 그대로의 정확한 번역이 가장 중요할 텐데, 원래 그것이 모든 걸 다 잘 보여주기 때문이다. 번역을 잘 모르던 당시(그렇다고 지금 완전히 알았다는 의미는 아니다) 나는 위의 sirènes을 감옥에서 울리는 '사이렌'으로 번역했었다. 그렇게 해도 문장은 이어지고 의미도 부합하지만 다시 보니 '뱃고동'의 의미가 훨씬 카뮈스러운 표현일 거라 여겨져 바꾸게 되었다. 그러나 이런 경우는 물론 '직역', '의역'의 문제가 아니다.

좀 다른 경우지만 Pour la première fois depuis bien longtemps, 역시 마찬가지다. 우리는 흔히 저것을 '오랜만에 처음으로'라는 의미로 관형적으로 사용했다.(한때는 사전에도 그리되어 있었다). 그러나 자세히 보면 그건 우리말부터 틀린 것이다. 처음과 오랜만에는 완전히 반대되는 말로 같이 쓰일 수 없기 때문이다. 하여 나는 '오랜만에 다시'로 하자는 새로운 의견을 냈었다. 언어는 함께 쓰기 시작하면 그게 길이 되는 것이니 무리한 것도 아니었다. 그러나 제안은 받아들여지지 않았다. 그리고 지금 저것은 그냥, '오랜만에'로 바뀌어 자리 잡고 있는 듯하다. 그러나 그렇게 되면 문장 속에서 'la première fois'의 의미가 아예 사라져 버리는 것이다. 원래 작가의 의도도 그게 아니었을 텐데…, 어찌되었건 '오랜만에 처음으로' 보다는 한결원 의미에 부합하는 것은 사실인 것 같다.

이처럼 분명 고전은 시대를 달리해 재번역할 필요가 항시 존재한다고 믿는다. 언어 자체도 시대에 따라 의미를 달리할 수 있기 때문이다.

영역자는 이렇게 끝을 맺었다.


Then, in the dark hour before dawn, sirens blasted. They were announcing departures for a world that now and forever meant nothing to me. For the first time in a long time I thought about Maman. I felt as if I understood why at the end of her life she had taken a "fiance," why she had played at beginning again. Even there, in that home where lives were fading out, evening was a kind of wistful respite. So close to death, Maman must have felt free then and ready to live it all again. Nobody, nobody had the right to cry over her. And I felt ready to live it all again too. As if that blind rage had washed me clean, rid me of hope; for the first time, in that night alive with signs and stars, I opened myself to the gentle indifference of the world. Finding it so much like myself so like a brother, really! felt that I had been happy and that I was happy again. For everything to be consummated, for me to feel less alone, I had only to wish that there be a large crowd of spectators the day of my execution and that they greet me with cries of hate.(메튜 워드)

◆

재번역을 하면서 보니 나 역시, '의역한 부분이 제법 있다. 왜 그랬을까? 당연히 문장이 어려워서였을 것이다. 그럼에도 직역을 해야 한다는 생각과 더불어 잘 읽히는 문장을 만들어 내야 한다는 강박관념이 더해져 나도 모르는 사이 의역을 했던 것이다. 곧 나 자신도 독자들이 못 알아보면 어쩌나 하는 생각에 은연중 내 나름의 해석을 가했던 것이다.

"이 문장은 불가피하게 의역하지 않으면 안 돼, 이 문장은 우리 문장과 달리 어색하니 쉼표를 없애는 게 맞고, 접속사를 생략하거나 비슷한 의미로 바꾸는 게 훨씬 좋은 문장이 되는 거야……" 하면서.

그러나 실상 그렇게 해석하고 설명해야겠다고 하는 순간 이미 그 문장의 번역은 잘못된 것이다.

많은 쉼표로 이루어진 복문도 실상, 번역을 하기는 어렵지만, 직역을 해놓고 나면 결코 어려운 말들이 아니었다는 것을 알게 된다. 작가를 의심하지 말고, 서술구조 그대로, 있는 그대로의 문장을 옮기려 애쓰면 누구라도 제대로 된 번역을 할 수 있다. 다만 시간이 걸릴 뿐이지.

한마디로, "의역은 의미는 비슷한 듯해도, 사실은 모든 것이 달라지는 것이다."

_2024년 5월 재번역을 마치고

# 알베르 카뮈
### Albert Camus, 1913. 11. 7. ~ 1960. 1. 4.

알베르 카뮈는 1913년 11월 7일, 알제리의 몬도비에서 뤼시앵 오귀스트 카뮈와 카테린 생테스 사이에서 차남으로 태어났다. 이듬해 독일이 프랑스에 선전포고하면서 제1차 세계대전이 발발했고, 아버지 뤼시앵 카뮈는 알제리 보병으로 징집당했다가 그해 10월 부상을 입고 이후 사망한다.

이후 카뮈는 어머니와 함께 벨쿠르의 외할머니 집에서 성장했다. 귀가 좋지 않고 말을 더듬었던 어머니는 가정부로 일하며 카뮈를 키웠다. 카뮈는 17세까지 그곳에서 생활했다. 그곳, 리옹가 벨쿠르의 한쪽 끝이 해변가다. 영세한 공장과 항만 시설이 생활 터전인 그곳에서의 생활이 곧, 『이방인』의 배경이 된다.

---

1930년, 카뮈는 자신의 인생에 결정적인 영향을 끼치게 되는 장 그르니에를 만난다. 평생 교직에 있었던 장 그르니에는 그곳 학교로 오기 전, 『이방인』이 출간된 프랑스 파리 갈리마르 출판사의 편집자로 근무했었다. 이후 카뮈는 그를 평생 동안 정신적 지주로 여겼다. 훗날 그의 유명 저서 『섬』이 재출간될 때 써준 추천사는 지금까지도 여전히 사람들 사이에 회자된다.

1931년, 젊은 카뮈에게 결핵이 발병한다. 그는 당시 교내 축구선수(골키퍼)로 활약했는데 그로 인해 축구를 그만두게 된다. 그는 자신에게 도덕과 인간의 의무에 관해 가르쳐 준 것은 축구였다고 회상했다.

1932년, 카뮈의 글이 처음 공식적으로 세상에 나오게 된 해이다. 장 그르니에가 주도한 작은 월간 문예지 《쉬드》를 통해서였다. 「새로운 베를렌」이 첫 에세이다.

1933년, 미술레 거리에 있는 형 뤼시앵의 집으로 이사했고, 그곳에서 「지중해」, 「사랑하는 존재의 상실」 등을 탈고한 것으로 추정된다.

1934년 6월, 오래전부터 카뮈가 좋아서 쫓아다니던 아름다운 외모의 여인 시몬 이에와 결혼했다.

1935년, 자신의 유년 시절을 다룬 에세이들이 포함된 「안과 겉」을 쓰면서 철학 학사 학위를 취득했다. 장 그르니에의 설득으로 공산당에 가입하여 선무 공작

을 담당했고, 친구들과 '노동극단'을 창단하고 집단극 〈아스투리아스의 반란〉을 공동으로 집필했다.

1936년, 고등 학위 과정인 철학 디플롬(D.E.S)을 취득했다. 스페인 내전이 시작된 그해, 시몬 이에와 함께 중부 유럽으로 여행을 떠났다가 그녀의 외도를 알게 되고 충격을 받는다.

1940년 2월, 모르핀 중독자였던 시몬과 결별하고 12월, 프랑신 포르와 결혼했다.

1942년 6월, 갈리마르사에서 「이방인」이 출판되었다.

「이방인」이 언제 적부터 구상되었는지 정확히 알 수는 없을 테지만, 1937년 쓰인 그의 일기에는 「이방인」의 주제에 대한 기록이 있다.

"자신을 설명하고 싶지 않은 남자. 그는 홀로 진리를 깨닫고 죽어 간다."

「이방인」은 장 그르니에에 의해 처음으로 갈리마르사에 전달된다. 장 그르니에는 카뮈와 그의 작품을 출판사 대표 가스통 갈리마르의 고문인 폴랑에게 추천했다. 폴랑은 편집회의에서 이 원고를 적극 추천했다. 원고는 점령기 동안 프랑스 출판물을 담당하고 있던 독일 측 수석고문 게르하르트 헬러에게 보내진다. 헬러는 그날 오후 원고를 받은 즉시 읽기 시작해서, 새벽 4시에 끝까지 읽을 때까지 원고를 손에서 뗄 수 없었다는 말을 갈리마르로 전해 온다.

1943년, 알제리 해안 마을인 오랑에 도착한 1941년 1월부터 자료 수집을 시작했던 「페스트」 초고를 완성한다. 카뮈가 이 작품을 얼마나 어렵게 썼는지에

대해서는 여러 곳에서 확인된다. 카뮈는 그 당시 일기에 이렇게 썼다. "내 평생에 이처럼 실패감을 맛본 적이 없다. 끝낼 수 있을 것인지조차 확신이 서지 않는다."

당시 카뮈는 '물질적인' 면에서는 곤궁한 작가였다. 『이방인』이 어느 정도 팔리고 〈칼리굴라〉 공연으로 대중들에게 이름이 알려졌지만, 생활을 해결할 수준은 아니었다. 그런 와중에 갈리마르사의 후원을 받으며 그곳의 편집위원으로 일하게 된다.

1945년, 갈리마르사의 '희망' 총서 편집 책임자가 된다.

1946년, 미국을 방문해서 대학생들에게 강연하고 6월 프랑스로 돌아온 카뮈는 마침내 『페스트』를 탈고한다.

1947년, 마침내 "2차 세계대전 이후 최대의 걸작"으로 일컬어지는 『페스트』가 출간되었다. 이 책은 상업적으로도 큰 성공을 거둔다. 출간 한 해 만에 9개 언어로 번역 출간되기도 한다.

이후 카뮈는 결핵이 심해져, 병원으로부터 2개월의 장기요양 진단을 받고 침대에 누워 독서와 집필을 이어간다.

1949년, 희곡 『정의의 사람들』이 무대에 올려진다.

1950년, 장기 공연된 〈정의의 사람들〉은 많은 사람들로부터 갈채를 받는다. 카뮈 자신이 최고의 신문으로 여기던 《맨체스터 가디언》지에 실린 호평이 특히 그를 만족시켰다. "실로 우리는 오랜만에 이 작품으로 인해, 또한 다시금 극장에서 신의 도움 없이도 몇몇 인간의 가슴속에 들어 있던 신의 진정한 음성을 듣게 되었다."

1951년, 카뮈 스스로 최고의 성취로 여기는 철학적 에세이 『반항인L'Homme Révolté』이 출간되었다. 그는 여기서 반란과 혁명의 개념을 깊이 탐구하여 그 기원과 본질, 함의를 탐구한다. 허구를 통한 성찰인 『이방인』, 『역병』과는 다른, 좀 더 직접적인 철학적 담론을 담았다.

1953년, 카뮈는 자유주의 성향 주간지 《엑스

프레스》의 제의를 받고 다시 잡지 발행에 참여한다. 그해 5월에 창간호가 발행된다.

1956년, 『전락』이 갈리마르사에서 출간된다.

1957년. 노벨문학상 수상. 10월 16일, 카뮈는 베르나르가의 한 식당에서 젊은 웨이터로부터 노벨상 수상자로 선정되었다는 소식을 처음으로 전해 듣는다. 그때 그의 첫마디는, "말로가 탔어야 하는데……."였다고 한다. 여기서 말로는 앙드레 말로를 가리킨다. 이후

갈리마르사가 마련해 준 축하 파티 자리에서 기자들이 묻는 질문에도 같은 말을 했다.

"나는 노벨상이 적어도 내 것보다 탁월한 작품에 수여돼야 했다고 생각한다. 만약 내가 투표에 참여했다면 앙드레 말로를 선택했을 것임을 밝혀두고 싶다. 그는 내가 숭배하고 우정을 느끼는 인물로 내 젊은 시절의 우상이었다." 앙드레 말로는 그에 대해 "당신의 답변은 우리 두 사람 모두의 명예."라고 감사를 표했다.

카뮈는 1960년 1월 4일, 그의 출판업자 미셸 갈리마르가 운전하는 자동차를 타고 파리로 올라오다, 욘 지방 몽트르 근처 빌블르뱅에서 교통사고로 사망했다. 고속도로 위에서 한쪽 바퀴가 빠지는 사고였다. 카뮈는 그 자리에서 숨을 거뒀다. 그의 갑작스런 죽음은, 당시 서구 세계에서 가장 절정에 이르러 있던 한 문학가와의 아쉬운 단절을 의미했다.

카뮈는 남프랑스 루르마랭 마을에 묻혔다.

---

알베르 카뮈 사후 60년이 지나 그가 KGB에 의해 살해되었다고 주장하는 책도 나왔다. 제목은 『카뮈의 죽음Camus's death』이다. 그에 관련한 《가디언The Guardian》지의 기사를 요약해 보면, 프랑스 노벨문학상 수상 작가인 알베르 카뮈가 46세 나

이에 자동차 사고로 사망하고 60년이 지나, 새로운 책은 그가 반소련 발언에 대한 보복으로 KGB에 의해 암살당했다고 주장하고 있다.

이탈리아 작가 지오바니 카텔리Giovanni Catelli는, 2011년에 체코의 유명 시인이자 번역가인 얀 자브라나의 일기 속에서 카뮈의 죽음은 사고가 아니었다고 암시하는 말을 발견해 처음으로 신문에 기고해 발표했다. 카텔리는 그것을 발전시켜 『카뮈의 죽음』이라는 제목의 책으로 펴낸 것이다.

카뮈는 1960년 1월 4일, 그의 출판업자 미셸 갈리마르가 자신의 차의 통제력을 잃고 나무와 충돌해 산산이 부서지면서 사망했다. 작가는 즉사했고, 갈리마르도 며칠 후 사망했다. 그에 앞서 3년 전, 『이방인』과 『페스트』로 "우리 시대 인간의 양심 문제를 조명"해 노벨문학상을 수상했다.

"사고는 타이어 펑크나 액셀의 파열이 원인으로 보였다. 전문가들은 길게 뻗어 있는 30피트 넓이의, 곧바른 길 위에서 사고가 발생한 것에 대해 의아해했다. 또한 그 시간에 거의 통행이 없었다."고 허버트 로트만은 1978년 작가의 자서전에 썼다.

카텔리는 자브라나의 일기 속 구절이 이유를 설명한다고 믿고 있다. 그 시인은 1980년 늦여름에 "유력한 관계자"가 자신에게 KGB에게 책임이 있다고 말했다고 쓰고 있었다. "그들은 종국에 차가 고속 주행을 하는 중에 펑크가 나도록 도구를 사용해 타이어를 조작했다."

그 지시는, 1957년 3월에 발행된 프랑스 신문 《프랑-티에르》 속 카뮈의 기사에 대한 보복으로, 소비에트 연합 내무부 장관인 디미트리 셰필로프에 의해 내려졌다고 시인은 말했다.

"정보요원이 그 지시를 수행하는 데 3년이 걸린 것으로 여겨진다. 그들은 결국 그와 같은 방법으로, 오늘날까지, 모든 사람들이 카뮈는 평범한 차 사고 때문에 죽었다고 생각하게끔 관리했던 것이다."

사람들은 말하겠죠. 그는 너무 젊었다고, 아직은 끝낼 시간이 아니라고. 그러나 문제는 '얼마나 오래' 혹은 '얼마나 많이'가 아니라 '무엇을'입니다. 그의 문이 닫혔을 때, 그는 죽음을 자각하고 증오하면서 생을 헤쳐 나가는 모든 예술가들이 쓰고자 하는 것을 이미 써놓았습니다. '나는 여기 있었다'라고. 그러니, 아마도 그는 그 반짝이던 찰나에 자신이 성공했음을 알았을 겁니다. 다른 무엇을 더 바라겠습니까?

_윌리엄 포크너 | 1949년 노벨문학상 수상

# 『라 페스트 La Peste』는 '페스트'가 아니다!

출간 당시 엄청난 논란을 불러일으킨 『이방인』 번역가 이정서.
10년의 고투 끝에, 마침내 『역병 La Peste』으로 돌아왔다!
차원이 다른 번역, 어느 문장을 비교해 봐도 다르다.

알베르 카뮈 · 이정서

## 역병

코로나라는 전염병의 실제 경험, 그리고 마침내,
쉼표 하나까지 살려낸 번역의 신기원

지금까지 우리는 『라 페스트 La Peste』를
전쟁을 상징하는 '흑사병'에 대한 이야기로 읽었다.
누구도 의심하지 않았다. 그러나 카뮈는 작품 속에서
'라 페스트la peste', '페스트peste',
'페스트 누아르peste noire'를 구분하였고,
역자 이정서는 그 차이를 명백하게 구분하여
번역하였다. 『역병 La Peste』은 결코 어렵게 읽히는
소설이 아니다. 오히려 신과 재앙,
인간에 대한 카뮈의 깊은 성찰에
계속해서 밑줄을 긋고 싶어지는 책이다.

새움